初冬

李亚——著

上海文艺出版社
Shanghai Literature & Art Publishing House

目录

01

姚莲瑞女士在等待中

在搬到郊区之前，姚莲瑞住在地安门内，靠近什刹海。

有好长一段时间，在傍晚时，姚莲瑞总要到什刹海西岸的一家酒吧里坐上个把小时。那家酒吧叫纽约里。很多人都知道，在什刹海四周数不尽的酒吧里，就数纽约里的歌唱得最好，目前歌坛上有几个飘红的歌星都是从纽约里唱出去的。纽约里的兑酒师手艺也是数一数二的，动作起来也雅致得厉害，全没有杂耍的意味。即便是男女服务生，也个个彬彬有礼，好像都是出生在维多利亚时代的英国，并在上流社会里成长起来的。

姚莲瑞喜欢来纽约里，不是为了听歌，也不是为了观赏兑酒师舞蹈般的动作。当然，姚莲瑞更不是为了和人约会。她只是很随意地要上两听啤酒，有时候，她还会点上一支苗条的女士烟，慢慢喝着，慢慢抽着，一边有一眼无一眼地看看窗外的景色。窗外缭绕着七彩灯光，游人就像在皮影戏里，那情景有些悠闲，也有些暧昧。但姚莲瑞就是喜欢这种氛围，她觉得置身于此，就是什么都不想，就是大脑里一片纷乱，也要比独自一个人在家里更容易打发孤独的时间，而且也轻松愉快得多。只要在纽约里坐下来，她偶尔还会隐约觉得生活里充满了很多可喜的未知数，很可能会发生许多值得期待的事情。

论说，像姚莲瑞这样年龄的女士，在酒吧里消闲多少显得有些欠妥帖。她应当像那些与她年龄相仿的女人那样，牵着一条宠物狗，或者抱着一只温柔的小猫，嗑着瓜子或者叼着一根棒棒糖，一边东张西望，一边沿着什刹海周边溜达，间或与擦肩而过的游人相互瞥一眼。可是不，姚莲瑞不喜欢那种平庸的生活方式，她认为自己还没有老到那个分儿上，还没有沦落到万念俱灰的程度，一辈子还久远着，还有什么事儿没有放妥。

这份儿不甘心，或者可以说，是来自于姚莲瑞对自己相貌和身体的自信。本来，自从过了四十五岁以后，每天洗漱时，她看着镜子里的脸，都要来一声叹息；每次洗澡时，望着身体也好像越来越不争气，她心里边难免要产生一阵子沮丧。想着年轻时的脸蛋和身体都像水蜜桃似的，姚莲瑞在自艾自怨里一直惊慌失措地过了漫长的好几年。但是，自从那天在王府井遇到杨飞燕之后，姚莲瑞一下子苏醒过来，在卫生间里再端量自己的脸颊与身体时，就像眼看着一株枯萎的花草，在一点一滴的雨露下重新生机勃勃起来。陡然间，姚莲瑞重新燃起了兴趣和胆量，好像自己的生活还要开花。

那天很热，摸哪儿都觉得烫手。

就是那天，姚莲瑞在王府井遇到了杨飞燕，也就是当年她在玻璃工艺品制造厂时的一个同事。

姚莲瑞当年虽然是技术员，但每天必须戴着大口罩在车间里转来转去，车间里的噪音和异味像密集的苍蝇，说句话都要歇斯底里。杨飞燕每天上班也戴着大口罩，可她不是进生产车间，而是在窗明几净的医疗室里喝茶看书，偶尔给某个倒霉的工人包扎一下受伤的手指头。那个喜欢失眠的副厂长也老爱到医疗室，请小杨医生给他做些心理上的治疗。杨飞燕本来是学内科的，但她对自己的专业不感兴趣，对心理疗法就更不感兴趣了。这些都是厂里人所知道的。厂里人还都知道，杨飞燕在性疾病方面非常用功，她每天坐在医疗室里看的那些书，都是与性病有关的。对此，杨飞燕毫不隐讳，甚至厂里开表彰大会时，她在台下也照样大大咧咧地宣布，她最大的理想是成为一个性病专家，用自己高超的医术给所有的不幸者解除痛苦，送去欢乐。

在姚莲瑞的印象里，关于杨飞燕也就这些了。自己辞去工作二十余年了，一直没和原先的同事有过联系，更没和杨飞燕联系过。北京之大，甚至都没碰到过哪个同事一次，更谈不上有工夫关心杨飞燕是否已经实现了她的伟大理想。

她们是在那家口碑相当好的名牌服装专卖店里遇到的。

姚莲瑞特别喜欢这家高档服装店，当年老公生意顺畅最有钱时，她几乎每周都要来逛一次，而且每次都要买上一件。这些年来，老公没钱了，姚莲瑞还是经常来看看，虽然不能大手大脚地买衣服了，但故地重游的心情还是要体验体验的，就像戒毒的人看见了海洛因，尽管不能抽了，但心里还是要动一动的。

遇到杨飞燕那天，姚莲瑞在店里看上了一款原色蚕丝上装，她在试衣间试穿时，觉得这件衣服从款式到颜色都和自己的肤色和身段非常搭配，尤其是质地，更能抚慰一下自己久被冷落的身体。她就这样穿着衣服到收款台付款时，看到了杨飞燕。杨飞燕一下子挎住了她的胳膊，像搂到了一块冰一样尖叫起来：这不是姚莲瑞嘛！亲爱的！你怎么一点儿都没变啊！宝贝儿，这衣服一穿，显得比我女儿还小哟！

虽然二十余年了，但这腔调让姚莲瑞一下子就看到了当年的杨飞燕，连当年的口头禅都没有变。当年在厂里，杨飞燕抓住任何一个同事的胳膊，都会这样热情洋溢地叫人家亲爱的，宝贝儿长宝贝儿短地唠叨一番。杨飞燕给人的整体感觉还没有变，仍然像撒了葱花的花卷刚出笼，只是经过二十余年的蒸煮，眼下膵得有点要散架的意思。尽管都这样了，但她让不远处的女儿过来叫阿姨时，招手的姿势还是无比俏皮的。

杨飞燕的女儿留学巴黎，学的国际金融专业，回来快小半年了，一直忙着找工作，忙着接二连三地炒老板，明天又要到一家金融机构去面试，所以杨飞燕带女儿到这家服装店来，想选一套既符合国情又显得尊贵的高档服装。那个女孩子的表情和穿着也很巴黎，上身是一件及膝的蓝色 T 恤，下身好像光着似的，小腿麻秆一样瘦，还敢光溜溜的，脚上趿拉着一双红襻木板拖鞋。她背着一个双肩背包，戴着耳机，嚼着口香糖，慢腾腾地过来，一脸漠然地朝姚莲瑞点点头。姚莲瑞好像要表示自己的热情一样，一脸长辈的笑容，热情地望着她，没话找话地问她听的什么歌。

女孩子眼睛看着别处，漫不经心地回答：让我们堕落得更快一些。这歌在巴黎很流行。你们听不懂。

说着话，她还轻蔑地瞥了杨飞燕一眼。

那副矜持的样子和说话的口吻，让姚莲瑞不由想起还在日本读书的儿子。他们这一代，怎么都那么像，都那么一副德性，什么事都满不在乎，好像时时刻刻都在挑衅这个世界。真让人不知道怎么应付。

杨飞燕的女儿真不愧是从巴黎回来的，穿着独特，又有个性——买完衣服，杨飞燕拉着姚莲瑞非要到一家冷点店吃杯冷点消消热，可是，出了服装店来到冷点店门口时，却发现她女儿早已不见了踪影。杨飞燕四下张望了半天也没有发现，她反而更加骄傲地一摊手说：看看，在巴黎也就一年半，居然学会了法国人的狗脾气，动不动就不辞而别。

除了胖了一圈，杨飞燕没有太多变化，还是那么热情，那么爱唠叨，还是那种什么都想知道、知道了什么都要往外说的脾气。姚莲瑞不喜欢她这样叨叨叨的，反而觉得，她要是像她女儿那样对待这个世界又矜持又冷漠的话，说不定自己会和她成为好姐妹的。

杨飞燕的唠叨颇具特色，这是一贯的，也是著名的。她总是先说与熟人有关的事，后说与自己有关的事，而且总是把演说的时间和精力主要放在后一点上。一客冷点还没有吃完，姚莲瑞已经被杨飞燕密集的话头嘣晕了。她花了几分钟清醒了一下头脑，才理出在杨飞燕的世界里发生了的事情大致如下：

厂子基本上就算倒闭了。最具开拓精神的青年突击队队长，那么帅的小伙子，被摩托车撞成了植物人，在床上躺到今天也没起来。撞人的是爱失眠的副厂长的儿子——他一直像个孝子一样，天天去照顾人家，直到今天。整天给厂长提意见吵架的王喜，那个一说话猴龇牙一样的小个子，现在成了富豪，全北京市就不说了，仅海淀区范围内，他的公司承建的高档小区至少有七处。她老公，说话做事像会计那样斤斤计较，还在公安局当户籍警，才多大岁数，天天起来得咳嗽好半天。她本人已于十年前辞职后开办了自己的性疾病诊所，她准备再用八年时间，让自己的诊所成为北京市最大最权威的性疾病专科医院。

说到这儿，杨飞燕出于专业的习惯和对老同事的关怀，就像说“吃饭了吗”那样随意地问姚莲瑞：你们现在每周要几次？姚莲瑞也像把她当成知己似的实话实说：整天见不着人影，要什么要，要饭还差不多。

那可不行！杨飞燕顿时像个大专家一样皱起眉头，以好朋友的口吻教导了姚莲瑞一番。综合起来，杨飞燕把性生活与生活质量和身体健康紧密结合在一起，并且上升到了人生价值的高度。尤其是到了她们这个年龄，性生活更是包含着女人的尊严问题，还严重影响到社交成果。姚莲瑞从来没有想过夫妻生活会有这么深奥的多层含义，她甚至有些打趣杨飞燕：照这么说，你天天在家吃饺子了。

我老公嘿嘿嘿，还吃饺子，光咳嗽就够他享受的了！再说，现在都什么光景了，干吗非要在家吃？街上饺子店多的是。杨飞燕哧哧地笑了半天，大加批评姚莲瑞怎么还活在那种时光里，没有丁点儿现代意识，没有丁点儿开拓精神。她好像按捺不住炫耀的心情，不遮不掩，给姚莲瑞爆料：她现在有两个固定的情儿，一个开出租车的，一个还是开出租车的。一个叫沙尘暴，一个叫小雨点。平时出门，遇到沙尘暴天气她就给沙尘暴打电话，遇到阴雨天小雨点自然会来接她。而且，这两个人都比她要小得多，比她自己的两个亲弟弟都懂事，都可爱。杨飞燕这样说时不仅没有难为情，还老到地总结经验：现在小年轻儿，都喜欢咱们这样的大姐姐——这是时代的产物，也是社会进步的象征。

杨飞燕说起这些，目中无人，口吻甜蜜，理论具有很强的实践性，好像她也在巴黎生活过一年半宝贵的时光。姚莲瑞听得心口怦怦直跳，尽管她表面上还是微笑的，但在心里忍不住想起纽约里，想起纽约里的那个张信哲。杨飞燕盯着姚莲瑞有些发红的脸蛋儿，笑嘻嘻地说：宝贝儿，我要是有你这样的肤色，我要是有你这样的身段儿，那我至少会有八九个情儿，高兴了就让他们在我面前站成一排报数，或者拉着手围着我转圈跳舞。宝贝儿，那多开心啊！

姚莲瑞没在意杨飞燕的话，因为她嘴里的两个情儿的绰号听起来就像宠物的昵称，因为当年在厂里时，她的想象力就是有名的，说起自己的事来都是真实的少、杜撰的多。

但是，杨飞燕的一顿胡说八道，被录音了一样，一连好几天都在姚莲瑞耳边播放着。虽然她们只是吃了一客冷点，又没有喝酒，但她说的那些话却让人醉意蒙眬。尤其是对自己肤色和身段的赞美，无不像一团火粒一样灼烫着姚莲瑞的耳朵。

遇到杨飞燕那天，傍晚时姚莲瑞没有像往常那样，准时出现在纽约里酒吧。她在家喝醉了。下午从王府井回到家里，她浑身燥热一团，心里边一团燥热。在洗脸时她还对着镜子里的自己说，得喝一杯，消消热气，解解乏。当她打开一瓶红酒时，心里边却非常清楚，之所以想喝一杯，并不是因为热得受不了，完全是明显地觉得身体里好像有一道闸门被打开了，潜藏了很久很久的一股股异样的东西，就像这颜色瑰丽的红酒一样，要流出了。

红酒几乎是姚莲瑞庆祝一切喜事的最佳助手，她高兴时特别喜欢喝上几杯。在从前那美好的时光里，她只要想做爱了，总是在晚饭时打开一瓶红酒，给老公倒上满满一大杯，给自己倒上满满一大杯。这几乎成了暗示老公的一个暧昧眼神。那时候老公的生意正是顺畅兴隆时刻，他的精神状态和身体状态也基本上处于巅峰阶段，做起爱来简直就是一匹脱缰的烈马。老天爷，那种飘飘欲仙的感觉啊，如今，已经坠落到记忆的第 N 层了。这好多年来，他们几乎没有了那种既可以贿赂婚姻又可以使家庭和睦的美事了。现在，他们夫妻之间的关系，可以说是纯洁的清白的。红酒，就别提了，让它躺在酒柜里歇着吧。

姚莲瑞品着红酒，红酒的滋味漫长，在舌尖上逐渐消逝，宛如太妃糖在嘴里融化的过程。往昔的故事，现实中的生活，不知所措的未来，像一群蝴蝶似的在眼前和心灵的天空中飞徊着。原本只打算喝一杯的，可是，整整一瓶都见底了，姚莲瑞还没有把纷繁的思绪理出个头绪来，反而像一只鸣蝉被一道道蛛丝缠得越来越紧。她有点晕乎乎地脱掉衣服，三步两个趔趄，走进卫生间里，使劲地给自己洗了个澡。她想洗去身体的燥热和心里的烦恼。洗完了，她擦干身体后又擦头发时，还顺手擦去镜子上的水汽，弯着腰仔细观看脸蛋，直起腰打量身段。接着，上了瘾一样，她又弯下腰来，细细观看眼角的鱼尾纹，还张大嘴观看牙齿、柔软的舌头、深不见底的喉咙。这一切器官完美无缺，曾经把她自己也迷倒过。现在，一切都还好，都还是新鲜的饱满的，资本还在，条件还是优厚的，她没有理由时常沮丧，她应该相信还有许多美好的事物会接踵而来，就像花朵次第绽开。

实际上，东西还是那些东西，也正在按照生理的规律逐渐滑坡，但在眩晕中的姚莲瑞不相信具有科学性的生理变化，依然觉得它们还在焕发着青春的光彩。好像为了证实自己的新发现一样，洗完澡出来，她居然就那么光着身子穿上高跟鞋，在屋里走了几圈。路过穿衣镜前时，她还特地停下步子，左顾右盼一番，在想象中的世界里尽情地展示着自己。

纽约里酒吧的灯光好像来自海底，又好像真的来自遥远的纽约。在这样的灯光下，无法看清一个人的真实面容，更看不清一个女人脸上的脂粉厚度；女人的年龄本身就是一张带有密码的光碟，这样的灯光无法读出它真实的内容。虽然姚莲瑞喜欢海水一样的酒吧灯光，但她讨厌脂粉的气味，身边一旦有个脂粉女人，她就觉得自己置身于一堆海生物之中。

姚莲瑞之所以有这样的傲慢感觉，是因为她明白，自己还不至于靠灯光与脂粉来与这个世界打交道。她有这点自信，连她儿子，那个在日本的儿子，对宇宙都要挑剔一番的儿子，都赞美过她是个大美人。这让姚莲瑞更加以为，即便是在光天化日之下，自己的实际年龄和外表比起来也同样有着天壤之别，就像谜面与谜底那样。尤其是在纽约里那令人骨头松散的灯光下，姚莲瑞安静地坐在那里，慢腾腾地喝着酒，抽着烟，看起来更是风度翩翩，韵味悠长。凡是男客人进来，只要眼光扫到她，惊讶的目光就会驻留片刻。即便那一群天天泡吧的半边党——就是那些小年轻儿，头发只理半边，或左边或右边，或前边或后边，活像精心设计的长毛狗，在酒吧里他们被昵称为半边党——路过她的座位时，也会对她露出讨好的微笑，一副试图要搭讪的样子。甚至，连张信哲在为她服务时，言谈举止，甚至一个微小的表情，都特别讲究。

张信哲就是那个最帅的服务生，长得特别像张信哲，左耳上还有三枚闪闪发光的耳钉。本来，姚莲瑞不怎么喜欢男孩子把自己装饰得太前卫，一副妖里妖气的样子，好像有人生没人管的酷酷流浪儿。但张信哲不一样，如果没有那三枚耳钉，就会觉得张信哲身上少了三分气质，同样，如果不是张信哲，那三枚耳钉也不可能发出那么迷人的细碎光芒。

姚莲瑞第一次看到那个大男孩，就在心里叫他张信哲。

本来，第一次到纽约里，姚莲瑞只是想散散心。她刚刚被又一次失败的老公嚎了一顿，在电话里。第一次就是张信哲为她服务的，那个大男孩，在绵软的灯光下，眼睛显得又亮又蓝，好像欧洲人一样。他的服务规范又不刻板，说话时声音像小夜曲似的那么轻柔那么抒情，说话时三枚耳钉闪烁着细碎的光芒，说话时又亮又蓝的眼睛不轻不重地注视着自己。就在那片刻间，姚莲瑞觉得不能自已，觉得面前的这个大男孩眼睛里好像蕴藏着许多美妙的音乐，而且马上就要为自己流淌出来。

第二次也是张信哲为姚莲瑞服务的。

第三次也是。

以后都是。

酒吧里的这套生意经，被姚莲瑞当成了一种缘分，以至于每次来纽约里，从出家门起心里边就断定，这次一定还是张信哲为自己服务。每次一进酒吧的门，她就会朝吧台那儿张望，忍不住，好像神经中枢出了点小麻烦。等到坐下来时，她肯定就能看到张信哲从彩雾一样的灯光里走过来。

很显然，张信哲已经把她当成了属于自己的老顾客，虽然他没有这样说，但他的眼神，他特别规范的服务话语与动作，无不透着这种信息与默契。尽管姚莲瑞也能感受到这种信息与默契，但她每次都要保持着矜持的风度，只有在张信哲转身去端她点的两听啤酒时，她才会放松下来，目不转睛地看着张信哲就像幽灵一样，慢慢融化在低迷的音乐与暧昧的灯光深处。只要一会儿，张信哲就会端着两听啤酒，穿过音乐与灯光，像个天使一样迷人地走过来。每到此刻，姚莲瑞就能感到自己具有圣母般的慈祥、高傲和不容冒犯的尊贵。

张信哲穿着海蓝色制服，扎着白色的领结。

姚莲瑞喜欢张信哲这副打扮，尤其喜欢这副打扮的张信哲像幽灵一样融化在那样的灯光里，还会像天使一样从那样的灯光里来到自己面前。

当然，张信哲并不是姚莲瑞在纽约里的全部内容。

姚莲瑞坐在那儿散漫地抽着烟喝着啤酒时，表面看上去休闲又安详，实际上有好多琐碎事情就像患了病的花朵一样，在她心里缓慢地绽开，并且在挣扎中次第凋零。

远在日本读书的儿子，生意越来越糟、脾气越来越糟的老公，对门那个庸俗的长舌妇，天天推到阳光下坐在轮椅里鼻涕流不尽的那个据说当过局长的老头儿，楼后边那几只老在深夜和黎明时叫春的猫，不小心买了一块注水肉，动不动就堵塞的马桶，等等等等。如果说这些来自现实生活的豆腐渣一样的琐事让姚莲瑞心烦的话，那么，来自未来的种种预想则让她感到了茫然：儿子会和那个日本女孩结婚吗，结婚了他们会回来吗，老公生意上看来很难翻身了，那么儿子要是回来怎么解决房子问题，北京的房价啊。让人纠结的还有，比如自己，年龄眼见着大了，接下来怎么办，就这样耗着？直到、直到像那些牵着狗或者抱着猫的女人在什刹海边上无聊地溜达……太可怜了。这可不是姚莲瑞想要的样子。

姚莲瑞想要什么样的，她自己也不知道。因为没有发生的未来，是看不见的，更是不可预测的。有时候，姚莲瑞一想起自己的年龄，一想起每天都在重复的无所事事，在沮丧中，她便不由自主地有了几分悔意。当初那么年轻时就辞去公职，难道就是为了这样逐渐变成一个没正经事的老妇女，就是为了这样天天晚上来泡吧？而当年，自己设计的玻璃工艺品曾得到过市长的赞美，还当作礼物送给外宾。要不是刚赚了几个钱的老公非要她辞职的话，也许她在设计玻璃工艺品方面会有很大建树，也说不准。反过来说，要不是自己辞了职专心致志在家照顾儿子，儿子也不可能把日语学的比日本人还要好，更谈不上到日本去读书，那个漂亮的日本女孩也未必能喜欢上儿子。

看，转了一圈又回来了。

好像人一辈子就是这么一个圆圈，到了这个年龄，这个圈眼看着就要合上了。纽约里的氛围暧昧又很温馨，很适于姚莲瑞的心绪，也很适合姚莲瑞这样的慨叹。每天傍晚在酒吧里的时光，大多数都被姚莲瑞一遍遍在心里画着这样一个圈儿而消费掉了，只是她一直不甘心把这个圈子合上。

当然，也有一部分时光，姚莲瑞花在了张信哲身上。端量着灯光朦胧中的张信哲的背影，注视着站在面前微微弓着腰的张信哲的笑容，他端放杯子时小手指还稍稍翘着，幽雅，优雅。即便说些与服务无关的话，张信哲也是彬彬有礼的，虽然话不多，但他说话的声音好听，他说话时的神态尊贵，他说话时三枚耳钉微微闪烁，迷人。

尽管张信哲严守着酒吧里的规矩，但随着有意无意的问、一句半句的答，没有几次，姚莲瑞知道了关于张信哲的点点滴滴：一个大学毕业后就一直在京打拼的外地青年。除了纽约里的这份工作外，他还有另一份工作——一家名牌微波炉公司的维修工。晚上来纽约里做服务生，白天满大街奔波，有时候还要乘坐一两个小时的公交车跑到郊区，到顾客家里修理微波炉。好辛苦，好有拼劲儿，好孩子，你会有出息的。

姚莲瑞一边称赞着，一边总觉得这两份工作简直就是正负极，而且无法对接。但张信哲说这些时，轻柔的话语里透着自信，仿佛他已经对接成功，而且已经产生光芒，正在照耀着自己的热腾腾的生活。姚莲瑞看不见那种光芒照耀下的张信哲，她也不喜欢，她喜欢的是眼前这个看得见的张信哲，他会像幽灵一样消失，还会像天使一样出现，不管是消失还是出现，他都能给自己内心深处带来一缕暗暗的别样喜悦。

自从搬到郊区之后，在姚莲瑞的记忆里，张信哲几乎成了一道幻影，包括他像幽灵一样消失、像天使一样出现的美妙时刻。尽管时间永远是锋利的，但它永远只割去多余的。

即便在纽约里度过的时光全部消失了，姚莲瑞还是记得最后一次在纽约里的心跳感觉。

最后一次去纽约里也不是故意设计的，事先也没有任何征兆。

就像以往一样，姚莲瑞坐的还是那个临窗的位子，在那种音乐里，在那种灯光里，那个像张信哲的大男孩还是像幽灵一样消失、像天使一样出现。开始时姚莲瑞也没有发现，她只是醉心于观赏这一反复出现的精彩片段，仿佛这是她来纽约里消闲的唯一享受，事实上也是。只是在埋单时，姚莲瑞才忽然觉得张信哲的口吻不像往常那样意味绵长，注目时，才发现他脸上有些黯然，眼神似乎也隐藏着忧伤。这让姚莲瑞有些心动，她想问，她没问，也不需要询问，她深信自己此刻明白了那个大男孩，他生活上一定出了意外，或者家庭遇到了困难，就像许许多多外地打工者一样……在掏钱时，她的手哆哆嗦嗦的，捏了好几张大钞放在了托盘上——姚莲瑞不明白自己为什么会这样做，虽然这在酒吧里不算什么，有派头的客人高兴了就会做出这样的张致。

张信哲因此也没有用异样的目光看她，除了用眼神表示谢意之外，那个大男孩还按照酒吧里的礼节感谢了她——他一手端着托盘，微笑着，一手轻轻捉住了她的左手，腰弯下来，弯得低低的，很绅士地在她手背上吻了一下，就像旁边那个服务女生吻那个付小费的男客人的手背一样。都是看似蜻蜓点水，但不同的是，姚莲瑞清楚地感觉到，在闪电般的一吻中，有个舌尖顶了自己手背一下。

姚莲瑞心头怦然一跳。

接着，一切平安无事，音乐还是那样悦耳，唱的还是姚莲瑞听不懂的歌，一句又一句的歌词，不知所云，但旋律还是那样暧昧，还是那样情意绵绵，还是那样装悲伤。那个活像张信哲的大男孩，表情也没有格外的变化，他那略含忧伤的眼神也只是凝视了姚莲瑞一刻。他那大男孩般的嘴唇线条鲜明，如此饱满。接着，他还是那样彬彬有礼地对她浅浅鞠个躬，又像个幽灵一样，消失在音乐和灯光的深处，宛如一个梦。

这就是姚莲瑞在纽约里消费时光留下的最强悍的记忆。

那暗藏玄机的一吻在她心里烙上深刻的印痕，她感到隐隐的快意，她感到隐隐的疼痛。每天上网炒股之前，和股市结束之后，她连电脑都不关，就会走到阳台上，认真地端量一会儿自己的左手，仿佛左手上被命运之神打下了烙印。然后，她垂下手来，惆怅地望着远处的山峦叹息一声。

姚莲瑞如今住在郊区，靠近西山那儿，再也不像住在地安门内那会儿，每天傍晚都可以溜达到什刹海岸边的纽约里，坐上个把小时。细算起来，已经有多久没有去过纽约里了？论说也没有多长时间，好像就在昨晚，又好像是上辈子的经历了。但在纽约里的那种感受，那种浑身上下从里到外的解放，宛如昨晚的一帘幽梦，更像刚刚看过几页的炒股书；所有的一切仍然恍恍惚惚，仿佛好事就在眼前，马上就要发生，马上还会发生。

姚莲瑞想念纽约里。

姚莲瑞不再想念纽约里。

现在，姚莲瑞关心的是股票，她每天都要给杨飞燕通一个漫无边际的电话，大呼小叫地探讨股市行情。有时候，两个人口吻活像吃了败仗的小股民。有时候，口气又像牛市时的评论员，就是电视里的扎着蓝领带的那个鸟人。有时候，她们也会穷聊乱聊一气。杨飞燕最爱说的是她那还停留在想象中的性病专科医院，以及她那有着宠物昵称的两个情儿，当然，这两个情儿也可能是她想象中的有趣人物，用来丰富一下或者打扮一下她的内心生活。姚莲瑞说的最多是租房子的烦恼，以及她直线下降的身段儿，在日本的儿子和她视频越来越少，包括到现在才明白欺骗了自己大半年、看样子还要继续欺骗下去的脓包老公。

说男人一夜之间白了头，那是由于疾病和夸张，也可能真的发了愁。说女人一夜之间憔悴到苍老的程度，基本上都是因为故事没有美满的结局。姚莲瑞之所以一下子显得衰老了，是因为到了她这样的年纪，再也经不起事事都揪心的折腾。

在姚莲瑞眼里，老公原本是个厚道、能干、善于动脑筋而且有理想的老公，只是运气不太好。恋爱时节的恩恩爱爱就不必说了，因为恩恩爱爱的恋爱大致都是一样的。老公年轻时是个不安分的人，或者说是个有追求的人，刚结婚就辞了工作，一拍屁股去了日本，那决绝劲儿好像日本到处都是金矿，单等着他去开采。他走时，姚莲瑞已经大肚子了。此后三四年的时光，回味夫妻之爱，想念之情，养育儿子，以及对未来的美好企盼，都成了姚莲瑞生活的主要内容和快乐源泉。一直到儿子四岁时老公才回来。姚莲瑞带着儿子去机场接他，他像个发情的烈马，一把抱起老婆儿子，就那样一口气走出了机场大厅。

老公发了财。

老公开办公司。

老公不让姚莲瑞继续和玻璃打交道。

接着，公司时而好时而不好。

接着，儿子大学毕业去日本读书。本来也可以去英国的，但老公对日本有感情，他在那儿发了财。他滔滔不绝，他义正词严。历史，仇恨，当然不能忘记这些，但也不能老看着这些，这些玩意儿能升值吗？要看发展，要看到人家进步的一面。等等。真他妈有眼光，真他妈有高度。

接着，公司陷入困境，倒闭。

接着，转行，做建筑材料。

接着，一天天唉声叹气。

接着，偶尔回一次家里，就吵架。

直到有一天把房子都卖了。

这就是姚莲瑞从前的生活，由很多“接着”组成。好多人的生活基本上都是类似的，有曲折，有坦途，就是没有让人心惊胆战的悬崖绝壁，也没有让人心旷神怡的巅峰时刻，连个吓人一跳的急拐弯都没有。

沮丧。没意思。在搬到郊区之前，姚莲瑞在寂寞里回想起往昔时，总是忍不住要发出这样一声叹息。可是，好像生活还没有濒临绝境。那天晚上，老公兴冲冲地回家了，回家之前，还打个电话，问家里还有没有红酒，要不要他顺路带一瓶回来。

真是破天荒！自从儿子去了日本，姚莲瑞和老公就没喝过几次红酒。尤其是转行做建材生意以来，老公几乎连家都很少回。出于女人的警惕，姚莲瑞去参观过老公在外边租的房子。她特意选择傍晚时分去的，还特意打扮了一下。真不堪。那间简陋的平房敞着门，她风姿绰约地站在门口，看到西装革履的老公和一个矮胖的工头吃着方便面，喝啤酒——老公就这点好，无论多么落魄，无论身处何地，都会保持风度，都要保持男人的尊严——姚莲瑞一下子原谅了老公。男人，也不容易啊。尽管每次回家一碰面就发脾气，大事小事都得吵架，尽管不像以前那样有钱了，但每次给自己钱时他是大方的，给儿子钱时更是大方的。姚莲瑞二话没说，当即把老公拉回家喝了一瓶红酒。第二天，老公说什么她都不管，她一定要他到医院做一个全面检查。结果很不妙，高的太高，低的太低，就像老公最有钱时买的那辆奥迪一样，也就是说，不仅整个车需要来一次大保养，而且很多零件也需要更换了。

没有进行大保养，什么零件也都没换。没有时间。有理由。老公忙。老公就是不相信医院的科学诊断，他坚信自己的身体就像自己的奥迪一样，大品牌，质量绝对可靠。可是，老公要带瓶红酒回家那天，事实证明，再大的品牌，时间长了也会出问题。红酒喝了，人是兴奋之至的，开始时也是信心倍儿强的，但是，过程是力不从心的，更别说辉煌的结果了……姚莲瑞的沮丧是可想而知的。老公人高马大，一直被她认定是生活中的坚强依靠，想当年喝了红酒——想当年又有什么用呢?

老公高兴时善于描绘美好的蓝图，姚莲瑞对此已经很熟悉了。几乎已经荒废的事情，尽管加足马力做了，结果还是捉襟见肘，但这丝毫没有影响他的兴奋情绪。他兴高采烈，开始畅谈他终于抓住一个大机会，打翻身仗的时候到了，再也不能委屈姚莲瑞，他的老婆，他的辛辛苦苦大半辈子的老婆，不能再住在这样的房子里，三个月之后，他们将住进北四环边上的豪华别墅里。但有一点小困难需要姚莲瑞克服一下，先到外边租房子住下，等豪华别墅装修好了，再搬进去。而目前自家这套房子，虽然旧了点，但地段好，可以卖个好价钱。他之所以有这样的打算，是因为这个大机会需要一笔巨额资金。

就是这样。

事情就是这样简单。

姚莲瑞从来没有怀疑过老公，因为老公从来没有做过让她怀疑的事情，他只是运气不好。她曲着胳膊撑着身子，侧望着老公，老公鬓边有了白发，哦，他快五十岁了，脖子上还挂着那条最有钱时买的金灿灿的粗项链，肚子也变成了小山包，装满了啤酒、方便面，忍耐、抗争，还有看不见的坏运气。也许命运看他辛劳勤奋的分上，最后赐给他一个机会——当时，姚莲瑞就是这样想的，她甚至为自己有这样的想法而感动了一下，情不自禁地在老公那胡子拉碴的脸上亲了一下。

姚莲瑞心甘情愿，满怀憧憬。

她花了一个星期的时间，搬到了郊区，就在这西山脚下。

且不说地理位置好歹，新租的房子只有两居，而且比自己在闹市的三居还要陈旧，结构也怪异得很。邻居大多是附近一家食品厂的职工，早上班晚下班，手重脚重，咣当当，咣当当，别说睡个安生觉，想有片刻安静的心情也不能。房子老化得厉害，沙尘暴一刮，满屋子黄尘。电闸也不体恤人，谁的账都不买，受不了就自动跳下来，灯光一闪全楼黑暗。他妈的冰箱化了。他奶奶的微波炉烧了。妈，奶奶，一片叫嚷与咒骂。接着，咣当当咣当当，灯又亮了。

要命的还有，这么远郊的一个小区，已经有了风景优美的西山，但还非要弄个供人休闲的小花园。机器，工人，挖出不合时宜的树木，栽上合乎时宜的树木，铲去野草野花，种上进口的草皮和名贵的鲜花，修路，挖坑，埋电缆，埋路灯，设置健身器材，等等，嘈杂一片，连买瓶酱油都要绕一大圈路。

姚莲瑞再也不想纽约里了，好像纽约里只是她前世的一个梦境。

老公也不再提豪华别墅。

姚莲瑞也不提。

姚莲瑞知道豪华别墅没有了，那不过是一个男人的梦想或者谎言，他把这个梦想或者谎言给她的同时，那些靠不住的鬼玩意儿当即就消失了。

住在西山脚下的姚莲瑞像个普普通通的中年女人那样，每天都要绕过喧嚣的工地，到吵吵闹闹的菜市场里买菜、羊肉、鱼，有时候还要和小贩们拌几句嘴。有时候，她还要步行到那个离住处两三站地的超市，买酱油，买醋，买卫生巾，付钱时还要顺手买一盒口香糖，顺便对收钱的小姑娘笑一笑，那个小姑娘有着两颗小虎牙，青春，洁白。

偶尔，姚莲瑞会坐一个半小时的公交车，到市里的邮局给儿子寄东西，远在日本的儿子就是喜欢北京的小物件。办完了这些，姚莲瑞还会随意在哪个小商店里买个棒棒糖，以便在返回的路上打发落寞的心情。真的，公交车出了市区，越开越远，老也不到终点，仿佛要开到一个荒无人烟的地方。四周的郊区景色越来越美好，越来越土气，也越来越没有了感情。虽然她住的地方也有地铁，但她不喜欢坐地铁，那种什么也看不见、只能听见一阵阵轰隆隆的地下飞驰，会让她感到大脑麻木。她喜欢就这样坐公交车，含着棒棒糖，眼看着美好的景色一点点褪去，那逐渐荒凉的变化与她心里的感受严丝合缝。

姚莲瑞终于迷上了炒股。

炒股很难发财。炒股别想发财。虽然炒股并不是为了赚钱，但可以使自己的生活充满刺激。尤其到了我们这个年龄段，生活里没有点刺激，日子太乏味了。在电话里教会姚莲瑞炒股的同时，杨飞燕把自己的炒股体会也传给了她。

杨飞燕给姚莲瑞的电话十分密集。

在玻璃工艺品制造厂时，姚莲瑞和杨飞燕并没有什么交往，甚至连手指都没有碰过，她没有机会和杨飞燕来往。杨飞燕太灵活了，对任何人都是见面亲个死，不见面死不亲，这点优长是全厂都知道的。但是，自从夏天在王府井碰面后，杨飞燕和姚莲瑞一下子有了密切联系。上午在菜市口遇到个中学同学，他现在眼花得几乎要瞎掉了；下午在平安里遇到个玻璃同事，小样，装了一副假牙就绷起脸来不认人了；前天邻居两口子为了他家的小狗贝贝吵架吵半夜，有什么好吵的，动手啊，打架也是解决问题的一种手段嘛；昨晚老公的同事喝得住院了，刚住下就尿人家一床；美廉美日用品降价，面膜在网上购买更便宜，她昨夜在梦里又减掉了五斤肥膘肉，她女儿把第六个老板炒了，等等，都成了杨飞燕打电话的内容。

当然，这些都是在教授炒股之余说的，虽然还是那样吵吵嚷嚷，但姚莲瑞觉得杨飞燕变了，仿佛时间不仅改变了她的品质，还增强了她的习性，使她变得又真诚又热情又有耐心了。搁在以前，姚莲瑞早烦了，可是现在，她很喜欢杨飞燕每天打来电话，就好像每天上午十点她必须打开窗户，呼吸一会儿新鲜空气。现在的杨飞燕几乎就是一个不可或缺的窗口，通过这个窗口，姚莲瑞看到了外边的世界，天地花花绿绿，人群纷纷攘攘，大气层下还飞舞着许许多多的幺蛾子。

每天电话一结束，姚莲瑞就觉得自己终于成了一个凡人，心情居然这么容易宽松快乐。她站在阳台上张望西山落日时，还会觉得落日的余晖十分迷人，住在郊区真好。

终于，杨飞燕在电话里说一件正经事。

王喜要宴请大家。也就是说，成了富豪的王喜想请玻璃厂同事们聚聚。

姚莲瑞，你一定要去。王喜都点名了，你离开厂子以后谁也不联系，人家都急了，说一定得请到你。我把你地址给他了，他会给你发请柬的，你要注意接收啊。杨飞燕叨叨叨叨叨叨，半天才刹住嘴，临了，还来了一句，那小子，还惦记着你呢！

杨飞燕酸溜溜的尖叫声还没有完全消失，王喜的样子便在姚莲瑞眼前飘出来：丑，怪，但不是丑八怪；小个头，小细眯眼，看见女人就一脸笑嘻嘻的，尤其是看自己时，那眼光简直想咬人。

就像当年在厂里一样，王喜做什么事都特别较真，一张请柬也要发快递。姚莲瑞打开请柬时，又看到了长相又怪又别致的王喜，看到了乱糟糟热乎乎的往昔，她还看到了那些漂亮的玻璃工艺品。在赴宴前的两天里，姚莲瑞心里边飘满了王喜的影子，耳朵里也都是王喜的俏皮话——当她意识到这一点时，心里咯噔噔跳了好几下，然后，她不自觉地走到卫生间里，看着镜子里的自己，想起往昔姣好的容颜，想起当年和王喜做同事时的点点滴滴。

一切都变了，但一切变化都那么小。

王喜个头没变，还是那么秀气，肚子也没有起来，说话还是那么风趣，但以前显得滑稽的举止，此刻却显得稳重并且充满了诗意，还幽默了很多。在豪华的巨大包房里，王喜像个国家元首一样接见了到场的六十三名玻璃厂同事们。他和男人们握手，叫他们的绰号，踮着脚拍他们的肩膀；他和女士们握手，赞美她们青春绵延容颜依旧，完全可以做某某人的小三或者小四小五。甚至，他握住杨飞燕的小胖手时，因她染得又红又亮的五个指甲而绅士风度十足地吻了一下她的手背。到了姚莲瑞，王喜则握住她的手摇啊摇，摇啊摇，一个劲儿抱怨她离开厂子那么早，抱怨她老不给人联系，谁也不见她芳踪，好像一朵茉莉花，无声无息地消逝在风里。姚莲瑞握着王喜的手，觉得干枯的心田被他雨露一样的话儿润透了，眼看着就要长出禾苗来。

王喜全没有大富豪的谱儿，在开席之前，还即兴袒露了他的成功秘诀，一开口还像从前那样，口才活像竞选总统。综合起来，王喜成功秘诀就是一个字：搞。搞准机会，搞掂必须要搞掂的部门，搞水，搞电，搞电缆，哪儿需要就在哪儿搞一下。不光搞这些看得见的，还要搞一些看不见的，搞心理，搞策略，搞诡计，有时候还要搞一搞尊严和良心，只要中心点是利润，只要不违法，什么都可以搞。王喜介绍完他经商二十余年的成功搞法，端着满满一杯白酒，站了起来，目光绕着巨大的圆桌，在六十三名玻璃厂同事的脸上巡视了一番，很严肃地发表了致酒辞：先生们，女士们，来，大家搞一下！

这场相隔了二十余年的老同事聚会，没有给姚莲瑞留下一点儿快乐的感觉。在暧昧的夜色里，她吭吭哧哧又坐了一个多小时的公交车，回到在郊区租住的家里，除了精疲力竭，她确实也没想到这场盛宴和自己有什么关系——并没有出现奇迹，没有像临出发时杨飞燕在电话里说的那样，王喜要给她一个有相当密度的拥抱。没有。即便在正式介绍大家时，王喜也不过示意她站一下，表明她就是也曾在玻璃工艺品制造厂工作过的姚莲瑞，和大家做过同事。

第二天下午，虽然因奔波于聚会而诱发了脚底的鸡眼，但姚莲瑞已经忘了昨天的聚会，只是专心致志地伺候鸡眼。看样子，她已经把聚会这件事当作针尖上打战的一粒微尘，都没有她的鸡眼重要。

姚莲瑞坐在窗前正伺候鸡眼，好听的电话铃声响起来。

是杨飞燕打来的。

杨飞燕还沉浸在昨晚的盛宴里，她先把昨晚见到的六十三名玻璃厂同事逐一评价了一番，接着她着重地大说特说了不起的王喜，那口吻热切，熟络，仿佛王喜即将代替她的户籍警。宴会结束大家散伙时，姚莲瑞都没和王喜告别一声，就匆匆奔向公交车站。杨飞燕和王喜告别了，她不仅很在意王喜再次和她握了手，还尤其欣赏临别时王喜对几个女同事的评价。王喜当然是喝得找不着北了，也不经大脑过滤，坦率又幽默地把女同事们比做蔬菜水果，谁是水芹，谁是小香瓜，谁是大苹果，谁是小菠菜，谁是大白菜，杨飞燕是茄子，不是紫的那种，是不紫的那种。真不愧是有钱人，特注重健康食品，特了解蔬菜水果有益于身体，连有着特殊营养的这种茄子他都门儿清。

姚莲瑞特别想知道自己是什么。

杨飞燕说，你是腌黄瓜。

腌黄瓜。腌黄瓜什么样子啊。

姚莲瑞一下子把剜鸡眼的小刀扔到地上。

婊子养的。

别忘了你爹是街边修自行车的。

姚莲瑞简直气疯了。她草草挂了电话，坐在那儿心眼里胡乱骂了半天，还不解气，也不服气。好像要验证自己一样，姚莲瑞光着脚，忍着鸡眼的疼痛，又冲动又负气地跳到穿衣镜前，她想看看自己是不是真的成了腌黄瓜。哦，光线有点暗。她转过身，走到墙边打开了灯，但她又站住了，她没有再转身走到穿衣镜前，因为她知道，镜子里不可能再出现那张青春洋溢的面颊。

家里的电话和手机还是响得那么勤，但姚莲瑞却很少再接杨飞燕的电话了，连短信也不给人家回。她现在的兴趣也不在炒股上了，上网也很少了，只是偶尔会网购一些东西，比如面膜之类。在更多的时间里，她只是端着一杯绿茶，坐在阳台上观看太阳向西行走，观看西山的景物时而清晰无比，时而蒙眬一片。屋里的电视一直是开着的，坐在阳台上的姚莲瑞听着男人女人的说话声，时而激昂时而低迷，她不需要去看，就已经知道电视里的故事已经发展到哪儿了。只有到了下午三点半以后，姚莲瑞才满怀希望地坐在电脑前上网，等待着视频中可能出现的儿子。

可是，现在，儿子也不经常出现了。

在搬家之前，特别是在儿子刚去日本不久，在这个钟点，儿子一准会出现在视频上，向她诉说所见所闻，向她展示自己的进步。有很长一段时间，下午三点半和儿子视频成了姚莲瑞的一杯下午茶。可是，自从儿子在上课之余找到了一份工作，或者说自从那个日本女孩出现以后，这杯下午茶变得越来越淡了，甚至给他的留言，他回起来也像匆匆离开的背影。姚莲瑞有时候想儿子了，也只有翻看一会儿影集，在重温从前的快乐时光时，她时而忍不住慨叹一声。

老公更不用说了，看不着人影，电话和短信一样，稀薄得如同海水中的空气。搬到郊区以来，他只来过一次，就是搬家那天，匆匆忙忙，好像只是为了记住路线，以备变成鬼魂时来拜访她。豪华别墅，但愿他别和豪华别墅一样，只是个许诺与谎言。

姚莲瑞终于找到了事做。

姚莲瑞发挥精于设计的特长，开始修改衣服，修改那些以前最能显示丰满身段的衣服。论说，尽管老公没有钱了，自己花钱也不像以前那样从容了，她也不缺少衣服穿，但她修改衣服时，心里老觉得自己做了一件实实在在的事情，而且还能满足一下自己虚妄的心愿。自己的丰满被时日一块一块地挖掉了，她也得把衣服一块块地剪下来。每次把修改过的衣服穿身上，在镜子里，她欣慰地笑着，仿佛终于把自己的灵魂修改得更合乎肉体了。这时候，门铃一响，她就穿着这样合体的衣服去开门，把在网上定购的面膜收下来。送货的是个小姑娘，右嘴角有一颗美人痣，每次都要佯装惊讶地赞美姚莲瑞一番。不过如此。有时候，姚莲瑞贴着面膜修改衣服时，心里也非常明白，小姑娘的赞美不过是对自己的安慰，要消逝的东西是无法挽留的，而自己这样做，无非是想让那些东西走得慢一些，尽可能地慢一些。

初雪飘落的这天，姚莲瑞修改好最后一条冬裤。裤子是藏青色提花呢的，是四十岁生日那天老公给她买的。她做好最后一道修改工序，穿上试了试，好像很满意自己的手艺，两手抄在口袋里左看右看，那快活的样子仿佛又回到了当年。

接着，按照近来的习惯，姚莲瑞来到卫生间里，开始贴面膜，整理额前的头发。她做得那么认真细致，似乎经过努力打捞，往日的容颜还会捞回来一些。贴好面膜，在头发上卷了六七个发卷，她又点上一支烟，一边抽，一边看镜子里的自己。把香烟放在卫生间，也是她最近养成的习惯，她坐在马桶上抽烟时，常常会想起坐在纽约里抽烟的悠闲样子。

镜子里的人被面膜和发卷装饰着，充满了神秘。透过淡薄的烟雾，姚莲瑞一动不动地凝视着镜子里那个妖怪似的陌生人，仿佛等待发卷和面膜发生物理变化，只要等到时候把这些东西摘除了，她就会打碎魔障看到从前的自己。

这时候，有人敲门。

姚莲瑞顿了一下，朝水池里弹了弹烟灰，夹着烟走了出来。

她打开门，一下子愣住了。

是张信哲。

也就是那个活像张信哲的年轻人，他挎着一个帆布工具包，虽然穿着维修工的制服，但很讲究地围着一条花格围巾，头发上还有着一些雪花。看着脸上贴着面膜、头上盘着发卷、手上夹着香烟的姚莲瑞，张信哲先是满脸愕然，继而露出迷人的笑容：您好大姐，是您家的微波炉坏了？

姚莲瑞没有说话，只是摇摇头。但她的目光不由自主地落在他的左耳上。那三枚耳钉不见了，它们原本是钉在这个左耳上，微微闪烁，迷人。姚莲瑞心头怦怦直跳，差一点儿没问他，你，你怎么没戴耳钉呢？修微波炉也可以戴耳钉的啊！可是，张信哲没有任何解释，只给她浅浅地鞠了一个躬，就像把两瓶啤酒放在她面前之后那样。姚莲瑞差一点儿想请他进屋坐一会儿，但她犹豫了一下，她怕一张嘴说话张信哲就会认出她。他那大男孩般的嘴唇线条鲜明，还是如此饱满。说不清为什么，姚莲瑞不想让他看到自己现在的样子。或者说，她不愿意破坏自己给他留下的矜持与端庄。他也没有给她更多的时间，一边说着抱歉的话，一边下楼，一边掏出手机。直到他接通了真正要修微波炉的人家，姚莲瑞也没能张开嘴喊他回来。

这不是一个梦境。

但愿这只是一个梦境。

然而，千真万确，这是姚莲瑞生活中的最后一朵花，只不过还没有来得及绽放，就消失了，比昙花凋谢得还要快。

姚莲瑞关上门的一瞬间，在纽约里的往事如同一群虫子，闹得她心里异常难受。她又回到卫生间里，再次端量镜子里的那个妖怪：头发上卷了六七个发卷，面膜下露出的嘴唇不争气地颤抖着，还有一双眼睛，那么空洞。她下意识地抽了一口烟，当她把烟雾吐出来时，意外地看到有两行泪水滑落下来。

就这样反而更好。

姚莲瑞心里这么说着，一边打开水龙头，使劲地洗手，洗左手，仿佛要把那曾经的神秘一吻彻底洗掉。

春天又来了。去年秋末完工的花园第一次呈现出百花齐放的景色；树木也挂满了绿绿的嫩叶。可是，没有什么征兆，姚莲瑞与青春有关的一切却全部消失了。第二个月，姚莲瑞又等了二十一天，该来的东西依然没来。她终于明白了，那东西再也不会来了。也就是说，最后一根线断了，最后一根稻草也随着时间之波流向了远方。就像千辛万苦地逃避，致命的危险还是来到面前，并且无情地降落在身上。

姚莲瑞把最后一包未拆口的卫生巾扔进了垃圾袋里。

她提着垃圾袋走出门来时，居然神奇地这样想：青春和苍老之间没有缝隙，没有一点点可以躲避和停留的地方。在年龄的分水岭这儿，自己已经落到了这一边，就像太阳西下，过了山梁，很快，晚霞也会随之消失了。

现在，姚莲瑞几乎每天都要到花园里溜达一会儿。虽然遭受了很长一段时间的吵闹，但是，姚莲瑞一旦走进花园里，她就会忘掉以前的烦恼，忘掉所有的不快。她很喜欢这个小巧玲珑的花园，早上或者傍晚，她就会到花园里散散步，看看儿童玩耍，听听老头儿逗鸟的嘘嘘声。更多的时候，姚莲瑞则是坐在崭新的木条椅上，目光呆滞地看着透过树木的细碎阳光洒落在生机勃勃的花草上。

02 黄生宝先生的特例

黄生宝先生有很多愿望，想变成一只小鸟只是其中之一。他的大部分愿望都实现了，没实现的也早就忘掉了，只有这个愿望，既没有实现，也没有忘掉，而且越来越成为他唯一的愿望。

黄生宝先生性格爽朗，他不喜欢隐瞒自己，想变成小鸟这个愿望他不仅给我说过多次，给很多人都说过多次，而且在言谈形迹上也表现得很强烈。比如，他和我们几个哥们儿喝酒，一说起这个愿望他就有些癫狂，常常酒杯也不放下，端着满满一杯酒直接跳到椅子上，模仿小鸟在枝头抖羽鸣啭，有时候他还会跳到桌子上模仿小鸟飞行，尽管一双腿都因此有过骨折的光荣历史，但黄生宝先生从未放弃过这个愿望。这个愿望何时诞生的，黄生宝先生自己也说不清，反正现在，他时时刻刻都可以感受到，这个愿望就像一把烧得通红的尖锥刺进皮肉，耳听着吱吱响，眼看着冒青烟。

黄生宝先生在著名的夜未央出版社工作。

我在这里把夜未央出版社的黄生宝那孙子称为先生，完全是出于礼貌和习惯，并不是因为别的。实际上，黄生宝先生既不是道貌岸然的社长或者总编，也不是整天高谈阔论牛烘烘的编辑——编辑嘛，也就是个编辑，百分之九十八的编辑都以为自己是根大鸟，其实不过是文字水田里的水牛，不好好拉犁子，搞歪了几行字，屁股照样挨鞭子，搁在秦汉，搁在唐宋元明清，饭碗子丢掉算是轻的，严重一点还要宫刑，祸及全家坐牢砍脑壳，连相好的都难免受牵连。历史上这样的教训有的是。几十辈子编辑了，到今天也没几个能悟到这个理儿的，一个个还给我牛烘烘，编的书都是鸟毛灰，卖不了几本，天天退货，一垛垛囤在库房里，等着化纸浆，还怪我们发行人员没力度……有好几次，黄生宝先生多喝了几杯猫尿，说起夜未央出版社的几个“牛鞭”时，他总是发不完的谬论。但是，由于言词腔调过于尖酸激愤，让人很容易就能看出，黄生宝先生说起这些之所以备感心痛，歪理邪说层出不穷，很大程度上就是因为他只是个图书发行人员，而不是受人仰视的大鸟编辑。

黄生宝先生在发行部工作。

我们不能彻底否认，出版社的兴衰与发行部的强弱有着很大关系，尤其是出版社能不能赚到钱，或者能不能至少保本，或者能不能苟延残喘，发行部还是起到很大作用的。著名的夜未央出版社这么多年来没有倒闭，还有钱赚，它的发行部还是立下了汗马功劳的。黄生宝先生在这么重要的部门干了二十多年，没有混上主任是完全可以理解的——主任嘛，不是谁都搞得上的，这个道理大家都懂。但他那么卖力工作连个副主任也没混上就不太好理解了。按照外星人的规矩，不好理解的事情就不要费心去猜测了，也不必说这件尴尬事了，反正到现在黄生宝先生还是一个图书发行员。

一个图书发行员就没啥好说的了，日常工作也就是通过汽运铁运航运物流诸如此类的渠道向全国各地发行图书，过不多久还要负责接收原路返回的一车车退货，包括那些所谓的著名作家制造的垃圾，然后把它们整整齐齐地码放在库房里，等待降价处理，或者捐给边远山区图书馆，更干脆的是直接拉到造纸厂化纸浆，再经过几道程序，起死回生继续变成一本本书籍，倒是比较契合世间万物轮回的基本轨迹。很早以前，也就是刚工作那会儿，黄生宝先生为这些书籍的命运深感心痛，甚至迷惑，甚至喟叹，甚至很鄙视制造垃圾的狗屎作家们。现在他对此置若罔闻，因为他早就明白了，世界不管变得多么先进，人类变得不管多么文明，垃圾总是不可避免的，祸害总是需要循环的，魔法总是会存在的，他想变成一只小鸟的愿望也一定会实现的。

当然，图书发行这个工作也有几个好的方面，其中之一就是可以让黄生宝先生经常到全国各地旅游一番。以前，每到一地，黄生宝先生总是泡在当地书店里查看自己发行的图书销售情况，还要纠缠着书店的工作人员包括经理在内，像模像样地开一个销售研讨会之类，像模像样地制订促销方略。之后，他还会死打烂缠地讨要一些拖欠很久的账目，包括一小部分基本上已经烂掉的账目……必须得承认，现在，黄生宝先生厌烦了这个瘪样式，因为这个瘪样式他坚持了十几年也没有改变他的生活质量，更没有改变他的人生形态，他还是个图书发行员，他想变成一只小鸟的愿望没有消失，依然坚挺着。所以，现在他每到一个书店，只要拿到销售数据，只要能顺利结账，就万事大吉，至多顺便给个把有骚相的女售货员开些虽不暧昧但意味深长的玩笑，然后全身轻松地开始他的有趣的旅游生活。

图书发行这个工作对于黄生宝先生来说，如果仅仅具有旅游的乐趣，那将是单调的，金钱方面的收益也是极难避免的，硕鼠们都明白，金钱本身没有毛病，只是与金钱有关的事物难免要产生太多的猫腻。有猫腻的事情我们略过不谈，况且黄生宝先生的主要乐趣不是这个。从前的经验告诉我们，不管过去还是现在，即便将来，只要经常出差，艳遇是绝对不可能全部避免的，因为这个规则已经诞生几千年了，我们想想从前的圣人文人剑客游侠商人官员等等这帮兄弟的行径，还有什么不明白的。所以可以肯定，这个规则不是因黄生宝先生经常出差而繁衍出来的，但在很长时期内却是他的最大乐趣。比如南京的，比如杭州的，比如银川的，比如齐齐哈尔的，比如上海的，比如法兰克福的，比如火星上，哦，那儿到现在都还没有书店，黄生宝先生到不了那儿。总之，这么多年的辛勤工作，风雨无阻，披星戴月，没有点收获那是不可能的，也是不人道的。从前，黄生宝先生也不忌讳谈这些，几杯小酒下肚，他就给我们几个没出息的兄弟放这些电影，说这些段落，一边有条不紊地讲述，一边形象逼真地比画。现在，黄生宝先生不喜欢谈论此类事件了，甚至都不提这个话题，要谈，咱们就谈怎样变成一只小鸟，喳喳，啾啾。黄生宝先生当下只对怎样变成一只小鸟感兴趣，那些一时的露水之好早就烟消云散，他的记忆一片洁白，灵魂也是洁白的。他当然不知道，人家也没有记住他，甚至从搭边儿起就没留意他那张脸。

我的双手无端地抖个不停，有个斜眼医生说是患上了麻痹症，有个混账医生说是帕金森，还有个脸皮像马粪纸的医生说这种怪异的问题很难解决，要不了多久双手就会干枯僵死，就像断掉的树枝那样。还有一个比较理智的医生建议我每天用电脑敲字，慢慢也可以恢复手指机能，只要持之以恒，康复也不是没有可能的。这样一来，我每天都要在电脑上敲很多字，再后来在电脑上敲字就成了我的职业。一个从事敲字职业的人，难免要和一些出版社打打交道，这样，我和黄生宝先生认识就在所难免了，何况我们两家住得很近，不过就隔一条马路。但是，像我这样的人和黄生宝先生在一起，不管站着还是坐着，不管比上边还是比下边，我都得自惭形秽。黄生宝先生相貌堂堂，仪表翩翩，我敢保证，我们这群人（也就是一群手指麻痹症病友）一起保证，从外表上没有人会相信黄生宝先生仅仅是个图书发行员，要是和他交谈一会儿，更没有人会相信一个相貌堂堂的图书发行员会有这么高深的妄念，虽然言谈举止乍看之下就像神经病似的，但细细一琢磨，也很有几分诗意的。

黄生宝先生所具有的这些怪异品质由来已久，但详加考究也是一点一滴积累下来的。以前黄生宝先生有一个说不上好也说不上坏的习惯，无论到哪儿都手不释卷，他每次出差都用拉杆箱拉着一箱子书，一到宾馆住下来，他就把所有的书倒出来，码在桌子上，码在床头，码在沙发上，码在马桶旁的垃圾桶盖上，这样一来，他随时随地都可以拿起一本书来读。

请不要误会，黄生宝先生的苦读不是出于好学，也不是想做什么学问，他既不是为了改变自己的人生，当然更不是为了改变他人的人生。黄生宝先生所读的书全是夜未央出版社的产品，由此，我们就明白了，黄生宝先生如此苦读完全是职责所系，就像他在出版社年终大会受表彰后做经验介绍时所说的那样：要想推销掉自己的产品，就必须彻底了解自己的产品。也像他和我们这些人在一起多喝了几杯猫尿之后说的那样：要想变成一只小鸟，就必须彻底了解小鸟，小鸟种类繁杂，飞翔姿势各有千秋，叫声也千姿百态，你们看，小麻雀是这样飞的，叫声是这样的，噪噪，喳喳，啾啾；黄鹂是这样飞的，叫起来你听，嘎，嘎，哩喽哩，吃桑葚子黑腚沟……

所以，和那些书店经理们交流时，黄生宝先生能够侃侃而谈，能够说得头头是道，令经理们忍不住对这个图书发行员刮目相看。这样一弄，书也好卖了，账也好要了，皮带系好了，裤门拉上了，一切尴尬的事危险的事难办的事统统解决了。所以，每次俘虏（黄生宝先生认为用“干掉”二字比较合适）一个书店经理，黄生宝先生回到宾馆里都会高兴一番，洋洋自得是难免的，无论怎样得意忘形都是必须的，但是，他从不击掌欢呼，从不双臂向上张开拉着漫长的腔调感谢上帝，他只是在房间里快速奔走，跳到床上，跳到桌子上，跳到窗台上，就像麻雀那样轻巧，就像黄鹂那样疯狂，他嘴里还会发出喳喳啾啾嘎嘎哩喽哩的声音。这样特殊的庆祝仪式结束后，黄生宝先生就会把与这个书店相关的书籍全部扔掉，有时候他也会整理一下，以便次日退房时送给某个长相俏丽的服务员，至于她们是否喜欢读书，那是次要的，主要是她们双手接过书籍时，都会妩媚一笑。就这样，出发时装满书籍的拉杆箱在返回时总是空的，总是轻飘飘的，就像他本人那样轻松，那种轻飘飘的感觉，那种空洞洞的感觉，真好，真的很好，就像飞行中的小鸟那样好。

现在，黄生宝先生对所有的书籍都非常反感，出差也不像以前频繁了，他偶尔出个差，别说拉着一箱子书了，甚至连一张纸都不愿意带。他每到一地，在宾馆住下后不再摆弄书籍，而是十分入迷地玩一种叫作“伤脑筋十三块”的木头玩具，也就是十三块形状各异的积木，要把它装进一个立体匣子里，可以有六千多种拼装方法。据传说，到目前为止，当年发明这个游戏的方不圆大师也才玩出三百多种。这个游戏不仅与几何有关，在代数中也是亟待开拓的新领域。这么一说，就没有几个人想玩了，事实上也真没有多少人玩它，因为现在是电玩时代，没有谁还会傻乎乎地把仅有的三颗数学细胞在十多块木头上耗费掉两颗。

黄生宝先生手里的这盒木头块儿，是他送给儿子的五岁生日礼物，他本来希望儿子能成为数学家，现在儿子都上大一了，能成为数学家的迹象却一点也没有呈现出来，倒是在勾引女同学方面显示出过人的才华，尽管他脸上长满了青春痘。没能成为数学家，究其主要原因，就是熊孩子小时候没好好玩过几次这盒木头。当初黄生宝先生本来想随手将之扔进垃圾桶里，但他的太太胡小梅却对之突发兴趣，这盒盘问活人智商的木头才得以幸存。

胡小梅在医院工作，但她不是医生；她在化验室工作，嘻嘻，她也不是化验师，只是个负责分发化验单的护士，就像黄生宝先生从事图书发行工作一样，她也是干二十多年了还在负责分发化验单。不过黄生宝先生对此没什么意见，因为他既了解太太不求上进的脾气，更能洞悉她喜欢碌碌无为的德性，这种脾气和德性，基本上也是他黄生宝先生的优点和长处。但是，无论多么庸碌，人都会有点自己的爱好，都会有一点自己的愿望。比如黄生宝先生，他的爱好比较广泛，有一个时期热烈看书，有一个时期是疯狂地玩木头游戏，而他的愿望从来不变，那就是变成一只小鸟。胡小梅的愿望是什么没听说过，也许她根本就没有自己的愿望，她也没什么爱好，她只有嗜好，她喜欢数学，如同嗜痂之癖，长期以来酷爱欧几里德，以及由此相关的各种知识。在业余时间里，也就是回到家里，她睡觉之前和醒来之后，她都要研制几道数学题来演玩一番，这几道题解决不了，她就什么也做不下去，甚至无法大便也无法小便，就像瘾君子一样，须臾少不了。因此，这盒“伤脑筋十三块”就是想走也走不掉了，因为它蕴含着无穷的数学元素，对胡小梅的吸引力简直远远大于性的吸引力。有那么三四个月的时间，胡小梅玩这个积木拼接几乎到了癫狂的地步，她在饭桌上玩，坐马桶上玩，在公交车上玩，睡觉前玩，半夜醒来撒尿也要玩上一盘，天明起床第一件事还是玩这盒木头。真要命。

但是，很快，胡小梅就把这盒木头收起来了。从此，很久很久，黄生宝先生再也没看到过。当时黄生宝先生还分析了一下，要么是胡小梅彻底解决了这盒木头所有的数学秘密，要么是彻底晕菜，以她的脾气，搞不懂的东西，她就会恶狠狠将这玩意儿束之高阁，就像许多高头讲章，就像许多著名作家的著作，虽然很有名，但是很难读，或者说很难读完它，尤利西斯和普鲁斯特就是很好的例子——作为一名优秀的图书推销商，黄生宝先生常常自诩识得这两位大名鼎鼎的外国作家，以及其他等等。

后来黄生宝先生是怎么找到这盒神奇的木头块儿的，他没有告诉我们。反正，现在他已经完全理解当初胡小梅对这盒木头块儿的迷恋，所以他也毫无内疚地原谅了自己：好久了，他在家里一有空就会拿出来一遍遍地拼装它，每次出差，可以不带避孕套，可以不带壮阳药，但这盒木头必须携带。在书店办完事之后，当地风俗人情旅游景点他早就失去了兴致，他基本上都是直奔旅馆，全身心埋于这盒木头的拼接中。他那副全神贯注的劲头儿没法描述，即便自己的命运，他也从未这么全心全意地关注过，因为他知道自己命运里没有奇迹与奥妙，而这盒木头却隐藏着宇宙的所有奥妙和大自然的全部妖术。因此，每演试成功一种新的拼接方法，就像破译了宇宙的一个奥妙，就像从前俘虏（或者干掉）一个书店经理一样，黄生宝先生都要喜形于色，欢呼雀跃，跳到床上，跳到沙发上，跳到桌子上，当然，他也忘不掉跳到窗台上，就像小鸟一样，在宣泄兴奋情绪的同时，也体验了身轻如燕的美好感觉。

对一盒木头的沉迷虽然有点变态，但无论如何也不会让黄生宝先生堕落到玩物丧志的境地，因为他从来就没有过志向。当然，也没有因此损害他别致的素养与品质。我们知道，自打从事图书发行这档子工作以来，黄生宝先生为尽到职责而苦读过若干年，这就像吃东西一样，有时候吸收的是营养，排出的是渣滓，有时候排出的是营养，吸收的是毒素。长时期潜移默化之间，黄生宝先生在众人之中总能展现一种别致的信息，就像有毒的蘑菇，外表一定要比普通的食用蘑菇更美丽迷人。对于自身的缺点和优点，黄生宝先生一直是浑浑噩噩的，甚至从来没有意识到这些，直到偶遇康娃女士之后，他对此才有所觉察有所醒悟。

黄生宝先生是在法兰克福和康娃女士相遇的。

大家都知道法兰克福的书展吧？不知道也没有关系，因为又不是我们的故事在此发端的，而是黄生宝先生和康娃女士的故事。

每届法兰克福书展，夜未央出版社都要参加。尽管只是个书展，但那是出国呀，而且是德国，欧洲国家。这样的好事，社里的头头脑脑当然每次都要去了，他们之所以每次都带上黄生宝先生，不是因为他人缘好，而是因为这孙子在图书发行行业的确是个老油条。

向来如此：书展一开始，头头脑脑就带着两个精通外语的女编辑到各处考察去了，可怜的黄生宝先生只好留下看摊子。尽管身上的行头是社里统一配置的，但黄生宝先生一旦西装革履，立即就显得神采奕奕，和几个头头脑脑进出酒店，进出书展，那些眼光格外灵敏的外国侍者总是把他当作主角。在书展上，即便黄生宝先生成了看摊子的，他独自一人站在那儿也是玉树临风，十分引人瞩目。那些往来的外国人基本上不看中国书，他们也看不懂几个中国字，但看到黄生宝先生他们反而会注目一下。尤其那些女的，有的很苗条，有的很漂亮，有的腰上屁股上糊了一大坨肥肉，她们的目光落在黄生宝先生身上的同时，还会微笑着向他招招手，有时候她们还会走近摊位，一边翻看看不懂的中文图书，一边释放掩遮狐臭的浓烈香水味。

康娃女士是黄生宝先生第二次参加法兰克福书展遇到的。一开始黄生宝先生还以为她是个日本人，或者是个韩国人，但她没有香水气味，她自身散发的所有信息都恰恰佐证她是个中国人。在异国他乡，虽然短暂，但康娃女士身上的这种中国信息让黄生宝先生尤为敏感。康娃女士说她老公是北京某大学的材料学教授，来德国是为了完成一个课题或者是一个项目，而她陪同他来的目的就是玩两天，然后独自回国。黄生宝先生那时候还算年轻，他对康娃女士的老公研究什么鸟毛材料不感兴趣，他只是被康娃女士自身的气息深深吸引了，尤其让他感兴趣的是康娃女士将独自回国。这样一来，黄生宝先生就难免向康娃女士展示肺腑，卖弄才学，就像美丽的毒蘑菇，在烹调的过程中并不因高温而减少毒性，恰恰相反，温度越高越能诱发它更剧烈的毒素。从此开始，在很长一段时间里，即便到了现在，黄生宝先生能散发多少毒素，一切都决定于康娃女士的温度变化，同时，康娃女士有多么迷恋黄生宝先生的毒素，那么她就会释放多么高的温度。

尽管后来黄生宝先生与康娃女士频频约会，但他们都不否认第一次约会最有意思，几乎让他们又回到了少男少女的梦幻时代。回国后没有多久，黄生宝先生给康娃女士电话问好，几句虚假又空洞的寒暄之后，他顺嘴似的，说自己下周将去南京出差，每次都要去明孝陵转一转，他对那个地方充满了敬仰。黄生宝先生下周去南京出差是真的，对明孝陵充满敬仰也是真的，但“每次都去”虽是谎言，给予康娃女士的则是一个暗示。果然，黄生宝先生在南京的书店办完事之后，从容不迫地来到明孝陵，没费什么周折他就看到了康娃女士。当时，康娃女士身着天蓝色裙子，白底黑点斑点狗似的 T 恤衫，端着单反相机正在佯装拍风景。毋庸置疑，这次谋定的邂逅一下子消弭了需要行走很久的距离。顿时，他们就像夫妻一样，一致否定了都玩过的明孝陵，然后，打马奔向动物园。因为南京动物园的河马是很有名的，而康娃女士上次因为时间关系没能看到。

在动物园里，他们不仅尽兴地看了河马，还意外地遇到一对发情的猴子。在“蹭腚”之前，公猴子抓耳挠腮，龇牙咧嘴，做不尽讨好的举动与表情，显得智商极高，在“蹭腚”之后，好像全部智商也随着那股子汁液射进了母猴子的身体里，顿时变得表情呆板，动作迟钝，坐在那儿活像老年人患了痴呆症，好像可以支撑一生的灿烂精华全部献给了情侣之后，剩下的就是快速萎缩下来，等待死亡。母猴子在“蹭腚”

之前还有些羞涩，脑袋转了大半圈，将脸埋藏在公猴子的颈间，低低喁鸣。之后，公猴子变成了傻子，母猴子则像被注射了催熟剂一样，一瞬间变得成熟稳重，而且无比慈祥，它将公猴子的脑袋轻轻按在自己腿上，极有耐心地给它逮虱子。

黄生宝先生一直牢记着那两只猴子的举止和表情。在围观的人群当中，黄生宝先生观察得最为仔细，他很感动，感动得差一点放弃了想变成一只小鸟的念头。当天在南京鼓楼附近的某个酒店里，他与康娃女士还亲密地演示了一回发情的猴子。可是，这个节目简直就是一个隐患，在以后的很长一段时间内，他们每次约会就得上演，每次“蹭腚”完毕，黄生宝先生总是憔悴地躺在康娃的大腿上，好像生命走到了尽头。康娃女士表情则像圣母一样，总是慈祥地扳着他的脑袋，拨弄着他的头发，佯装逮虱子。这个装模作样的摹仿举动每次都会长达四五十分钟，甚至更加漫长。也就是说，康娃女士好像把游戏当成了真实，她不自觉地入戏了，本来佯装，无意间却变成了逼真的梦境。这种境地，这种状态，几乎淹没了黄生宝先生的所有耐性，到最后他总是想逃走，最好变成一只小鸟，从康娃女士的大腿上飞走，飞到帘布掩遮的窗外，飞在阳光下，飞在春风里，飞到夏天的烈日下。

后来，黄生宝这孙子醉醺醺地给我们说起这些时，我们这些没见过世面的人，我们这些因双手麻痹症而丧失了想象力的人，都被他彼时彼地彼情彼景中所产生的念头震惊了。

黄生宝先生的太太胡小梅和街坊们混得烂熟，他们经常聚到棉花胡同那家棋牌室搓麻。有几个牌友影影绰绰地听说了一些黄生宝先生的绯闻，但是，通过察言观色，旁敲侧击，他们都觉得胡小梅好像不知道黄生宝这孙子的那些鸟事，也许她什么都知道，但她根本就不当一回事——的确，现在没有谁还把一个普通人的绯闻当回事了，即便明星要人的绯闻，那又怎么着——而且，天大的事都不当回事这种态度，也很符合胡小梅现在的性格。

胡小梅原来是个性格鲜明的人，脾气也极其暴烈。当年他们新婚第三天街坊们就领教了她的泼辣火爆。仅仅因为炒茄子放不放尖椒这件鸟事，她竟能和黄生宝先生打得鸡飞狗跳，最后还抡起高跟鞋把黄生宝先生的脑袋砸了个血窟窿。黄生宝先生哭得哇哇叫，他不是因为丢人，也不是因为疼痛，而是突如其来的委屈击溃了他：那双高跟鞋是黄生宝先生在婚礼前特意买给她的，鞋跟有八寸高。当然，黄生宝先生也不会因为打架就忽略了当年胡小梅的许多优点，她身腰婀娜，皮肤白皙，挺乳房，翘屁股，性欲旺盛。黄生宝先生除了打架处于下风，活塞运动方面也常常只有招架之功没有还手之力。直到现在，街坊们还经常说起当年，他们从黄生宝先生家路过时，大老远就能听到胡小梅呼天抢地豹子般气咻咻的嚎叫声，而黄生宝先生苟延残喘的一声声叹息，听起来就像一条打断脊梁抽尽筋的狼在呻吟。

老是回忆当年，是因为现在没有那份儿景色了。胡小梅的转变也是突如其来的，自从生了儿子黄大帅之后，她一下子就不行了，就像拔了气门芯的轮胎，哧哧，嘶嘶，瘪了。反正也没有好说的了，都是平凡的人生，都是庸庸碌碌的小市民，过日子嘛，家长里短，油盐酱醋，上班下班，回到家里，过着这样的日子，看这样的报纸与电视，与同事交流着这样的话题，唱这样的小曲，做这样的美梦。

也记不得从何时开始的，他们一下子变得少言寡语了，可能他们自己也没有意识到。一方面，一天到晚老是谈论琐碎叮当的事情简直让他们厌烦之至；一方面，以他们的修养，根本感受不到千篇一律的平庸生活所蕴含的深刻性和哲理性，以及趣味性。同时，他们就像很多人家一样，也没有感觉到婚姻这台机器，经过几十年的折腾之后，火花塞松弛了，活塞运动不和谐了，所有的螺丝都松动了，还有一部分螺丝在奔跑中不知道跌落到何处了。

自从儿子黄大帅上大学之后，黄生宝先生和胡小梅两个人经常胡乱对付晚饭，之所以凑合，他们就是想饭后赶紧回到自己的乐趣之中。胡小梅回到卧室，全身心地埋首于研制几道数学题，然后充满乐趣地解答它们。黄生宝先生则在客厅里心醉神迷地拼接那盒木头，电视是打开的，什么节目无关紧要，那只是生活习惯的一个点缀。要是胡小梅轮上夜班，那么，在电视机的陪同下，黄生宝先生就会和那盒木头拼搏一夜，当然，一旦钻研出新的拼接方法，他仍然要模仿小鸟飞行，不停地鸣叫着上蹿下跳一番，以致天明上班时遇到左邻右舍，总要被呵斥几句。黄生宝先生对此心不在焉，嬉笑几声了事。他到了班上，尽职尽责，一边向全国各地发行新书，一边回收没在外流浪多久就原路返回的新书，然后把这些书籍送到库房里，码得整整齐齐，等着降价处理，或者捐献贫困山区，更多是直接拉到造纸厂化纸浆。这就是黄生宝先生的日常生活和日常工作，和大多数人一样，如果非要追问他有什么与众不同之处，那就是，他至少还有一个想变成一只小鸟的愿望。

至今胡小梅还在医院里负责发放化验单，只是随着年龄的增长，她的夜班越来越少，而且每次夜班回来，她都要一觉睡到午后。接着她简单洗漱一下，随便吃点饼干或者方便面（她家里这类食物十分充盈）之类，就去棉花胡同那家棋牌室搓麻。前文说过，我家和黄生宝先生家住得很近，因为我每天上午在家敲字，锻炼双手，午休后就会通过棉花胡同前往北海遛弯，所以经常看到胡小梅随便用一根布条把凌乱的头发扎在脑后，还穿着睡衣，趿拉着鞋，叼着烟，腋下夹着一个绿色小包包，失魂落魄地往棋牌室走。我和黄生宝先生夫妇都很熟，在胡同里遇到黄生宝先生，我们会停下步子，就如何变成一只小鸟这个话题，聊上一支烟甚至两支烟，但和胡小梅碰面了我至多点点头，大多情况下连头也不点，因为我懒得理她。我有点唾弃胡小梅那种每时每刻都一副懒洋洋的样子，又不是长得太差，整天弄得衣衫不整，双目无神，就像刚下班的鸡一样。

胡小梅从不上网，她不了解那个虚拟的世界，她只是酷爱欧几里得，常年以研究数学为乐趣，但是很遗憾，她的大脑并没有因为常年的数学熏陶而变得聪明剔透，精于计算，她搓麻总是输的多赢的少，而且常常大输特输，好几回输得差点儿要脱裤子。打牌老输肯定不是好事，但对于黄生宝先生来说也未必就是坏事。因为每次胡小梅输个精光回到家，就会趁黄生宝先生沉迷于那盒木头之际，偷他的钱包——这个，使黄生宝先生在漫长的繁琐生活中终于获得了一点点乐趣。他冷不丁抓住她，佯装呵斥，佯装恫吓，佯装推搡，接着真实地压倒她……长时间以来，这套程序成了他们夫妇嬉戏的一种仪式。可惜的是，胡小梅早已变成了泄气的轮胎，皮肤虽然还是白皙的，但婀娜的身腰成了油桶，豹子般的奔腾与嚎叫没影了，代之而来的是一副任人宰割令人怜悯的衰态。因此，往往一出开始有着好兆头的戏剧到最后变成了一次按部就班的劳动，唉，兴味索然。这难免让黄生宝先生有些沮丧。但输牌是命中注定的，偷钱包也就在所难免了，冷不丁抓住她，佯装呵斥，佯装恫吓，佯装推搡，以及真实地把她推倒在沙发上这些前奏还在进行着，但接下来只是一番尚有着点滴兴奋的唠嗑而已。就这样，黄生宝先生终于谈论起自己想变成一只小鸟的愿望。而且，一说这个他就亢奋，说着说着他还跳起来，先是摹仿小鸟抖动双翅鸣啭着在房间里飞行，接着跳到沙发上，跳到大床上，从低处往高处飞，从高处往低处飞，他飞到椅子上，又纵身飞到饭桌上，这时候他才蹲下身子，用脚尖学习小鸟踱步，一边碎步行走，一边抖羽四望，唧唧喳喳啾啾，欢呼同类，机灵无比。

黄生宝先生在自己家的首次表演获得了成功，因为胡小梅笑岔气了，好几天都没直起腰来，好几天都不能到棉花胡同去搓麻。第二次表演基本上也是成功的，因为胡小梅哈哈大笑着泡了一盒方便面犒劳他。第三次表演，胡小梅只是咧咧嘴。第四次……第五次表演刚开始，胡小梅就慎重地制止了他，她不仅连嘴也没有咧一下，反而忧心忡忡，她表情严肃，腔调有些恐惧，但她极其认真地要求黄生宝先生明天先去医院看一看，并且强调不要到她们医院，因为她们医院主要医治烧伤，其他各科相对薄弱，尤其神经科，简直形同虚设，那几个医生几乎连江湖游医都不如。胡小梅话音未落，在桌子上正准备模仿雨中小鸟眨眼睛的黄生宝先生好像中了鸟枪一样，从桌子上跌落下来。

当然了，想变成一只小鸟这个愿望，黄生宝先生既然时常挂在嘴上，他自然也给康娃女士说过无数遍，甚至在一场生死搏杀之后，他依旧精神抖擞地诉说和表演。康娃女士有时候会认真聆听他的讲述，有时候会含情脉脉地注视着他的表演，但是，除了偶尔拍着小手以示开心之外，她从来没有表示过什么鼓励和反对。这个谜一样的女人，在激烈的交锋中彻底溃败下来，她如同一摊烂泥，更多的是软绵绵地进入梦乡，而且还会打着细微的呼噜。

有时候我屈指细算，也算不清黄生宝先生和康娃女士的交往有多少年头了，反正，他们现在都上了一点点年纪。黄生宝先生已经有点谢顶了，这使他显得更有风度，就像毒蘑菇，越是接近凋零的季节，就越能展现从表层到内里的深刻含义。另外，黄生宝先生已经不再玩那盒木头了，他不是失去了兴趣，而是没有了精力。康娃女士除了有点微微发福之外，几乎没有变化，还像当年在法兰克福初见时那样皮肤紧致，目光缭绕，双唇线条鲜明，十分性感，与她丰腴的身条儿愈发搭配。至于他们的爱——哦，康娃女士不愿意触及这个话题，她这个有几分特点的女人喜欢这样的表达：我们的关系恒定下来了。黄生宝先生十分赞同这个说法，他也觉得这个说法比较稳妥。而且，随着时代的变化，出版社的图书发行人员早不像从前那样频频出差了，即便著名的夜未央出版社也不例外，因此，黄生宝先生昔日的露水之好也逐渐绝迹，所以，现在，康娃女士是黄生宝先生的唯一，就连他们约会的地点也是一成不变地固定在阿尔弗雷德庄园。

阿尔弗雷德庄园，乍一听好像在法国在德国，在十八世纪的欧洲，事实上，它就在古北口那儿，是一座占地面积巨大的庄园式酒店，专门接待来自全国各地甚至世界各地的富翁和土豪，以及明星要人和著名的小丑。抗战时期的古北口之战，使这个地方大名鼎鼎，但阿尔弗雷德庄园的豪华与奢侈之名，早就超过了古北口的知名度。论说，黄生宝先生是没有实力住进这种酒店的，但是，阿尔弗雷德庄园的老板马丁给了他一张无限期全免单的金卡。据马丁说，这种卡在全世界也就七张，而国内只有三张，其中两张被他的两个情妇长期霸占，用以招待她们的狐朋狗友，所以剩下的这一张请黄生宝老弟加以珍惜，仅供个人使用为盼。黄生宝先生自然不会信以为真，因为当年他们一块儿到处推销图书时马丁那孙子就喜欢言词夸张。

那时候，马丁也在夜未央出版社发行部工作，经常和黄生宝先生一起出差，马丁就像黄生宝先生一样嗜好读书，显然他不是为更好地推销图书而读书，更不是尊重知识，从而获得修养和智慧，他读书的目的就是为了找到一个朝那些著名作家的著作里吐痰的理由。马丁也有一个良好的习惯，他在阅读之前，尤其是阅读著名作家的著作之前，都要洗涮干净，身裹洁白的浴巾，躺在床上，调整好舒适的姿势，这才开始聚精会神地阅读。马丁一口气能读多长时间，绝不以作家的知名度而定，而是要由该书的品质高低来决定。基本上都是在四十分钟左右，绝对不会到五十分钟，马丁就会皱起眉头，不动声色，直接咳一口浓痰射在书上，随着一声“你妈臭大粪”，这本书就会飞到房间里的某个角落。接着，这孙子坐起来，脸色比屠夫还要野蛮，与大脸相比，眼小得极其夸张，光着脊梁，点上一支烟，开始冷嘲热讽大肆抨击已经看不见影子的那本书。每到此时，黄生宝先生都要极力配合，热烈发言，因为马丁的行为同时也表达了他憋了很多年的情绪。马丁的行为虽然恶心但很痛快，黄生宝先生绝不反感，他坚认马丁朝著名作家的著作里吐痰，肯定不是因为道德败坏，也不是情操低劣，只是因为他不是一个善于控制自己情绪的人，他这些不良情绪完全来自于那本著作，他朝书里吐痰也不过是发泄一下真实的阅读感受而已。黄生宝先生一边发表见解，一边为了证明自己的见解高明，也拿起一本著作咳的一声射进一痰。黄生宝先生和马丁的友谊就是这样产生的，就像古希腊的哲学家那个 ×× 所说，由美德相同而产生的友谊是高尚的，由臭味相投、由恶习相类所滋生的友谊却是牢固的，甚至比前者更经得起考验。

至于马丁是怎样离开夜未央出版社的，又是怎样发财的，这些都不在黄生宝先生的记忆与思考之内。他丫偷，他丫抢，他丫盗墓，他丫贩毒，丫挺的他倒卖古董，但这些与黄生宝先生有何干系，反正马丁这丫挺的早就是个富人了，能不能在全世界数得着不知道，在全北京数一数二应当是没有多大问题的。而且，当前的马丁生活习惯也改变很多，他不再嗜读，转而喜欢上一种气功，据说这种气功一旦练成，就可以长生不老。那天，黄生宝先生到马丁那儿取金卡时，亲眼见过马丁练功，他练功时宁静之极，双腿盘坐后一动不动，仿佛正在变成化石，连呼吸也停顿下来。总之，马丁那种纯洁的姿态，让人无法相信，这么个好人，在当年，怎么可能，朝那么多著名作家著作里吐过痰。从那次之后，或者说把全免单的金卡拿到手之后，尽管黄生宝先生和康娃女士在庄园里约会了若干年，似乎再也没有见过马丁这孙子。不过这也省了很多麻烦，倒也成全了黄生宝先生和康娃女士在约会期间的私密性。

康娃女士和黄生宝先生在一起时总是说个不停，那架势好像黄生宝先生只是她花钱雇来的一个很有职业道德的聆听者。表面上黄生宝先生神态安详，好像一直在安静地听她诉说，但事实上他从来就没在意过康娃女士说的哪句是真话哪句是假话，甚至，他都没有听进去康娃女士说了些什么。当年在法兰克福初遇时，康娃女士说她老公是一个材料学教授，在阿尔弗雷德庄园聚会时，她又说她老公是一个妇产科医生，有一次说是个街道干部，专门负责计划生育的。还有一次，康娃女士承认她老公实际上是一家房地产公司的老总。最后一次，她才终于说了实话，原来她老公是一个神秘的科学家，一生都在从事一项类似巫术的科学研究，简单地说就是如何使人类液态化，也就是将活生生的人变成液体，把好人变成透明的液体，就像纯净水那样，把坏人变成驴马尿一样的浑浊骚臭的液体。她康娃能这样葆有青春，都是因为有一个超天才老公的缘故，他动用了令人匪夷所思的才华，特意为太太研制了一种神奇的驻颜药丸。

黄生宝先生根本就不关心康娃女士的老公是什么身份，他甚至都没有留意到，由于老公身份的变化莫测，康娃女士也显得有些神秘，并且神秘得失去了真实性，失去了固定的形象。因为黄生宝先生是这样认为的：自己既不需要那位老公的驻颜药丸，也不是和那位老公搞摩擦，他是和康娃女士搞摩擦，摩擦产生的巨大热量足以融化任何身份的老公，只要在摩擦中，老公是不存在的。

康娃女士虽然不愿触及爱情话题，但她对黄生宝先生的那份意思还是饱满的。尤其是近时期以来，尽管阿尔弗雷德庄园无所不有，但每次约会时康娃女士总会给黄生宝先生带一些吃的喝的，比如虽然昂贵但大家都识得的水果和饮料，也有黄生宝先生不认识的黄澄澄的粉末和白晶晶的药片。这些和毒品没有关系，都是纯天然的营养品，可以调节中老年人的循环机能。康娃女士笑吟吟的这样说着，但她的神情以及她的语气和声调，毋需说明，黄生宝先生也知道自己吞下的是什么，因为接下来康娃女士咿咿呀呀异常满意。

黄生宝先生从来不认为和康娃女士的关系是暧昧的，是不要脸的勾当，他反而觉得这不仅符合时下的社会氛围，更重要的是，在日复一日从不变样的繁琐生活中，他在康娃女士那儿找到了一个逃脱的出口，并获得了一骨节闲散安静的时光。

具体说来，黄生宝先生不是一个色情分子，早年在他的太太胡小梅的强力压榨之下，他已经没有沉湎于性的耐心了。但是，每次排泄后他伏在康娃女士的胸膛上都会有一种怪异的感觉，他的神经，他的思想，他的爱，他的痛苦甚至恨，他的现实和未来，他所有的一切都会像泄洪般飞流而去。或者就像，翻转按钮，浴缸底部的塞子就会升起，漂着的肥皂沫以及泡胖的灰条儿以及上下毛发，都会咕嘟嘟一个劲儿向下水口那儿奔流而逝。每到这时候，黄生宝先生甚至有一种羽化成仙的感觉，他几乎能明显地感受到自己的骨肉以及内脏都化成了液体，小溪般汩汩流走了，只剩下一张透明的皮还保持着思考的状态，就像风干在树枝上的一枚蝉壳。黄生宝先生和康娃女士的关系之所以保持得这么长久，很大程度上就是这种如同春蚕吐丝般的感觉一层又一层地裹紧了他。尽管黄生宝先生不明白这个道理，但在这种状态里，他感到无比轻松，他会幸福而且放肆地诉说自己想变成一只小鸟的愿望。在他的身边，赤条条的康娃女士四肢摊开，嘴角上残留着满足的微笑，发出阵阵细微而甜蜜的鼾声。但是，这丝毫不影响黄生宝先生自得其乐的表述，时不时的，他还要模仿各种小鸟的叫声，噪噪，喳喳，啾啾，嘎，嘎，哩喽哩……

在阿尔弗雷德庄园约会，不可能终日埋在房间里，那样会辜负了这个庄园式酒店的很多美景。黄生宝先生和康娃女士也是这样认为的，他们经常在傍晚时分到庄园里各处走动。他们喜欢百花盛开的春天，喜欢万木葱茏的夏季，喜欢细雨淋淋的秋天，他们尤其喜欢白雪皑皑的冬天。变化不可测的气候也执意青睐阿尔弗雷德庄园，只要到冬天，全北京都可以不下雪，但阿尔弗雷德庄园一定要下几场雪。因此，每年冬天，世界各地来此度假的人特别多，那些来自异乡的客人们特别喜欢室外活动，那些精力充沛的富人们，休假的要人们、明星们以及著名的小丑们，包括那些身价百倍的运动员们，他们像野兔，像精灵，像木偶，在冰天雪地里散步、奔跑、欢笑，到处设置属于自己的谜语。

黄生宝先生和康娃女士从来没有在雪地里行走过，他们几乎很少到室外去，他们最喜欢的是沿着那条玻璃密封的长廊散步。长廊外边雪花飘飘，而里边暖气丰沛，春意盎然，最有意思的是这条长廊长得仿佛没有尽头。两个人经过漫长的跋涉之后，就会来到一个巨大的充满热带风光的室内植物园。黄生宝先生不喜欢那些争奇斗妍千奇百怪的植物，康娃女士也不喜欢，他们总是围着那口养鱼池遛弯。养鱼池边上有一圈色泽古朴的原木凳子，坐在那儿，可以一边心怀千年蚁行，一边眼观游鱼往来。鱼池总体面积大约有篮球场那么大小，但没有棱角，周边蜿蜒曲折，被各种植物环围着，这种看似随意的设计，反而使养鱼池看起来有些辽阔的味道。在原木凳子与植物之间，有一条鹅卵石镶嵌的小径，黄生宝先生和康娃女士沿着小径遛弯时很安静，他们极少交谈，就像一对心无牵挂生活优裕的夫妻，显然，他们也有这种感受，并且很享受这种静谧而温暖的境状。说实话，要不是那个年轻人出现，绕着这个养鱼池漫步，简直就是黄生宝先生和康娃女士在阿尔弗雷德庄园约会时最大的乐趣了。

黄生宝先生第一眼看到那个年轻人时，简直吓得魂不附体，因为他和自己的儿子黄大帅太像了。汗流浃背之后，黄生宝先生才看清他不是自己的儿子，因为人家西装革履，脸上没有青春痘，只是短短的发型与脸型轮廓像儿子黄大帅一样。这个年轻人坐在池边的原木凳子上，面向鱼池，黄生宝先生和康娃女士走过来时，他既没有抬头，也没有扭脸，甚至都没有看他们一眼，好像他没有生命，原本就是这个鱼池的设计内容之一。黄生宝先生和康娃女士相视一眼，还是故作从容地沿着池边的鹅卵石小径环鱼池漫步了一圈。及至他们回到房间，很快就把那个年轻人忘掉了，因为黄生宝先生开始描述鸟类的习性，并摹仿小鸟的飞行，而康娃女士则端着杯子走到窗前，一边喝咖啡，一边观看外边的飘雪。第二天，黄生宝先生和康娃女士经过漫长的走廊，再次来到室内植物园的鱼池边，他们再次见到了那个年轻人。只是，这一次他不是坐在池边的原木凳子上，而是躺在鱼池里，那样子和所有的溺死者没什么两样，只有一群群游鱼窜来窜去啄食他的手指和脸颊，以及耳朵。

这是黄生宝先生和康娃女士在阿尔弗雷德庄园约会期间遇到的一件最难忘的事情。后来他们知道了那不过是一个患有严重忧郁症的私生子，他的生身父母都是富人，带着他走遍了全世界也没能治愈他，父母之所以带他在阿尔弗雷德庄园过冬，原本是认为漫天飞雪的银色世界会使他的病情减缓下来，结果他却在养鱼池里走到了路的尽头，尽管这个养鱼池就在暖意洋洋的室内植物园里，但这个身患忧郁症的年轻人一点也不留恋这种人造的热带风光。

尽管无处不在的探头证实此事与他们无关，但在很长一段时间内，那个溺死者的样子，尤其是窜来窜去啄食他的手指和脸颊的一群群游鱼，简直就像一团绦虫似的涌动在黄生宝先生的脑海里。康娃女士当时回到房间还浑身哆嗦，手脚冰凉。更令人费解的是，自那次约会结束后，她一下子与黄生宝先生断了联系，仿佛进入冬眠那样没了声息，连过年都没有个问候。

很长时间。

很长时间过去了，终于，有一天早晨，黄生宝先生打通了康娃女士的电话，他只是告诉她，早饭后他要去阿尔弗雷德庄园，把那张无限期全免单的金卡还给马丁那丫的。黄生宝先生没再说别的，也没有像以前那样热切地邀请康娃女士，当然更没有让她开车到金台饭店门口接他——以前约会时，他们都是在那儿接头的。

黄生宝先生是打车走的。他站在路边招手拦车时，我刚好穿过马路到棉花胡同吃早点。尽管我睡眼蒙眬的，看到他以后我还是马上挥手招呼，那孙子明明看见了却像没看见一样，钻进出租车带上车门，出租车一动，忽地一下子融入了车流里，真他妈的让人有几缕不快，大清早的。

说这话也就是今年五月份，那天气象预报说北京阴天，部分地区有小到中雨，古北口就在这个部分地区之内。

其实，黄生宝先生还没到北三环就已经下起了倾盆大雨，等他到达阿尔弗雷德庄园时，简直是奇迹，暴雨已经彻底停下来，而且在瞬间天空变得万里无云。他没有直接去马丁那儿还金卡，而是先去了他常住的那个房间。在办理住房登记时，那个一笑就露两个虎牙还有两个酒窝的女服务员，还朝他意味深长地笑了笑。黄生宝先生心不在焉地向她扬扬手，他脸上也带着微微的笑容，好像有点若有若无的忧郁，有点喜悦与恐慌，仿佛满肚子都是令人兴奋的心事。

黄生宝先生最喜欢住在这栋楼的十九层，因为在窗前几乎可以把逶迤的长城尽收眼底。有好多次，他和康娃女士洗浴出来，在进行肉体交锋和思想坦白之前，他们会站在窗前向远方眺望一会儿，有时候他们能看到烟雨朦胧的群山，有时候他们能看到璀璨瑰丽的晚霞，也有时候，他们会看到，夕阳西下，大群大群的飞鸟从彼处飞来，向彼处飞去，消失在梦一样的天际。

这一天没有大群大群的飞鸟。

黄生宝先生默然一人在窗前站了好大一会儿，他看到的也就是青翠的山岭和逶迤向远的长城，还有碧蓝如洗的天空。他离开窗前时，瞥见有两架飞机迟缓飞过，飞机拉出的两道白烟如同两条缥缈的道路，在梦中一样横亘在天空上。这一点收获，是黄宝生先生作为人类看到的最后的景象。

接着，黄宝生先生躺到床上，他望着带有天河祥云和仙女图案的天花板，下意识地想起了他的太太胡小梅。按照她们医院的规定，胡小梅基本上到了可以提前内退的年龄，这也是胡小梅多年以来所盼望的。要不了多久，她就可以过上向往良久的日子，专心致志于她的嗜好，研制数学题并极力解答它们，就像制定谜面又给出谜底那样转圈子，然后，趿拉着便鞋松松垮垮到棉花胡同去搓麻。黄生宝先生曾经好几次偷看过她的数学题，那些函数，那些几何图形图象，密密麻麻的方程式，层层叠叠的求证，如同天书一样。黄生宝先生简直不知所措，他无法想象和自己生活了大半辈子的胡小梅那颗脑袋里都装了些什么，它有多么复杂，它又是如何运转的。有那么一小会儿，黄生宝先生还想到儿子黄大帅，同样，他也无法想象儿子在大学里的情景，只是想起他每次回家背着的那一包又脏又臭的衣服和鞋子，以及一张进了家门就嘟噜下来的脸，包括脸颊上油光光的青春痘。儿子很少和他交谈，但黄生宝先生有事没事总想和儿子说几句话，哪怕讲个黄色笑话。但是，儿子回答他的永远是那句话，本大帅今日不亢奋。看得出，大学生懒得和他爹说些废话。事实上大帅是容易亢奋的，那要看和谁在一起。黄生宝先生亲眼见过，有一次在他们大学附近的双安商场里，熊孩子和一个女同学胳膊勾在一起，缠得麻花似的，站在滚梯上一边上升一边亲嘴，那情状岂止是亢奋所能形容的。当然了，女同学白白净净，乳房高耸，脸上有几粒雀斑，还戴着牙齿矫正器，就像马嘴里勒着锃亮的铁嚼子。

甚至，黄生宝先生还由此想起了鱼池里那个溺死者，他和儿子黄大帅有几分相像。当然了，黄生宝先生想起的还有那一群群啄食溺死者手指和耳朵的游鱼。

这些，基本上可以概括黄生宝先生那天的全部思想活动。

然后，他跳下床，在活动手脚身腰时，他意外地感到前所未有的轻松，甚至明白无误地看到自己的一举一动都像小鸟一样灵巧。他再次跳到床上，又从床上跳到桌子上，一切都像他从前无数次做的一模一样，只是，这一次在跳跃的过程中他的双脚的脚尖一直是竖着的，并且有了飞翔的感觉。当他飞到窗台上时，他看到自己的双臂正在变成翅膀，浑身也痒痒地生长着羽毛。尽管宾馆的窗子不像家里的窗子那样容易打开，尽管阿尔弗雷德庄园的窗子更加牢固，但此时此刻，无论如何也阻挡不了一个人正在变成小鸟时所拥有的智慧。黄生宝先生打开窗子时，已经初具了小鸟的形态，这时他隐约听到铺有地毯的楼道里响起了沉闷而轻柔的脚步声，尽管他顿时就判定了那是康娃女士的脚步声，但他的脑海里却闪现出裹有一层厚厚棉絮的马蹄在行走的情景。当房门被敲响的时候，黄生宝先生纵身一跃，他顿时感到全身的血液由脚心旋转上升，冲上头顶，这是坠落的感觉，也是飞翔的感觉。黄生宝先生完成了他多年来的愿望，心里充满了无限的喜悦，在人类思维转化为鸟类思维的一瞬间，他竟然总结出一个似是而非但不乏深刻的至理名言——生命的形态改变了，生活的形态也会随之改变——他忍不住为此欢呼，噪噪，喳喳，啾啾，嘎，嘎，哩喽哩……

从那以后，我再也没有见过黄生宝先生。这对我的生活没有构成丝毫影响，甚至，黄生宝先生变成小鸟半个月之后，我想回忆一下他的长相都相当困难。因为双手的病症我丧失了想象力，所以我不指望能有什么改变，我仍是上午在电脑上敲字来锻炼双手，以重新获得想象力，到了午后我就会穿过棉花胡同前往后海遛弯。在棉花胡同里，我还是时不时地遇到胡小梅，她还是那个样子，穿着睡衣，趿拉着鞋，随便用一根布条扎住凌乱的头发，叼着烟，腋下夹着一个绿色小包包，两眼迷离，有些神情恍惚地去那家棋牌室搓麻。她大约已经知道老公黄生宝变成了一只小鸟，因为，一旦胡同的上空有鸟群飞过时，她就会立即停下步子，仰望良久，好像分辨在飞行的鸟群里哪一只小鸟才是老公黄生宝变成的。

03

被胡琴燃烧

一

一场沉积的雪终于融化完了，葛庄村头的小路坑坑洼洼地显出来。经过几个初春的热日头，路面干巴巴的不再那么粘脚拖腿了。糖官抱着胡琴走在前边，像一只不满周岁的小公羊那样，冲冲撞撞地迈动着两条小短腿。白斜眼落在了后边，穿着臃肿得要炸包似的大棉袄，不平的路面使他走起来踉踉跄跄。他拄着一根布满黄斑黑点的竹节拐棍，两只斜眼焦急而又费劲地朝糖官瞅着，一边气喘吁吁地叱呼：

"糖官，你娘的腿脚留点神，别摔坏了大爷的胡琴！"

他的嗓门又尖又俏，好似风吹瓶口的声音。糖官就停一下步子，回头盯住白斜眼，叽叽喳喳地喊道："老斜眼，你得走快点，大家伙儿都等着听曲子呢！"

糖官说了，抱着胡琴只管急急火火地走。他小小的身影在旷野的小路上好似要飘起来，又好似要落下去；可是，他怀里的胡琴却紧紧地粘在胸脯上，好像是他身体上长出的一个器官。

白斜眼是白石寨的一个五十多岁的孤寡老头子。他的胡琴拉得方圆几十里人人心动得很。每年过了春节，白斜眼就一个村一个村地去拉曲子。他拉曲子不要钱物，只要管吃住就行了。这地方把艺人的这种行径称为串春，这几乎快成了一个古老的风俗。白斜眼每年来到葛庄都是初六这天，葛庄的小男孩糖官在这天就会准准地到村头的小路上接他。糖官十四五岁，在葛庄是个有名的日怪的戏迷。他爹葛来宝是个泥瓦匠，给镇中学盖楼时摔死了。他娘来宝大婶是个快四十岁的又热心又急躁的妇人，家里地里都毛手毛脚地干不太利索，拖着糖官把日子过得有咸没淡的。每年白斜眼来葛庄串春拉曲子，村里就安排在她家住，秋里收账时再把钱粮拨给她家。来宝大婶倒是乐意这样。

年刚罢，葛庄依然浸润在甜绵绵的静谧里。天才上午，日头暖煊煊地让人生懒。大人们在村当街倚树靠墙杂说着年话，小孩们狗打秧子似的满胡同疯跑。糖官和白斜眼刚一进村，糖官就把胡琴举在头顶冲人们喊叫：“我把老斜眼又接来啦！”

葛庄的人散散地动弹起来，村话连天地喝着彩头迎上来。他们把糖官和白斜眼围在中央，鸡嗓门猴腔调地长呼短叫。糖官擎着胡琴让几个人看，一边叫喳喳地说：“看哪，老斜眼的胡琴换新弦子了！”

会劁猪阉牛的葛歪头左手端着他那只又臭又酸的长竹节烟窝。右手在胡琴上拨了一个响，又拍了拍糖官的后脑勺，从稀拉拉的大门牙里喷着烟雾，笑笑地说：“糖官，新弦子音响犟着呢，把老斜眼拉到你娘炕头上，给你娘拉一出《马寡妇开店》多好听呀！”

葛庄的人说话总是没长没矬的。葛歪头把人们说得笑歪了个儿。糖官给人笑得小脸酱红，恨不得把葛歪头的臭竹节烟窝打落在地。可他只是推了一下葛歪头那因常吃猪牛卵子而肥壮得要命的肚子，几乎要跳起来似的叫了一声：“你是狗！老天爷会烂掉你吃猪蛋的臭嘴！”

葛庄的人笑得更洪亮了。

葛歪头被糖官戳中了短处，差点把歪在右边的脑袋气得歪到左边去。他想用竹节烟窝去敲糖官的脑袋，旁边的木匠葛六指头架住了他的腕子，摆了一下他那只拇指发了叉的左手，笑咧咧地说：“歪头，不要欺负人家孤儿寡母的嘛！”葛歪头瞪了他一眼。悻悻地收了烟窝，一边忿忿地说：“不要在我面前充那教礼节的圣夫子，回家好好地给你闺女打嫁妆去吧！”

葛庄的人都知道，他葛六指头贪着攀高枝儿，把自家水灵灵花儿般的闺女香兰许给了副镇长的跛腿儿子，这个春上就要嫁呢。

葛六指头脸上一黄，鼻子抽搐了半天没言语，就一边拨开糖官，捏了捏白斜眼的老棉袄袖头，哧哧地干笑道：“老斜眼，又有新曲儿了吗？你胡琴拉得贼溜溜的好，也教教咱爷们儿嘛！”

白斜眼偏了偏脸，吃力地把眼光盯在葛六指头的脸上，老嘴咧成一溜补丁状，嗓门又尖俏又沙哑：“葛老六，割麦时斧头不如镰刀，劈柴时镰刀不如斧头；我的胡琴拉得再好，也不如你家那把宝物呢！”

葛六指头谦虚似的佯笑着，一边自得地对大家伙亮了眼光。谁都知道，葛六指头家有一把好胡琴。有人说是他在外乡做木工活时偷人家的，也有人说是他爷爷相好的一个戏子送给他爷爷又传下来的。葛六指头是南集北村的人精，没人能从他嘴里套出实话来。反正葛庄的人都见过他家的那把胡琴，有一年白斜眼来葛庄串春，葛六指头不知动了哪根筋，竟拿出来让白斜眼拉了一回。拉出来的那个清亮音儿，都快把葛庄人的魂儿给摄去了。可是，葛六指头不会拉琴，拉出的声儿像猫哭狗叫。人人都说那把胡琴放他家里给糟蹋了，但葛六指头却把它当成宝贝，很少拿出来给谁看一看，更别说让谁拉一拉了。

人们围着白斜眼浑说着呢，听风而来的村长葛三让人快把糖官的娘叫来安排食住。糖官的娘来宝大婶走进来一溜风似的，她也是个很懂戏的戏迷。一走进人当中，迎头就对白斜眼说："老斜眼，一年就来拉一回曲子，难得见你呢！闲时也不来拉上一出，去哪搭摇摆啦！是不是给婊子尿冲到贵州啦？"

白斜眼呜噜一串，半句话也没说出来。

糖官虽不太解人事，但也觉得他娘说话很威武，就跟着人们疯笑一团。葛歪头抽着竹节烟窝，两条又短又粗的眉毛肥豆虫似的扭动着，嘻嘻地笑着说："糖官的娘，抽下裤带把老斜眼拴在床腿上，让他给你拉一辈子曲儿多好！"

来宝大婶啐了一口，冷笑道："歪猪头，老斜眼要有那本事，我就和他再给你做出个爹来！”

葛歪头回不出话，讪笑着缩了身子退到人背后。大家纷纷让来宝大婶快回家做饭，吃了好让白斜眼施展把式，人人都要听曲子，急得心里痒痒。来宝大婶就扯着白斜眼向家去。糖官抱着胡琴跟在后边，也不管村人哂笑一片，看着他娘扯着的白斜眼，心里怦怦地跳着想：吃了饭就又能看到老斜眼拉出的那种又会跳动又会闪光的东西了。

二

糖官家的院子里满满地坐着葛庄的人。偏西的日头斜过来，阳光洒落在迷醉的人脸上。白斜眼坐在椿木条凳上，旁若无人地斜视着大家伙儿。他持着胡琴，手臂刚刚一动，紧紧坐在他面前的糖官就感到自己的心吱呀一声悬了起来。

糖官的眼瞪得圆圆的，直直地盯着游走的琴弦。他好似听不到胡琴的声音，可他清楚地看到一种他说不清的东西在弦上跳动着。那东西一忽儿变成方的，一忽儿变成长的，一忽儿变成红色的，一忽儿又变成了蓝色的。它浑身上下闪着金光，上下跳跃来回奔跑……糖官的心缩成了一枚青杏，他直想飞跑着追上它，并且抓住它给每一个人看一看。他想白斜眼是个了不起的白胡子老神仙，他用这把古老的胡琴制造出一种仙术，把大家的心都牢牢地抓住，浸在水里；想让它们沉下去就让它们沉下去，想让它们漂上来就让它们漂上来。

自从白斜眼第一次来到村里拉胡琴，糖官就奇怪地看到琴弦上那个又会跳动又会放光的东西了。他一直说不清那是个啥东西，也没有想出它叫啥名字，但他一直想抓住它，放在手上给人看。这个想法像刀子似的，时不时地在糖官的心尖上刻画着。每次他看到大家伙的脸色随着琴声变得喜悦变得忧伤，糖官都是又兴奋又纳闷儿。他恨不得自己就是白斜眼，甚至想把白斜眼那双神奇的手砍下来，安在自己手臂上，由自己来掌握那个又会跳动又会放光的东西。可是，每次当白斜眼允许他拉那胡琴时，他却又半点儿也看不到它了。

日头灌了铅似的飞快地沉下去了，听完胡琴的葛庄人又都回家了。这时，糖官就会像往年一样，跳起来和白斜眼并排坐在椿木条凳上，接过胡琴摆弄起来。

白斜眼随便他拉扯，自管喝着来宝大婶新沏的热茶，一边要来宝大婶晚饭多加一个菜。来宝大婶大咧咧地应着，一边有口无心地呵斥着糖官不要弄坏了老斜眼的胡琴，一边急草草地做饭去了。

糖官无论怎么拉扯胡琴，发出的声音不是像狗叫就是像猫叫，压根就看不到那个放光的东西在琴弦上跳动。糖官迷惑地看了一眼白斜眼，而白斜眼正在得意又讥笑似的看着他。糖官就把胡琴塞给白斜眼，一边吭吭哧哧地说："老斜眼，我咋拉不出那东西？"

白斜眼哧哧啦啦地碎笑着，说："你这个不明事理的小种，不是你的家什，能由得你的心？"说了，他得意地竖起胡琴，吱呀拉了一个短响，说："我想要啥，胡琴里才会有啥呢！糖官。"他又费劲地瞄住了糖官，"比方说，我想吃城里的板鸭，就会有的。"说着，他手臂一抖，一缕音长长地泛开去了，才夸张地翻着两只斜眼，怪声怪气地说："看，糖官，板鸭都肥得滴了油呢！"

糖官被一声弦音撩得心跳起来，说："老斜眼，我想吃镇上卖的巧克力棒糖，你琴里也有吗？"

白斜眼吧嗒一下嘴，说着有，闭上眼又拉了一缕长音，才睁开眼对糖官说："看到巧克力棒糖了吗？甜得能粘下你小种的牙来！"

糖官舔舔嘴唇。虽然他没有看到巧克力棒糖，可他相信白斜眼一准看到了，因为他想胡琴是白斜眼的。

白斜眼朝厨房里瞥了一眼，嘶嘶嗤嗤地笑着，低了头鬼怪怪地说："糖官，就是你想要个女人，只要琴弦移动，你就能摸到她的奶子呢！"

糖官被白斜眼的神奇迷住了，他觉得自己脖子上的血快要停止流动了，连忙急呼了几口气，说："我不要这些没用的，我只要抓住在琴弦上又会跳动又会放光的东西。"

白斜眼又惊奇又惶惑地看了糖官半天，才噫了一声。他不想给糖官这个小毛孩子难住了，就干咳了几声，佯作正经地说："你要是有一把自己的胡琴，你想抓住啥，你就会抓住啥。"

糖官相信白斜眼说的是真话，可他到哪儿去弄一把胡琴呢。糖官为难地低了一会儿头，忽地想起过年时他娘杀鸡的情景，刀往鸡脖子上一抹，他想拔几根毛就拔几根毛。他不由地想，等白斜眼睡着了，用菜刀往他脖子上一抹，胡琴就是自己的了。

可是，刚吃完晚饭，糖官的眼就像抹了生柿汁，涩得睁不开了。第二天他醒来时，太阳都悬得老高了。白斜眼早就走了，糖官的娘来宝大婶说他天刚明就走了，急着要去乔家堡串春，也顾不得天大亮了再走，恐怕连白龙河上的吊木桥也看不清过呢。

糖官品味不出他娘话里有着几分哀怨，只是很懊悔自己夜里睡得太死，没有得到白斜眼的胡琴。

来宝大婶在当院里洗着猪肉和芹菜，见糖官揉着睡眼站在门口发呆，就让他去村里谁家借一把酒壶几个酒盅，顺便把村长也请来，趁着今儿他舅来回拜年，坐喝一场，也答谢一回村长在大事小事上的照应。糖官有心没肝地应了一声，抓起一把油馃子，一边吃一边去了。

不巧得很，在年节里村长紧俏着呢。昨晚的酒在今早还没有醒透，又给人家从被窝里拉去了。糖官只好抱着酒壶酒盅一个人回来。在村当中，他看到木匠葛六指头用架子车拉着几块木板，正站在那儿给一圈人说话，吆声吆气地像是夜里谁家遭了贼似的。糖官不由神地想起葛六指头家的那把胡琴，便不由自主地走了过去。刚钻进人场里，就听葛六指头说："那老狗货一对斜眼，咋看得准又直又正的吊木桥？娘的，把结的冰都砸出了一个大窟窿！不是人看见得及时，怕连他那又臭又老的骨头都得喂王八呢！"

糖官心头怦然一跳，急火火地大声问："你说的是老斜眼吗？"

葛六指头只看了他一眼，又短笑了一声。

葛歪头也在人场里，托着竹节烟窝，歪着面孔对糖官笑嗤嗤地说："都怪你娘，没用裤带拴牢实他！让他掉进白龙河里淹死了！日你娘，往后年节里可没曲儿听了。”

糖官心头跳得更厉害了，他顾不得大家伙儿的疯笑，直直地盯着葛六指头说：“那他的胡琴呢？”

葛六指头从鼻子里嗤了一声，撇着嘴说：“那把破胡琴？哼，早他娘摔成八瓣了！”

糖官莫名其妙地激动起来，他紧紧抱着酒壶酒盅，冲葛六指头瞪了一眼，忿忿地说：“你家的胡琴才摔八瓣了呢！”

大家伙一怔，都纷纷地看他。

葛六指头也怪怪地乜视着糖官，冷笑道：“我家的胡琴好好地在家放着呢！”说了，拉起板车，一边走一边说，“我早就说过，白斜眼的那把胡琴和我家那把胡琴一比，连狗屎也算不上呢！”

人们哄笑着散去了。

糖官呆呆地站在村当街上，看着四散的村人，脑袋里想着那个又会跳动又会放光的东西在白斜眼的琴弦上左右飞动的情景。

糖官回到家时，他娘来宝大婶还在洗着猪肉和芹菜。糖官一声不响地把酒壶酒盅放进屋里，又倚在门边目光发呆地盯着他娘。来宝大婶问他请了村长没有，糖官好半天才突然说：“老斜眼掉进白龙河里淹死了，葛六指头都看到了呢！”

来宝大婶火烫似的呀了一声，抬起头迟疑地看着糖官，脸上的表情变了又变。糖官又木呆呆地说：“他的胡琴摔成八瓣了呢。”来宝大婶的脸色逐渐恢复了平常，躁声躁气地说：“天还没明，他就要走，我就知道他要出事的！唉，死了好，省得到了七老八十的没人伺候。”说罢，端着菜朝厨房里走，一边有几分艾怨地说：“唉，明年秋里再收账，村上就不会再给咱家钱粮了。”

糖官理会不了他娘说的言语，只是木呆呆地倚在门框上，傻想着白斜眼的那把胡琴。

三

葛六指头家的红砖院墙，糖官还记得是他爹当年领着一帮泥瓦匠给垒的。葛庄的人啥都知道，就是不知道葛六指头从哪弄来的钱，可他们看着他把家弄得有点太阔绰了。

糖官站在葛六指头家的大门口，他听到院里断断续续的响着锯声。哧哧，嘶嘶。他一准在做嫁妆呢。糖官犹犹豫豫地想。大门关上一扇，敞开一扇。糖官像个探子似的伸头朝院里一望。葛六指头穿着夹袄正在锯一块木板，他脑门上汗津津的。他闺女香兰坐在堂屋当门，正在绣一块红布。香兰是葛庄最俊的女子，一对水汪汪的眼睛老是像小母羊一样东张西望的。香兰是葛庄所有女子里笑得最好听的一个，可糖官不知道为啥，他娘老把香兰叫作妖精。糖官朝院里探头的时候，香兰看到了他，马上就叫了一声："糖官！"

糖官想缩回脖子，可是，葛六指头的一双眼已盯住了他。糖官立时就感到心跳得有点头懵，但他还是走进院里。他费劲地笑了笑，说："大爷，你锯木头呢！"

谁都知道，葛六指头平白无故的不会随便给谁说话，他低着头拉了两下锯，才说："槐木太硬了，咬住锯就很累人。"

糖官脑门里一热，眼睛里隐隐放出精光来，说："有个人帮你拉锯就好了。"葛六指头瞄了一下糖官，慢吞吞地说："糖官，你得知道，谁想给我学手艺都得送拜师礼的。"糖官使劲让自己笑着，说："大爷，我不想学手艺，可得有个人帮你拉锯。"葛六指头嗤啦啦地低笑着，好像啥也瞒不过他似的，说："糖官，我猜你是想挣我的钱吧？"糖官摇着头，说："我就是帮你拉锯也不要钱。"葛六指头唔了一声，鼻眼舒展开来，却说："现今儿，没人白帮人干活的啦。糖官，你总得有个啥想头吧？"糖官有点按捺不住了，他走上去，把住了锯的另一端，使劲地拉了一下，才说："我就是想拉一拉你家的那把胡琴。"

葛六指头大大的噫了一声，眼珠子瞪得快要掉下了。可是，他很快恢复了表情，有几分懊恼似的叹息了一声，又抹了一下脑门上的汗，才说：“唉，我正想把它送人呢。白斜眼拉胡琴就掉进白龙河里淹死了，我正想把这不祥的物儿送人呢！”

糖官的心怦怦地飞跳着，他又使劲地拉了两下锯，说：“大爷，我可喜欢胡琴呢。”

葛六指头眼里放着爽快的光，又果断挥一下手，说：“好吧，糖官，你帮我拉完这一堆木板，我就把胡琴送给你。”

糖官张大了嘴巴，他听到自己的心就像豆掉盘里一样落在了腔子里。他没再说什么，就和葛六指头一拉一送地拉起了锯子。

天晌午头那会儿，木板锯完了。糖官满脸都是汗，贴身的小布褂湿潮潮粘缠在身上。他觉得自己的一双小手抓了火一样地烫，两个臂膀好似给人卸掉了一样酸痛得快没了感觉。可是，他的眼睛里闪烁了一份明显的喜悦。他看着自己通红的手心，又看了一眼葛六指头——他正点着烟呢。糖官用袄袖擦了一下脸上的汗，他想朝前走近些，可他的两个膝盖好像有点不大听使唤了。他僵直站在那儿，说：“大爷，我娘马上就得叫我吃饭了呢！”

葛六指头吧唧吧唧地又抽了好几口烟，才扭着脖子喊了一声："香兰，给糖官拿一块麻糖吃，糖官出了力呢。"

香兰应着声，飞快地拿了一块麻糖跑出来，给到糖官面前，嗲声嗲气地说："糖官，你快成了大劳力了呢，吃糖吧。"

糖官看着她粉嘟嘟的笑脸，瞅瞅她身上的花格呢褂子，又瞄了一眼她的小白手里的那块比花生大不了多少的麻糖，他觉得有个东西卡住了喉咙。他的腮帮子咕噜着，目光呆直地看着葛六指头，说："大爷，我不吃麻糖。"

葛六指头又噫了一声，叼着烟，一边嘴角笑着，说："糖官，我家的麻糖酥着呢。我猜你娘过年节也舍不得给你买的。"

糖官的舌头在口腔里打了个旋儿，半天才费劲地说："大爷，可你说了那把胡琴呢？"

香兰就忍不住呀了一声，像小猫一样叫了起来："噢呀！爹，他想要咱家的胡琴呢！"

葛六指头蹲在矮凳上连动也没动，他吐了一口烟，一双小眼在烟雾后眯着看糖官，半天才慢吞吞地说："糖官，我说不想要胡琴了，可我想把它卖了呢！"

糖官一下子觉得自己的耳朵成了木片儿，他的心又恍恍惚惚地被悬了起来，好似一枚青柿子被悬挂着让人拨了一下。他使劲地咬咬牙，又舔了舔舌头，一动不动地说："你想卖多少钱？"

葛六指头藏在烟雾后边没动，只是吹气似的说：“十块钱。”

香兰马上跳起来，她把握着麻糖的手背在身后，叫道：“爹，你疯了，就要十块钱？”

葛六指头哧哧地笑着不说话。糖官也没有再吭声，他脸上那点表情好似风化的墙皮一层层地剥落下来。他只是默站了一会儿，就赌气似的向外走。他听到葛六指头嘀嘀咕咕地说：“掏干净老鼠洞，倒翻了他娘的裤裆，他家也找不出十块钱来。”走到大门口的糖官感到耳朵里猛地一疼，好似一根针使劲朝里扎了一下。他的头颤抖了一下，转了过来，看着葛六指头还蹲在矮凳上，抽着烟，日头偏偏地照着他，好似一堆正冒着热气的臭粪堆。

转眼就出了正月，葛庄的人忙起春耕来。村里空落落的。这时节，镇上的小贩常来乡下做买卖。有一些骑着自行车，后边放着两个铁笼子的老来村里买鸡鸭。有人说他们是往城里贩运的；还有人说他们是镇上一些饭店里的伙计，下乡来收了鸡鸭，回去做成卤鸡板鸭卖。反正有几个这样的小贩从葛庄串过一次以后，糖官家的一只剪了尾巴的红公鸡就不见了。他娘来宝大婶一大清早喂鸡时发现的，找了几遭也没找到，于是，就满胡同骂街。人们都端着碗出来吃早饭了，来宝大婶还在骂。糖官也在当街吃着凉馍，也觉得他娘骂起人来妙得没人能比。葛歪头喜欢说话，他端着一碗稀饭，一边喝一边逗弄糖官：“糖官，你家丢的要是只母鸡，你娘就不会骂了。”懂事的大人们哄笑起来。糖官的脸憋得通红。他含着满嘴馍，愤恨地盯着葛歪头，呜噜不清地说：“有人偷了我家的鸡，我娘就得骂，这谁也管不了。”说了，伸了伸脖子，看一看他娘还在当街折着腿跳着脚地骂，就忙低了头，脚步踉跄地往家走。

日头落进了村庄西边的树林里，来宝大婶下地还没回家。糖官喂了鸡，看它们一只只地上了架，心里怦怦地跳着走出来。他关上院门时感到脚下发飘，便把手伸进裤兜里使劲地按着，拐进了胡同。

村里静悄悄的没一点儿声音，老远就能听到葛六指头的拉锯声。哧哧，嘶嘶。当糖官像个纸人似的跨进葛六指头家的大门时，他觉得那种声音好比无数把钢针一齐扎进了他的耳朵里。葛六指头看到糖官，手上一顿，马上又哧哧嘶嘶地拉起了锯子。糖官朝他家堂屋里看了一眼，香兰还在当门绣那块红布。她看到糖官后，迟疑地停了针线，目光游移不定地盯着他。糖官没有理她，大步径直走到葛六指头面前。葛六指头还是不看他。直到糖官抓住了锯的另一端，他才瞄了糖官一眼，声色不动地说："桐木好锯，我一个人就拉得动。"

糖官很利索地把手从裤兜里掏出来，伸到葛六指头面前，一字一顿地说："你得把胡琴给我了。"

葛六指头盯着他手掌上的那张花纸头，只眨了一下眼睛，就哧哧地笑了，也一字一顿地说："糖官，我能猜中你从哪儿弄到手的。"

糖官脑袋轰了一下，但他很快就平静下来。他仍然那样擎着伸在葛六指头面前的手掌，嘴唇有点激动地哆嗦着，说："那你别管。反正你得说话算数。"

这时，香兰又过来了。糖官没有看到她啥时披了一件军大氅。她那么紧紧地裹着自己，目光躲躲闪闪地看着她爹和糖官。葛六指头不看糖官，只是对香兰说："香兰，你说咱家的胡琴值多少钱？"

香兰噢吆一声，瞄了一下糖官的手掌，啥都清楚了似的笑起来。她走到糖官和她爹中间，推了一下糖官，说："你做梦吧糖官？十块钱就想买我家的胡琴？咯咯，真笑死我了！"香兰笑起来像一只刚下过头蛋的骄傲得不得了的漂亮小母鸡。

糖官心里没有了底，但他还是想推开香兰。他的手推到香兰的胸脯上，他感到她那儿的肉很厚。香兰猛地尖叫了一声跳开去。葛六指头却推开了糖官又伸过来的手掌，皱眉挑眼地哼了一声，说：“糖官，你知道，香兰下个月就要出嫁了，我手头紧着呢！谁要有五百块钱，我就把胡琴卖给谁。”

糖官觉得自己一下子掉进了深井里，他半天才分辩了一句：“你说过十块钱的。”

葛六指头唏嘘咂嘴，眼睛看着香兰朝外走，一边说：“我也说过，我现今儿手头紧着呢！”他忽地扯长了调门叫了一声：“香兰，天一黑你就往外跑，又去哪儿？”

糖官觉得一口气喘不出来。他真想一头撞倒葛六指头。但他只是咬着下唇狠狠瞪了他一眼，把手又按进裤兜里，转过身头也不回地走开了。当他走出门外边，看到香兰黑黑的一堆，像个鬼影似的消失在胡同里。

四

一整天，糖官都有点恍恍惚惚的。来宝大婶没留意他。她用一个黑布兜装了二十多个鸡蛋，让糖官给村长葛三家送去。糖官不知道为啥，只记得他娘让他做过好几回这样的事了。他提着鸡蛋去了村长家。天都擦黑了，葛三还没有回家。他在村南边的鱼塘旁边起了一座砖窑，领着一伙窑工老是干到瞎黑才回来。糖官把鸡蛋掏出来放在葛三家的案板上，正害红眼病的葛三的女人给他说话，他没有回答就出来了。

刚拐过葛三家高大的门楼，迎头就碰上葛三和几个窑工回来了。他们边走边说话，葛三的声音尤其洪亮。夜影子都爬上墙了，糖官想趁着天黑从他们身边挤过去，可是，他们还是看清了糖官。有人叫了一声糖官，还有人古怪地学了一声公鸡打鸣。糖官心里咯噔一下，他没有看清是谁，因为他们已经笑得东倒西歪乱成一堆了。葛三笑咯咯地问了一声："糖官，你家的公鸡找到了没有？"

糖官觉得脖子和脸滚滚地发烫，他不敢回答，靠着墙根向前蹭。可是，却有人接了葛三的话，嗓门尖尖的："想得轻巧呢！一只破公鸡就能换到人家的胡琴嘛？"

那个学公鸡打鸣的人又学了一声公鸡打鸣。

糖官觉得那种声音像只猫一样，在他脑子里乱抓乱挠。他咬紧牙关，低着脑袋像一条小狗一样逃跑了。他觉得后边的笑声像石块般地砸得他脊梁骨生疼。

在当街，一道手电光突兀地射过来。糖官的两眼被照得一花，他连忙把手遮在脸上，有点害怕地问道："谁？"

手电光移开后熄灭了。接着，那人就到了糖官面前。糖官立刻知道了是葛歪头，因为他嗅到那竹节烟窝的臭酸味。

葛歪头一边笑，一边矮下身子对糖官说："糖官，我能猜中是谁偷了你家的公鸡。"

糖官一时感到两腿发软，他想朝旁边闪开，一边有气无力嘟囔着："我家的事不要别人来管。"

葛歪头肥壮的肚子顶着了糖官，嘴里呼着臭烟味，说："糖官，嘿嘿，你敢给他斗心眼？你知道他为啥长了六个指头吗？那是他上辈子坑人太多了，这辈子老天爷给他留的记号。糖官，我猜你一定想胡琴想得快发疯了吧？你敢给他斗心眼？"

糖官听得一会儿头大，一会儿脖子发胀。他知道啥事也瞒不了葛歪头的，就嗫嚅地说："可他说的只要十块钱的。"

葛歪头嗤啦啦地笑道："那你一准到手了？"

糖官呼着粗气，忿忿地说："可他又要五百块钱了！"

葛歪头呸了一声，忽地又古怪地笑了，哑哑地说："这回你得去弄一头猪，牵到北村杀猪的张麻子家，胡琴就到手了！"

糖官心里感到了怯意，他一边闪开身子，一边犟着劲儿说："我才不偷人家的猪呢。"

葛歪头又用肥壮的肚子挡住了他，几分神秘地说："不偷猪也能弄到胡琴。只要你去村西头娘娘庙里磕几个头，你想要啥，娘娘就给你送啥。”

糖官迟疑地说：“我知道你在说瞎话呢！”

葛歪头就挪开了肥肚子，一边顾自走开，一边说：“反正我去磕了头后，想要喝酒就有酒喝，想要吃肉就有肉吃。”说了，打亮手电，哼着小曲往胡同里走去。

出了村，糖官才觉得月牙儿把地上照得很亮堂。漫地里夜风吹得嘶嘶叫。糖官打了个哆嗦，在娘娘庙门前立住了步子。娘娘庙又破又烂了，有些人家把柴草放在了里边。糖官有点紧张，他蹑手蹑脚地推了一下破门，没有推动半点，他想准是谁家的柴草把门挡严实了。他两手捂了一下冰凉的耳朵，猫着腰走到窗户那儿。窗户不知被谁家偷去拦猪圈了。糖官刚爬上窗洞，就被一种声音吓得凝固在窗洞上。

那种声音哼哼叽叽的，又刺耳又凄楚。好像长了一身滑溜溜的皮毛，根本抓不住它。糖官大着胆子侧耳又听了一下，这回他又吓了一跳。原来，是香兰在屋里哼哼叽叽的，还说话呢。香兰说：“明儿我就不来了，你又不能娶我。”一个男人唉声叹气地说：“都是你爹，是个势利的日贼货！”

糖官立即听出是村里点苍的腔调。点苍二十多岁了，两边腮帮子上有几颗碎白麻子，人长得很魁梧，他在葛三家的砖窑上干活，很能挣钱的。糖官长吐了一口气，他没有再听到他们说话，他有点好奇又有点着急地朝屋里望。他看到了。点苍和香兰在柴草堆上并排躺着，烂屋顶漏下的月光照得他们像两条大灰鱼。点苍的一只手伸进香兰怀里，香兰又哼哼叽叽的了。点苍忽地解开香兰裹着的军大氅，吭吭哧哧爬在香兰身上，好像抽筋似的乱扭屁股。香兰顿时又发出刺耳又凄楚的声音，好像她被点苍揉碎了一样痛苦。

香兰发出的声音像虫子一样，钻进了糖官的脑袋里。糖官觉得有一种巨大的力量沉重地击打了一下他的后背，他噢哟叫了一声，从窗洞上一头跌进了满是柴草的屋里。还没等他坐起来呢，他就看到一个魁梧的身影敏捷地越过他的头顶，飞出了窗洞外。等他返过神来时，香兰已经裹上了大衣，像一堆黑土似的堆在了他面前。他啊了一声，张了张嘴，没有听到自己说出话来。香兰呼着粗气，在他的小脸上摸了一下。他觉得香兰的手又潮又热，他屏住气，听到香兰沙哑地说："糖官，明天我爹去集上买油漆，你来我家，我让你拉胡琴。"糖官立刻感到有一只兔子在腔子里又奔又跑。香兰又说："你刚才啥都没有看见，对不对？"糖官竭尽全力地嗯了一声。

第二天日头都正南了，糖官才看到葛六指头骑着自行车，驮着他那个小脚女人出了胡同。等他们刚拐上村当街，糖官就像狸猫一样顺着墙根溜进了他家。

香兰正在院子里洗头呢。糖官看到水盆里漂着几缕麦秸，他莫名其妙地觉得心里发慌脸上发烫。香兰好像什么事儿都没发生过似的，她洗好了头，用一个竹制发卡盘住了头发，对糖官笑出一嘴小白牙。糖官立时就想起昨晚上的那种声音，一准就是她的小白牙磕出来的。当香兰扭来扭去地把胡琴拿出来递到他手上时，糖官突然感到脑袋里恍恍惚惚一片空白，两手抖得活像猴抓热铁。坐在矮凳上操起胡琴，糖官觉得浑身上下都变成了木头。香兰用花毛巾擦着她又白又细的脖子，她走到糖官面前，咯咯地笑着，说："糖官，你拉呀，我猜你也不会拉。"

糖官好像没听到她的话，他眯上眼睛，努力地回想白斜眼拉胡琴的招式，一边竖起胡琴，扯起弓弦只动了一下，他就又看到了那种又会跳动又会放光的东西，像彩虹那样从他眼前一闪而过。几乎同时，他的双手一齐伸开了，又马上用胳膊抱住了胡琴，抖摇着双手，十个手指头僵直地发着颤，嘴里唏嘘不已。

香兰抖了一下花毛巾，看着糖官怪怪的样子，不由又咯咯地笑了，说："糖官，我就知道你在混充能人呢！"

糖官不理会她的话，放着精光的眼盯着香兰的眼睛，小脸皮煞白，兴奋又奇异地抽搐着，一边结结巴巴地说：“噢，噢，它会咬、咬我的手呢！”

当糖官再次竖起胡琴，还没拉第二下呢，葛六指头突然回来了。他忘了拿一样东西。他看到糖官抱着他的胡琴，就好似屁股上着了火似的，一下子跳了起来，两手接二连三地拍打着屁股，飞也似的跳到糖官面前，像个戏法艺人似的奇快地从糖官手上取走了胡琴，捧在手上又是用嘴吹又是用袖子擦的。糖官被葛六指头那副模样吓坏了，他迟疑地刚站起来，葛六指头就一把揪住他的耳朵，一直拎到大门口，一句话也没说，就把他掼出了大门外。

糖官在外边站了半天，脖子才扭过筋来。他摸了摸着火似的耳朵，恍惚地回味着刚才那个从他眼前一闪而过的又会跳动又会闪光的东西。当他有点懊悔没有及时抓住它时，他又奇怪地想起了白斜眼说的话来。白斜眼那神秘的话就像符咒一样，让他着迷极了。

五

糖官沉不住气了，他来到点苍家里。要不是香兰让他拉了一下胡琴，兴许他不会这么急不可耐。那个在琴弦上一闪而过的又会跳动又会放光的东西，就像一根鹅毛在心尖上撩了一下，使他更加急切地想抓住它。这个念头像一根坚韧的线，牢牢地缝在他太阳穴那儿，连他自己都预感到自己就要飞腾起来了。

点苍家里人都下地去了，糖官走进院里，看到点苍正在换一双白色回力鞋。点苍在葛庄有几分高傲，平常他几乎都不正眼看一眼像糖官这样的小孩子。可是，这回不同了，他看到糖官之后，系鞋带的两手停住了，很费劲地对糖官笑了一下，马上又躲开糖官的目光，继续系他的鞋带。糖官心里有点哆嗦，可他脸上却是沉着地笑着，说："点苍。"接着他又对点苍暗示什么似的笑了一下，点苍系好鞋带，直起身来像电线杆子那么高大。他踢踏着两只脚，地面震得有些波动。点苍转动着两只英俊的眼珠子，说："糖官，你家供不起你上学，你也不能整天到处瞎跑呀。"

糖官把手抄在兜里，目光在点苍身上游移着，舌头有点颤抖地说："点苍，我想借你五百块钱。"

点苍嗯了一长声，拉长了脸，好似恍悟了什么似的，脸色变得有点发黄了。糖官心里有点安定下来，他把目光固定在点苍的鼻洼里，稍微有点发喘地说："我以后不会再去娘娘庙了。"

这下点苍跳了起来，他哼哈哼哈地冷笑着，两边的腮帮子上的碎白麻子都充足了血，那模样好似刚刚生吃了一条活脱脱的红鲤鱼。他把臂上缠的毛巾解下来，甩鞭子似的对糖官抖了一下，说："哼，谁都见过，葛歪头的门牙都让我揍掉了两颗。哼，谁想要钱，就得像我一样，到葛三的砖窑上流着臭汗去挣！五百块钱，用不了两个月就挣下了。"说了，叉开铁笊子似的手指头，拨了一下大包头，摇晃晃地走出院子。

糖官一下子乱了阵脚，心里的那个堡垒一下子坍塌了。他看着点苍那魁梧的身子骨，皱了一下眉头，脚下有点发飘地跟上了他。点苍走了几步，回头又对他抖了一下毛巾，两道眉毛锁在了一起，喝了一声："滚开！"糖官哆嗦了一下，他躲开点苍的目光，向一边望着，说："我要去葛三家的窑场上，谁也管不着。"

砖窑场上尘土飞扬，一群影影绰绰的窑工叫号着，好似花花斑斑的牲口，在飞扬的尘土中窜来窜去。切砖机器像几头老牛没完没了地叫着，震得窑边鱼塘里的水不住地起波纹。糖官没有看到葛三，他跟在点苍后边。一路上点苍连半句话也没说，直到走进了工地里，他才回头瞟了糖官一眼，接着，他冲着飞扬的灰尘里扯着嗓子叫了一声："村长叔！"

只一声，就见葛三活像一头花脸骡子一尥蹶子地从灰尘里窜过来。他刚站定脚步，就盯住了糖官。

点苍阴沉沉地扫了糖官一眼，大拇指对葛三挑了一下，大声吆气地说："糖官要来挣钱呢，咯咯！"说了，持起一把短柄锹，头也不回地走进了那片灰尘里，不见了。

糖官收回目光，态度很坚决地对葛三使劲地顿了两下头。葛三慢腾腾地用脏手掐出一支烟，叼上点着，抽了一口，才走近来伸手拨弄一下糖官的脑袋，哧哧地笑道："糖官，就你这小胳膊小腿的身骨架，十块砖坯子就压得你连尿都尿不出来了，还想挣钱？"糖官屏住气，使劲地挺直了身子，心里奇怪地想起那一布兜鸡蛋。他眼睛死死地盯着葛三，上下牙齿磕碰着，说："我要挣五百块钱！"

葛三被谁咬了一口似的惊叫了一声，接着他朝那一大片飞扬的灰尘里一招手："伙计们，你们过来呀！"

立刻有十多个窑工持着家伙推着车，跑旱船般地围过来。葛三大声吆气地对他们说："你们瞧呀！糖官要来挣我的钱呢，五百块！"说了，他不管窑工们的嬉笑有多么嘈杂，又对糖官说："这活你干不动，回家叫你娘来干吧！"

糖官也不管窑工们笑得有多么嘈杂，他咬了咬嘴唇说："我娘在剥花生呢，谁家都得种花生的。"

窑工们笑得更嘈杂了。一个像榆木墩子似的窑工怪里怪气地说："种花生能种几个钱？叫你娘来窑上吧，村长会给她大工钱的！"葛三不等他们笑完，又把大手一挥，他们立刻又回到机器响连天的那片飞扬的尘土里。糖官还在那儿站着，想等葛三回个话儿。可是，葛三只朝地上吐了一口痰，才对他说："滚一边去吧！你这个连自家公鸡都偷的小杂种！"

糖官立时觉得有两柄大油锤砸在两耳上，他脑袋里轰轰地响着。当他想朝葛三猛扑过去时，葛三早已消失在飞扬的尘土里了。太阳直射下来，机器声把尘土里的一阵子杂乱的笑声切成了碎片。糖官木直地立着，他看到那些机器在尘土里的阳光下发出晦暗的光芒。他忽地觉得，他们与那几台吃了土就能拉出砖坯的机器没啥两样。

晚饭后，来宝大婶又剥开了花生。其实，她上午就够种了。可是地里得上化肥，她想再剥一些，榨了油，炸一些油馓子去镇上卖些钱，好买化肥。她会炸馓子的手艺。她一个人剥得很慢，可是刚才糖官又出去玩去了，他还悄没声地拿了一条绳子。又去玩跳绳了。来宝大婶剥着花生这样想着。她的头有点沉，眼也涩起来。这春里农活忙得她伸不开腰，可她还是得不停地干这干那，连抱怨些啥的工夫也没有。来宝大婶迷迷糊糊地剥了一阵子花生之后，村里一阵嘈杂的叫骂声惊得她精神一振。她只怔了一下，就飞快地出来了。她担心着糖官。糖官是她干活的心劲，是她生活中不能再没有了的指望。

在叫骂声飞溅的这条胡同里，人们围成了一团。马灯和手电光照得人影绰约。来宝大婶老远就听到是葛歪头的那副破嗓子。当她跑到人群里时，葛歪头一手打着手电胡乱照着，一手还在摇摆着叫骂："日娘的，偷到我头上来啦！我家的这头猪是好牵的吗？你拿着绳子也牵不走它！哼，日娘的！"

来宝大婶差点晕厥过去。她看到她家的那条绳子缠在人群当中的那棵老枣树上，绳子的一头拴在猪脖子上，那猪被人声和灯光惊得一会儿呆站着发抖，一会儿朝人们腿缝里乱窜。绳子的另一头拴在糖官腰上，吊在枣树的断杈上。糖官吊在半空里，使劲地高昂着头。他朝人群里瞅着什么，他的目光僵直得吓人。随着猪的惊跑，糖官的身子忽上忽下，好似一只铜铸的吊桶，上上下下地在灯光里发出沉重的光芒。来宝大婶叫了一声亲娘祖宗，扑了过去。可是她够不着糖官，只是仰天望着，两手伸着，身子一耸一耸地吼道："糖官——糖官——！"

葛庄的人手忙脚乱地放下糖官，有几个妇人搀着来宝大婶在劝说着。葛歪头守着绳子，一边用手电光在人脸上扫来扫去，一边还在骂骂咧咧：“日娘的，我知道谁在坑我呢！想让我落个欺负孤儿寡母的骂名？哼，我清楚是谁教糖官偷我家的猪。他家有个好宝贝在勾糖官的魂呢！哼，日娘的，别在背后使坏心眼，有种你就站出来，我不劁了你才日怪呢！”

糖官站在人当中，他的小脸被谁的手电光照得发黄，可以清楚地看到他的嘴唇在哆嗦。可是，他的眼睛在手电光下一眨也不眨，只是迟疑地朝人群里看着。糖官看到了葛六指头在人群背后缩着脖子；香兰也在，她用一条红围巾捂住自己的半边脸；葛三和点苍也都在人场里，可是，他们没有一个人敢走到人当中来。糖官觉得自己的那颗心这会儿像一匹大马在剧烈地奔驰着，他还从来都没有过这么强壮的感觉呢。

六

第二天吃午饭那会儿，葛庄的人都端着饭碗在当街吃饭。他们正在议论着那事呢，又有人看见糖官顺着胡同向葛六指头家走。他那矮小的身子绷得笔直，活像一个啥事都能干成的行家那样，走起路来四平八稳的。

糖官进了葛六指头家的院子里，葛六指头正在漆嫁妆呢。葛六指头是个麻利的好木匠，一眨眼的工夫就做好了满满一院子嫁妆。他正在给一张方桌刷漆，阳光照得鲜红的油漆像热血一样刺人眼目。他只是瞄了糖官一眼，只管一下又一下地刷他的红油漆。香兰从屋里拿着一张贴花纸走了出来，看到糖官以后，她捏着贴花纸凝固在当院里。糖官不再看她，他慢吞吞地走到葛六指头背后，有点呆板地说："大爷，事儿得有个说头。"

葛六指头脸都没转，一下又一下地刷他的红油漆。糖官又干巴巴的说："大爷，你啥都看见了。"葛六指头猛地把刷子掼在桌面上，回过脸来，鼻子上冒着汗珠子，脸皮叮了蚂蟥似的抽搐着，说："糖官，我叫你大爷好啦！你还想给我脸上抹狗屎呢。日娘的，连葛歪头那样的人渣都敢当着人场寒碜我！我说了，我就是把胡琴砸碎了也不会给你的！"

可是，糖官连后退一步也没有，他木然地盯着葛六指头瞪大的眼珠子，说："可他都把我吊在树上了呢！"

葛六指头从鼻子里嗤了一声，说："我要是偷他家的猪，他也会把我吊在树上的。"说了，他又拿起刷子，朝桌子上刷他的红油漆。

糖官急了，他看着葛六指头那只拇指发了杈的左手，一边呼着粗气，一边说："你心黑着呢，下辈子老天爷还会给你留个记号的。"

葛六指头好像被黄蜂蜇了一下子似的，他转过神来，两眼要冒火似的盯住糖官，一边抖着那只拇指发了杈的左手，嘴唇哆哆嗦嗦地说："好糖官，你也敢揭我的短处！好糖官，你娘的——"他边说，两个眼珠子边朝四下里转，好像要找个啥家伙给糖官一下子似的。当他的目光落在条凳上的那把斧子上时，他的脸色忽地温和下来，可他的嘴角还挂着那种笑，他说："糖官，你真想要我家的胡琴吗？"没等糖官搭话呢，他就又转过身拿起刷子，一边不急不躁地说："好，我给你，只要你敢把自己的小拇指剁下来一个，啥都不要我就把胡琴给你！"

说了，他又斜过脸乜视了一下糖官。看到糖官那张脸凄惶惶的，他不由默笑了一下，一下又一下地刷起他的红油漆来。一时院子里静极了，葛六指头可以听到他的刷子发出的缓慢的沙沙声。

可是，这当儿，就在这当儿，他听到香兰锐利地尖叫了一声，像是小猫被打折了腿似的尖叫。当他回过脸来，他一下子碰翻了红漆桶，红油漆泼溅了他一身。他僵直地立着身子，像一个涂了红油漆的木桩那样戳在当院里，看着糖官。

糖官站在条凳旁边，右手还握着斧头，左手在胸前伸着。血滴像熟透的樱桃，落豆般的往地上掉。

葛六指头脑门上一阵冰凉，他冲香兰吼了一嗓子：“狗日的，还死站着！快把胡琴拿给他，让他狗日的滚开！”

村当街的人一碗饭还没有吃完呢，他们看到糖官抱着胡琴从胡同里跑了出来。“瞧，他高低搞到手了！”他们又惊讶又悲伤地叫了起来。接着，他们变得鸦雀无声了，惶惑地看着糖官像水中飞游的灯笼鱼那样，欢快地跑到了村当街上。

糖官抱着胡琴，他的左手紧紧抓住琴颈，右手牢牢地抓住弓弦，血顺着琴身流下来。糖官没有顾得这些，他只觉得胡琴成了身上的一个器官，从那里发出的一种像快活的潮水似的力量推托着他，使他感到自己的身子飞腾起来，他只想不停地向前奔跑。

当他跑到村头时他才站住了。他的胸脯激烈地起伏着。他站在路边的一棵小杨树旁，有那么一小会儿，他感到有点头晕，眼睛也有点生涩。他摇了一下头，朝那条坑坑洼洼的小路尽头看去，那儿十分的空阔和辽远。他想着白斜眼在这条小路上走动的滑稽身影，他笑了一下，觉得两腿发酸，就靠着树根坐了下来。他两手颤抖着竖起胡琴，只拉了一下，他就再次看到那个又会跳动又会闪光的东西。这一回，它没有一闪而过，而是在他面前像蝴蝶一样飞来飞去。这一次，他不再急着想抓住它，他觉得自己累得不行了，两眼越来越涩。于是，他就抱紧了胡琴倚着小杨树想睡一会儿，可是，他隐隐听到他娘呼喊他的声音从很远的地方飘过来，像缤纷的落叶那样，一阵一阵地撒落在他身上。

04 青春期

我正在睡觉，梦见一个似曾相识的女人在池塘里洗澡。我看不清她的五官，也分辨不清她的岁数，只是觉得她很漂亮，她的胳膊比新藕还要白，她的长头发漂在水面上，好似很大很大一团乌油油的水草，几乎覆盖了大半个池塘。我裤裆里立时直成了一条小棍子。这条小棍子才长了稀稀几根软绵绵的小细毛。这时候，我家的小母牛又开始拱槽了，好像很压抑很暴躁，又好像生气发疯了，叽哩咣当，噼里哗啦，一阵子嘈杂的响动，就跟装好的一架子车红瓦盆被这个畜生拱翻了差不多。

于是，我隐约听见我爹叽叽咕咕地叫着我的名字，他好像还嘟哝了一句：牵上牲口去柳林铺吧。

正是夏天，我爹睡在院子里那棵挂满青枣的大树下边。晨光微薄，地面斑驳，满院子青枣味儿细小绵密，就像落下的一团团枣树叶子一样无精打采地飘悠着。我爹睡在草席上就像睡在水面上一样。他嘟噜着嘴唇吐完一股子粗气，接着就是一阵子长长的呼噜。那样子就像治水的大禹疲惫之至一歪身子躺在水面上睡着了——我想象中治水的大禹累极了就是这样睡在水面上的。我爹打呼噜时，鼻孔好像拖拉机的烟囱一冒烟就微微颤动。他的嘴巴也一张一翕，露出一线牙齿，我看着那一线惨白无光的牙齿，直觉得自己如同置身于梦境中。

牛棚下的槽头上，又一声野蛮的响动，不知道小母牛又撞翻了哪样。我爹从惨白的牙齿间嘟噜出一句话来：去吧。干成了这坨子事情，你就是个大人了。至少在这一年时间里，这句话我爹说了足足有三百六十五遍。我十三四岁了还没干成过一件像样的事情，而我爹这个岁数时，已经骑着大马跨过长城追得匈奴狼狈逃窜了——当然，这是我爹滔滔不绝教训我时给我留下的一点印象。以前他每说一次我就觉得受到一次羞辱和蔑视。此刻，我觉得这句话与往常分外不同，不单叫人觉得被羞辱，也不单叫人觉得被蔑视，还叫人心生恐惧，就像我在水里游泳，我爹瞄着我抛了一块锋利的三角铁从水面上疾速划过来。

我天生是个胆小怕事的孩子，到了夏天从来不敢睡在院子里。天一黑我就会看见院子里有很多鬼魂和无数的未知数，就像恼人的蚊子一样在黑暗中嘤嘤啄人。我睡在闷热的堂屋里，经常在大汗淋漓的睡梦中聆听院子里我爹的呼噜声响彻云霄。晚上睡觉前我总是要喝很多水，好像大量饮水可以缓解想象产生的恐惧。因此，夜间我总要呓语连天地到外边尿几泡尿。奇怪的是，每次起床我总是看到自己的身体还蜷曲在床上，就像一个长弯了的大南瓜静静地放在那儿。每次尿尿我总要迷迷糊糊地看几眼我爹睡在草席上的朦胧形状，仿佛那团形状里包含着让我安心又让我忐忑的主要因素。我爹不仅一串接一串地打呼噜，还夹杂着几声从喉咙深处滚出的声音，那种声音十分奇怪，就像公鸡追逐母鸡即将得手时的叫声，咯咯哒，咯咯咯哒。

我爹说背上豆子装好钱牵着牲口去柳林铺吧咯咯咯哒。

我昏头昏脑地摸索着穿上长大的短裤和瘦小的背心，趿拉着拖鞋向条几摸过去时，我还犹疑着向床上瞄了一眼，可以肯定，这一次我的身体没有像一个老南瓜那样蜷曲在床上，没有和我分离，它和我完美无间地结合在一起，而且言行一致。我穿的这双拖鞋是我爹用手扶拖拉机的旧轮胎做的，鞋底凸凹不平，多么平坦的路走起来也好像行走在大小不一的石子上。这双梦幻般的拖鞋我已经穿了整整三个夏天了，看兆头恐怕还要再穿上两三个夏天。我家的条几是榆木的，原本是长在我家屋后的一棵大榆树，春季里我爹会从树上捋下榆钱儿拌上豆面蒸着吃；春季还是万物繁殖的季节，会有许多鸟群在树上栖息抱窝，比如斑鸠，比如黄鹂，还有叫天子。每天清晨，地上都会有一大片色彩污秽的鸟粪，斑驳陆离，就像好皇帝的迷梦，就像坏皇帝的残梦。后来我爹请木匠杀了这棵大榆树，做了一张条几和几把椅子，他还做了一个有着四道沟槽的木拐子——打耕绳必备的神秘工具，它有着将四股细麻绳合成一条粗麻绳的巧妙机关，我爹一旦拿起这件木器，就像掌控着化腐朽为神奇的魔法一样，脸上立刻挂满了诡秘的笑意。耕绳就是牲口拉犁子拉耙拉拖车用的粗缰绳。村里谁家要打耕绳了，我爹就把这个神秘的工具夹在胳肢下过去帮忙。

给我家做条几的木匠就是我们村的大能人春泉。这个三十多岁的能工巧匠能说会道，他建议我爹不要给条几和椅子上漆，要保持质朴的原木本色。他言之凿凿地说，“现在亳州城里最流行这个了”。我爹被他的花言巧语说服了。当然，我知道我爹当时的主要心思就是省钱。结果，两三个夏季一过，条几和椅子都生虫了，谁也看不见虫子是怎样钻进木头里的，谁也没见过都是什么鬼模样的鸟虫子，只能看到屋里整天布满了木质粉尘，一小坨一小坨的，就像苍蝇屎一样大小，虽然不像苍蝇屎的颜色，但远远要比苍蝇屎更叫人恶心。尤其是到了晚上，屋里到处都弥漫着干涩后发酸发苦的榆钱儿味道，长了翅膀一样朝鼻孔里钻，让人一进屋就好像中了迷魂药一样昏昏欲睡。

布满虫眼的条几东头搁着一个暗紫色陶瓷罐子。我爹说这个狼犺物件是他曾祖爷爷留下的。我没有见过那个像传说一样遥远的老头，我只知道给小母牛配种需要四块钱，自从小母牛第一次拱槽，我爹就像藏匿再生秘诀一样把那几张花纸头放进这个罐子里了。罐子里还放着一把长短不一的铁钉，一把桃木扣子，一把锥子，几圈铁条，几个铜钱，一个马灯芯子，一把大小不一的螺丝螺母，还有几块枣木燕尾榫等等杂物，总之都是我爹在梦想与现实中须臾离不开的玩意儿。我把手伸进罐子里抓阄似的摸索好大一会，手指头扎得生疼，终于摸出那一卷子钱来。然后，拎起内翻马蹄式条几腿边的一小布袋黄豆，背在肩头，出门来到牛棚下，牵上小母牛就往外走。走出牛棚时，我瞥见卧在淘草缸边的老母牛心不在焉地张望小母牛一眼，它一副心知肚明的神态，好像是个老于世故的壮年妇女，那一副洞烛人世百态的眼神和架势真叫人有点紧张。

小母牛也就是一年零一个月大，但它的身架骨已经长成了。说它外形上和成年牲口没有什么差别是不确切的，实际上它整体上看着明显要比成年牲口高大一圈。我印象里，它是个天真无邪的快乐吃货，干麦秸拌豆饼，新鲜的青草拌上麦麸子，高粱叶和红芋秧子，无论什么它都吃得津津有味。我经常在它那种节奏鲜明的催眠曲一样的咀嚼声中进入梦乡，并且在梦中眼睁睁地看着它吃掉了我母亲的大襟褂子，吃掉了我爹的棉裆裤，我那条屁股磨花了的短裤也给它吃掉了，所以我才有了身上这条长大的黑粗布短裤。这还不算，我家淘粮食摊在箔上晾晒，它大模大样走过来就像吃自家的东西一样肆无忌惮。这头畜生吃过这些食物和衣裳之后，发生了奇妙的变化，它的头颅变得棱角分明，脖子粗壮，前膀圆润，屁股饱满，后腚骨上面放一盆水走起来都不会洒出来。本来它七八个月大的时候是给它扎鼻环的最好时机，但因为我爹过于宠爱这个畜生，所以一直到今年春天才给它扎鼻环。但这不影响它的美观，它的整个鼻头还是鲜嫩的，就像一只饱满多汁的大梨子，好像手指一弹鼻头就会迸出一股水来。雨过天晴，泥地才踩成平溜地，我牵着小母牛走过去，它的左前蹄踩出一个面对面的元宝，右前蹄也踩出一个面对面的元宝，后边两个蹄子当然也踩出两个形状匀称的元宝来。

我们村里那些碎嘴子一见我牵着小母牛遛弯，就会鸡一嘴鸭一嘴地说起从前我爹在生产队里当了很多年饲养员，饲养过许许多多牛马骡驴老绵羊和小老鼠，偷吃过很多豆饼料豆子，经我爹亲手喂死的大小牲口数也数不清，数不清啊数不清，终于积攒了丰富的经验，现在单干了饲养自己的牲口，一歪膀子就搞出这么标致的小母牛来。他们说的话就像炸了窝的马蜂，带着几分毒气和淫荡，嘤嘤乱叫着围着我飞徊，经常把我的双耳蜇出一串串又疼又痒的小疙瘩。坏心眼的木匠春泉一看到我牵着小母牛遛弯，他就会跟在后边走很远很远，我牵着小母牛走到村西头河堤上，他就会跟到河堤上，我走到村北边的柿树林里，他也跟到柿树林里。小母牛寸步不离地跟着我，他跟在小母牛后边寸步不离，好像小母牛是他的好妈妈，我是他好妈妈的饲养员。春泉一边走一边挤眉弄眼，一边展示口才和想象力。他把我家的小母牛比作十六七岁的大闺女……他的很多话我都听不明白，反正他的举动以及他的言语所表示的大概就是这么一个意思：小母牛拉屎的屁眼或者邻近的器官完全可以吞下他的整个人生梦想。他紧紧跟在小母牛屁股后边，表演着准备献给这个世界的几声动静和几种表情，有时大概被自己的想象和腔调感染了，就会发出一阵子难以形容的笑声。有好几次我都以为是小母牛吃多了豆饼喝多了凉水要拉稀之际排放的一股子响屁。

我讨厌春泉活像个被老幽灵痛打了一顿的小鬼一样，跟在小母牛后边唠唠叨叨。尽管他给我家做条几和椅子时，很有耐心地给我讲说过连接两块木板的燕尾榫和内翻马蹄式与外翻马蹄式的各种家具腿，但我还是十分厌憎他跟在小母牛后面喋喋不休的形象和声音。他诉说成年牲口交配时嘴脸上的喜悦淫邪就像污水上漂了一层黑油，他讥笑我这样一个青涩少年连女人的白屁股都没见过时表情无比悲凉忧戚——这一情景甚至在我梦里也会经常出现，包括他那疤瘌眼，在我的梦里就像一枚熟烂的柿子吧唧一声摔在石板上。

春泉的疤瘌眼不是天生的，也不是婴儿时睡着了被老鼠咬的，那是柳林铺的瓦西里揍出来的。柳林铺的瓦西里在冬天和春天是个粮食贩子，到了夏天和秋天他就是个烟叶贩子了。他的恶名就像野蛮的蒺藜一样疯狂地长满了方圆十几里的大小村庄。方圆十几里像我这样大的青少年，无不对瓦西里充满了畏惧和崇拜。去年春天，瓦西里肩上搭着一杆大秤，紫茄子一样大的秤砣耷拉在胸前，秤砣上绳鼻子穿着的大秤杆竖在背后，远看就像一杆长苗子的独眼兔子枪，有两三个跟班的小青年拉着架子车——三个小青年都留着茄盖子发型——跟着瓦西里来到我们村里收购黄豆。木匠春泉因为秤高秤低一点点蝇头小利给他们发生了口角，结果被瓦西里抡起秤杆抽打惹祸的牲口一样打了一顿。秤钩子落在右眼上，春泉满脸都是鲜血，好像天灵盖给揭掉了。村里好多人都看到一颗眼珠子就像一枚炭火飞落进河里，河水哧啦一声就把它淹没了。当然，这只是人们恐惧中的想象，那颗眼珠子还完好无损地长在春泉的狗眼里。只是他的眼皮好像被偷嘴的公鸡啄走了一缕子，到了秋天，春泉的右眼皮上趴着一条形象逼真的死蜈蚣。他无意中成了一个有着鲜明标志的木匠，我们村大人小孩不再叫他木匠春泉，而是叫他疤瘌眼木匠。瓦西里挥舞着秤杆抽打春泉时，村里的大人小孩好像小老鼠见了大恶猫一样一溜烟跑回了家。我眼睁睁看着身材壮硕的春泉媳妇杨翠华一头钻进自家的柴火垛里，露出红黄相间的花布裤子裹着的大屁股，好像慌忙中碰坏了喷水装置，一会儿花屁股就喷个精湿了。我站在原地动不了脚步，因为恐惧与危险像两颗大钉子分别钉住了我的左脚和右脚。我爹也没有跑掉，他反而像个愣头青一样劈手夺掉瓦西里手里的秤杆，然后，劈头盖脸地训斥了瓦西里一顿。后来我才知道，瓦西里家和我家是那种转上几辈人才能捋清关系的远门子亲戚，论起来瓦西里还得叫我爹表叔。这种遥远的亲戚关系，让瓦西里和我有了一丝看不见的牵连，就像八百亩地里的两株秫秫，一株在东南角，一株在西北角，互不干扰生长，互不影响死活，但它们都是扎根在这八百亩地里。所以，有时候赶集上店我遇到瓦西里，他的亲切招呼都会引得人们对我刮目相看。

我在大短裤的松紧带里紧紧掖好了四块钱，背着布袋里的五斤黄豆，牵着小母牛走出了村子。这时候天才放点麻麻亮色。几只受惊的公蝉压着嗓子哧啦啦从我头顶飞过，一股尿星子如同细微的晨雾落在我脸上。时而从灰暗的远方传来几声猫头鹰睡梦中的啼叫，压抑而哀伤，好像中了一支冷箭正在奄奄一息之际的哀鸣。我牵着小母牛走上田间小道，老是觉得坏心眼的疤瘌眼春泉就像个幽灵一样又跟在小母牛屁股后边唠唠叨叨。他的讥笑挖苦和轻蔑捉弄就像晨曦中的蚊虫，搅得我心烦意乱。于是，我又把瓦西里用秤杆抽打他的情景在脑海里过了一遍。春泉挨打的样子就像杀狗的屠夫临动刀子前一棒子敲昏的牙狗，他哼唧着哭泣着四肢颤抖的滑稽样子引得我忍不住笑出声来。我的笑声就像一个胆小鬼偷笑那样有些下作，有些鬼祟，为此我有些惭愧有些羞涩地回过头来瞄了小母牛一眼。

小母牛的铜鼻环在晨色中熠熠生辉。

我们村子里用铜鼻环的牛屈指可数，绝大多数的牛使用的都是用老竹根弯成的鼻环，相当粗糙。这种老竹根经过简单的削砍，用文火烤弯后穿入扎好眼的牛鼻子里，经过与鼻骨长年累月的磨擦方才变得光滑。一想到鲜脆的牛鼻骨和毛扎扎、扎手指头的老竹根磨擦……一头牛要遭受多少罪才能把它磨成水光溜滑呀……我脊背里股沟里麻娑娑的，忍不住有些尿意来临。我家的小母牛已经长成了大母牛，它没有遭受老竹根鼻环的折磨。它享受着我爹对它的宠爱，它戴的是闪闪发光的铜鼻环，它吃好的喝好的，它长了一副壮硕的身躯，它发情了，它骄傲地拱槽，放肆地跳跃，它傲岸地望着它母亲——那头老于世故的老母牛，它虎视眈眈地望着我爹和我，它用表情和目光索要一头受宠爱的牲口所应享受的福利。现在，我牵着它前往柳林铺给它放犊去，帮助它翻开作为牛的一生中最华美的开篇。哦哦哦哦给牛配种，方圆十几里都称作放犊。我觉得这才是最完美最古老最真实的说法，把犊放到母牛肚里去，生命就是这样极端完美地呈现了它的崇高和直接——在所有的畜生配种行为里，再没有比给牛配种称为放犊这一说法更值得歌唱的了。

从我们村到柳林铺不过六里路，中间隔着一个叫杨场的村庄。实际上到柳林铺并不需要从杨场村里穿行，但必须路过杨场村后大约一里地远的杨场大桥。杨场大桥是东西向的，桥下是南北流淌的烟粉河。烟粉河是一条瘦骨嶙峋的河流，细而窄，好像一个箭步就可以跳过去，但从来没有谁胆敢从河上一跃而过。烟粉河河水清澈，深不见底，流淌湍急。我从来没听说过它是从哪儿流淌而来的，也从来没听说过它要流向何方去。瓦蓝的河水匆匆忙忙，好像贼人偷了东西急于脱身，好像张皇失措的一个孤独小孩子追寻走散的爹娘，又好像一群厉鬼急着前往遥远的好地方投胎去。清亮的河水带着几缕显而易见的欢喜，但也难掩时隐时现的一丝鬼里鬼气。

与烟粉河相比，杨场大桥显得过于长大了。

这座由钢筋水泥和青砖石板组成的大桥整整有六十米长，它的宽度我不知道有几米，我觉得两辆双牛拉的木轮大车从桥上无法并排通过。他们在桥头两端的栏杆上刻下了大桥的长度，但没有刻下宽度，也许他们不好意思刻，也许他们居心叵测，故意给这座大桥留下一个鬼鬼祟祟的谜语。这座桥也许是设计者的梦中产物，模糊朦胧暧昧不清从来都是梦幻制造者最拿手的好戏。谁也说不清为什么要在窄小得可以一跃而过的烟粉河上建造一座这么长的桥梁，致使桥的两端有很长一节子毫无意义地伸进了庄稼地里。因为杨场大桥的宽度和长度极端不匹配，所以从桥上行走时就会产生行走在通往死亡地宫的狭窄甬道里的感觉。

说到底，清澈得有些阴森的烟粉河和这座怪里怪气的杨场大桥搭配在一起，真是天造地设，自然而然充满了不吉利的各种传说。事实上也确实有很多超现实的变数：几乎隔上三两天就会有人过桥时掉进河里，有时候是早上，有时候是晚上，有时候是正午太阳直射时分，有时候眼看着夕阳就要没入地平线时，一个人从桥上掉河里了。从桥面到水面大约一丈二，至多一丈五，但掉到河里的人却无一生还。掉进河里的人基本上都变成了鬼，经常有人过桥时会撞见它们。有人遇到的是舌头耷拉多长的女鬼，有人遇到的是男鬼，它的脖子好像被一道无形的绳索勒得紧紧的，它奄奄一息满脸乌紫好像憋得下蛋找不到好地方的母鸡一样，好像马上就要死掉一样。总而言之，所有的鬼都在人们的想象力之内，人的想象力有多么强大，鬼的形象和品种就有多么繁杂。

忽然间，两三声猫头鹰的阴鸷啼叫从上空飒然穿过，就像一阵子不吉祥的阴风从我头上刮过去……我马上清醒地认识到这些都是来自我的想象，或者是我的错觉——尽管四野里雾霭笼罩，但是，杨场大桥还是清清楚楚地呈现在我眼前。于是，我马上明白了刚才的不祥感觉完全是这座恶名昭著的大桥与桥下的烟粉河带给我的，它们的阴气就像水银泻地一样渗进了我的肉体与意识里……很多人耳闻目睹过，有一群青少年善于因地制宜，他们利用杨场大桥和烟粉河的邪恶之名，经常在桥上拦截行人无故殴打，经常哄抢小商小贩。那个方圆十几里都知道的关大胡子，绰号美髯公关云长，他挑着米酒担子好几次路过杨场大桥，回回都被这群青少年把一担香甜的米酒抢光喝净还不算，还要每次都拔掉他的十几根胡子。有一天我看到关大胡子挑着空荡荡的米酒担子，哭泣着从我们村头踉跄而过，他的下巴光光的就像刚剥的熟鸡蛋那样诱人，叫人觉得又滑稽又恐惧。

这一群青少年就是杨场那庄的。

杨场那庄的小孩都有着好记住的名字，叫竹竿，叫鞋带，叫塑料扣子，叫小眼珠子，叫肉皮，叫气眼，叫球针，叫洋火，最有名那个叫裤缝的，是他们的首领，人所切齿才称之为癞蛤蟆头儿。这些小孩名字表现了杨场那庄大人的文化水平和兴趣爱好，反映了他们对未来的种种希望和寄托，也包括了他们看待这个世界和宇宙的眼光之广度和深度。

方圆十几里都知道裤缝的爹名叫眼罩，他大名鼎鼎是因为他在淮南煤矿当工人。煤矿工人在亳州大地上相当尊贵，有三百一十三人亲眼目睹，有一次眼罩和区政府的一群领导排队放屁，区长都得排在他后边。我见过眼罩一次，这名煤矿工人身穿灰蓝色劳动布工作服，头戴一顶乌黑发亮的安全帽，帽子上束着一盏熠熠放光的矿灯，仿佛能够照亮全世界。当时，我一下子就被这盏神奇的矿灯迷住了，根本没有注意到眼罩的眉目嘴脸是什么样子的。我见到是眼罩的照片，而不是活生生的人。裤缝在电影场里嘴巴鼓囊囊的吃着日本水果糖，脏手捏着他爹的照片四下炫耀，他嘴里散发着放了很多白砂糖的马尿气味。我只是在斑驳的灯影里瞥了一眼，他爹眼罩头上的这盏矿灯就像鬼火一样给我留下了暧昧的记忆。尤其是，这盏矿灯后来成了裤缝的魂魄，无论春夏秋冬无论何时何地，只要看到裤缝就准能看到他头上戴着这盏矿灯，好像那是他头颅上的一个重要组成部件。矿灯就像王冠一样还给了裤缝绝对权力，杨场那庄的青少年全都听从裤缝指挥，好像只有对裤缝唯命是从才能说明他们对矿灯的绝对崇拜。只是，这盏矿灯早就不放光芒了。裤缝跑到柳林铺也没有买到专门的充电器，不过人家告诉他兴许亳州城里会有专门给矿灯充电的神奇充电器。裤缝数次扬言要去亳州城里买个充电器，一定要让头上的矿灯每天都能照亮他们杨场的夜晚。好几年过去了，杨场那庄的夜晚依然是黑暗的，裤缝头上的矿灯依然是一盏瞎灯。

裤缝和他们庄一群青少年几乎天天都在桥上铺设好绊马绳索，然后像鬼魂似的倚靠在杨场大桥两侧栏杆上，谈天说地传说鬼怪，等人过桥随时滋事抢些吃喝。他们全都留着永不改变的茄盖子发型，个个喜气洋洋，好像他们那种茄盖子发型下的脑壳里都有一个古怪的梦想。有很多人经常从远处望见，裤缝很少倚靠在桥栏杆上，他总是在两排青少年中间的桥面上走来走去，他双手招展摇头摆尾，好像竭力宣扬着矿灯的复杂与奥妙，那副神态好像全世界留着茄盖子发型的青少年里他是最屌的一个。他大步流星勇往直前，他脑袋后边矿灯塑料箍上还系了一根一拃长的红布条子，他飞一般行走时，这根红布条子竟然直直地飘起来。

可是，有一次他们在桥上拦住了一个骑摩托车的人。等他们看清是醉醺醺的瓦西里时，忙不迭地收起了绊马绳索。瓦西里穿着白背心，露着两个光膀子，胳肢窝里两团浓密而张扬的腋毛好像黑色的火焰一样。他嘴唇上边还有一圈坚硬的短髭，就像豪猪刺一样咄咄逼人。瓦西里支着两条又粗又壮的大长腿，裤裆里夹着四冲程的红色雅马哈摩托车，慢悠悠点了一颗烟，竖起一根手指头示意了一下，裤缝马上乖乖地摘下头上的矿灯，满脸怯色地双手递给了瓦西里，就像打了败仗的小国王摘下自己的王冠献给打了胜仗的大国王一样。瓦西里像个心不在焉的科研人员，十分好奇地捣弄了几下也没有弄亮矿灯，他茫然，他恼火，他忿忿地哼了一声，随手将矿灯狠狠地朝桥栏杆掷了过去。矿灯好像是用很多小弹簧组成的，啪的一声四分五裂，一阵子细碎的鸣叫，蹦蹦跳跳八方奔走，好像有了独立的生命，欢快地奔向属于自己的区域，并准备着手建立完美公道的共和国。这壮丽的一幕肯定不是来自我的记忆，更不是来自我的想象，我也不能肯定它是来自人们的传说，还是来自另一个星球的暗示，但它无数次进入我的梦境，几乎快成了我的亲身经历。我甚至看到了从那以后裤缝天天在杨场大桥上寻找四下逃逸的矿灯部件，他的双眼泪如泉涌，好像悲伤这头野兽咬住了他那颗青春洋溢的心灵，他嘴里还发出流水般的呜咽声，就像一只全家死光光伤心欲绝的小老鼠。

我牵着小母牛走近杨场大桥时，幸亏天光还早，想必裤缝他们那群吓人的青少年还在睡梦中。我甚至看到了他们在自己的梦中疯狂奔跑的样子，嘴里涎水耷拉多长，比从天桥上悬垂下来的鼻涕还要长。尽管如此，我走上杨场大桥时依旧紧张得两耳嗡嗡直响，恍惚看到他们那群青面獠牙的青少年倚靠在大桥两边的栏杆上时刻准备攻击我。尤其吓人的是不见了他们的身体，只能看到他们的衣裤直立在栏杆那儿，那副矿灯凭空悬置在栏杆的上方，虎视眈眈地对着我，好像裤缝他们的躯体都消失在空气里了。我嘴里诵经一样念叨着鲁迅那篇写鬼的文章。尽管明知道所有的鬼都是自己吓自己，但我还是觉得头发梢子竖了起来，脊背沟里凉凉的，屁眼里麻娑娑的。我暗下决心，如果无法躲避的话，我盼望遇上一个矮小的病怏怏的弱鬼，它一搭腔我就把它推到桥下去，让湍急的烟粉河水像冲走一片枯草叶一样冲走它。但是，我真没有想到要是真的遇到鬼了我肯定会被它拘走，几分钟之后我肯定就变成它们中的一员。

这时候天还没有亮起来，路两边的庄稼地里弥漫着一层薄薄的纱雾，四野里村庄好像都在远远的纱雾深处。黄豆秧子已经齐腰高了，豆荚还没有饱满，密密麻麻的豆荚和豆叶上都挂着一层薄薄的雾水。远处，好像极远处，有几声蝈蝈的晨鸣，时断时续，若有若无，好像来自大地最深处的求救声。玉米已经粒粒充满了黏甜之浆，玉米须子的气味随着微风阵阵飘来，就像学校里数学老师徐爱芳的那条橘红色纱巾一样好闻，徐爱芳老师才二十二岁，她的脸蛋又白又干净，就像初开的石榴花一样灿烂又温柔……

杨场大桥两端的路两旁都长着十几棵大杨树，阴沉粗大，高入云端，好像守护大桥的凶神恶煞。大桥两边的桥栏损坏得不轻，好几段水泥脱落殆尽，露出锈迹斑斑的钢筋，就像恶狼龇出来的牙缝里有着肉丝血渍的狼牙那样显得很是狰狞，而且散发着杀戮和死亡的妖怪气味。那种气味就像烧干辣椒掺杂着六六六粉那样呛人。我大声咳嗽了好几声，好像要制造强烈的声音来驱赶大桥的邪恶气息。在四下张望中，我看到远处的豆地里有一对晨起劳作的夫妇，正在豆地里薅草，男的戴顶竹篾凉帽，女的头顶着蓝手巾，他们后边还有一个看样子和我大小差不多的青春少女，她梳着两根黑幽幽的大辫子，辫梢挽成牡丹花团样，扎着黄晶晶毛绒绒的头绳，一笑两个小酒窝，露出一嘴白白的细牙，就像石榴籽儿一样整整齐齐地排列着。她的杏核眼冲着我笑过来……她的杏仁眼就跟徐爱芳老师差不多。

我赶紧眨巴几下眼睛，视野里一片薄雾朦胧的庄稼地。我急忙连连啐了几口吐沫，防止鬼魂真地缠上身来魅住了我。但是，这些幻觉还是让我不由自主地想起了善良俊俏的七仙女。我甚至看到了可怜的牛郎用一对柳条编织的团筐挑着一双儿女踏着天河之雾急匆匆地奔了过来。我又想起了画皮里那个又好看又爱撕开人的肚皮大吃人心的女妖精。我甚至看到了那个太原王生和那个更吓人的邪魔道士……我的心一会儿被按进了蜜水里，一会儿被按进了滚油锅里——就这样，走过六十米的杨场大桥简直让我受尽了阳世界和鬼世界的煎熬。我脚步走得有些急了，小母牛也有些不耐烦了，它扑闪着水灵灵的大眼睛，昂起头来打了几个脆生生的响鼻，好像要呼吸新鲜空气，又好像嗅到了不同寻常令它不安的气息。小母牛在桥头站住步子，我也站住步子，眼看它扬起尾巴拉了好大一泡屎。我彼时不知道牲口也有灵性，不懂得它已经嗅到了来自柳林铺的那头种牛的气息，更不懂它是在做好放犊前的准备工作，只觉得这么大一泡牛屎要是我爹看到了，一定会再三叹息真是太可惜了。我甚至听到了我爹此刻在梦中的呓语：日娘的，日他娘的，这泡牛屎要是拉到咱自己家菜园子里，足够肥上三五棵白茄子的，要是辣椒，那稳当地，可以肥上十三四棵。

我牵着小母牛来到柳三丈家时，天色亮了很多，但仍有一团团浓淡不一的晨雾弥漫在天地间，好像天地初开一片混沌。应该是出太阳的时候了而太阳还没有出来，好像它被黏稠的雾团阻住了。柳林铺本是个巨大无比的镇子，此刻在晨雾中露出一鳞片爪，好像一条见首不见尾的神秘恶龙。好多次听说经常有外乡人来到柳林铺走迷了方向，过了好几天才发现他们与这个世界上的亲人失联了，好像通过柳林铺特设的秘密通道，安全到达另一个星球，过上了六亲不认的幸福生活。

柳三丈家就在镇子最东头，他家的院子比我家的打麦场还要大两倍。五间堂屋是青砖青瓦，三间东厢房还有三间西厢房都是青砖青瓦，还有一围丈把高的红砖院墙。青砖红砖上看不见一星点青苔，几面墙上也看不到一只驻步休息的蜗牛，一看就是近几年新盖的。但是，他家院墙内外无处不充溢着交配和繁殖的旺盛气息，就像浓烈的醋味一样一个劲地刺鼻子，叫人接二连三地打喷嚏。大门外左侧的猪圈羊舍里各拴着一只种猪和一只种羊，明显要比一般的猪羊高大威猛许多。一闻到雌性畜生的气味，那只一把骚胡子的公羊，这头钻头状的猪屌探出一拃多长的牙猪，这两个做种子的法律与公理双许可它们浪荡的畜生，坐卧不安，心痒难熬，围着拴它们的木桩四蹄攒动快步行走，嘴里如同猛犬狺狺一样低吼出让人头皮发麻的声音。我牵着小母牛进院子时，它们叫唤得有些急迫有些凄凉，好像它们明白自己失去了一次践行使命的机会。我发现，小母牛对这两个低能畜生毫不在意，从它们近前走过时它有些不屑一顾地高昂着傲慢的漂亮头颅，但等它一进了柳三丈家的大门后，它那颗高昂的脑袋一下子低了下来，用它处女般的嘴唇亦步亦趋地触碰着地面，好像柳三丈家的院子里疯狂地长满了芳香而又好吃的含羞草。

我一眼就看到柳三丈家的那头种牛。

是一头黑色的种牛，它正在靠着西厢房南屋山墙的牲口棚下大口吃草，它吃草时发出巨大的声响，好像粉碎机在粉碎砖头瓦块。这头黑色的种牛长身子短脖子，一看就是个特别适于配种的好身材，它的四条腿比传说中现了原形的牛魔王的四条腿还要高大粗壮，它的脑门上有一块月牙形白毛，好像白毛的根须遒劲无比，轻松穿过漫长的脊梁骨，从尾巴尖上钻出一小缕长长的白毛来——这种前后呼应的奇怪毛发使柳三丈家的这头黑种牛有了一个响亮的绰号：穿心白。据众口传说，凡是长着“穿心白”毛叶的种牛，都有着旺盛而且强大的繁殖力，一次可以给十三头母牛放犊……今天时光如此之早，我家小母牛分明是第一个来的，我为此心中暗自欢喜。

让我有些意外好奇和惊喜的是，我还看到柳三丈家那头闻名遐迩的种驴——它和这头黑种牛正在同槽吃草。这头灰白色的种驴膘肥体壮，体格好似高头大马，遗憾它不是高头大马，但它照样有着大个子种驴的威严和体面，干干净净，一副勤劳勇敢的模样，叫我不由自主一下子想起来电影《朝阳沟》里的那个走了牛屎好运找了个城里女学生的青年农民栓保。我牵着小母牛从两头高大的种畜槽前走过时，这两头种畜好像沆瀣一气的野兽一样，淫荡地相视一眼，双方心神贯通似的相互蹭了蹭耳朵。接着，黑种牛仰起头龇着大板牙发出了一阵子嘶嘶声，就像小流氓看见青春少女吹起了淫邪的口哨。灰白色的种驴更是肆无忌惮，它高昂着漫长的驴头，伸长了漫长的驴脖子，龇着麻将白皮一样的大驴牙，嗯嗯啊啊啊，嗯嗯啊啊啊，极其放荡地叫了好长好长一嗓子。

柳三丈正在修缮东厢房，他穿着长勒胶鞋蜷跪在房顶上，面前揭开了三趟子青瓦，想必就是那儿漏雨了。他手持铁皮泥抹子把揭开青瓦的地方抹好稀泥，然后再把摞在眼前的青瓦粘上几块。他的儿媳妇宝蝉手持长柄木锨给他运送稀泥。就是那种从河里捞上来的黑乌乌的淤泥，掺上麦糠，好像掺上麦糠就成了万能胶。这种稀泥尽管散发着泥鳅黄鳝和老鳖的腥臭气味，同时也散发着麦糠的干草芳香。我十分熟悉这种稀泥，在乡村里作用之广泛效果之神奇，具有活血化瘀滋阴壮阳的功效，也可以阻挡风雨雷电的袭击。这种稀泥对于庄稼人来说有时候比金子还要珍贵。这一摊黑乌乌的稀泥就在柳三丈家的院子里，胖大健硕的宝蝉铲上一木锨，端到房檐下，看都不看，一扬手，一团稀泥就掷在了柳三丈腿边的短柄木锨上。柳三丈蜷曲着身子端起一木锨稀泥倒在揭开青瓦的地方。宝蝉是个大肚子，也不知道有几个月了，反正已经大到她弯下腰也看不见自己的脚尖了……我印象里宝蝉不是这个样子的。我记得宝蝉是坐在瓦西里摩托车后边的。瓦西里驾驶着红色雅马哈摩托，驰驶在油菜花开的田间小道上，驰驶在钻天般的杨树行子里，迎面的清风吹拂着瓦西里的长发，也吹拂着他的黑色短髭，他的脸皮就像疾风吹颤的皮冻一样。宝蝉紧紧地抱着瓦西里的腰，把脸埋藏在他背上，她穿着姜黄色的小褂子。我站在高高的河岸上，看着他们从眼前一闪而过之后，我依旧听见宝蝉那麻雀鸣叫般的笑声，依旧看到她的两条大辫子上分别用橡皮筋扎着一嘟噜洋槐花，我甚至闻到了洋槐花的那种甜丝丝的味道——这是我曾经亲眼目睹的情景再次呈现在我眼前……我牵着小母牛呆呆地站在院子里看着他们劳作。宝蝉端着空木锨转过来时有些友好地对我笑了一下。我发现她的眼神有些僵硬，或者有些不灵活，我猜想她的肚子那么大了，她再也笑不出麻雀鸣叫般的笑声了。她的嘴角动了动，好像给我打招呼又好像张嘴喘了一口粗气。我没有听到她说什么，只是闻到她嘴里散发出一股子用镰刀新砍下来的秫秸的味道，微微有些甜，微微有些酸，微微有些苦，微微有些骚，微微有些腥。我猜想大肚子女人嘴里都会散发出这样复杂的味道。

这时候，那头灰白色的种驴又淫荡十足地叫了一嗓子，高低音交错，音色亮丽。房顶上干活的柳三丈这才注意到我牵着小母牛站在院子里。他的脸上立刻露出迷人的笑容。他的老脸……一枚老核桃也没有他脸上的皱纹多，好像每道皱纹里都包含着他的不同心情和不同的人生际遇。柳三丈年轻时曾是公社宣传队的鼓书演员，他最拿手的鼓书小段就是那出外国故事《三进克里姆林宫》，他特别喜欢这个小段子里的战斗英雄瓦西里，所以，等他有了儿子就毫不迟疑地给儿子起个名字叫作瓦西里。

东厢房的西墙上竖着一架耙地的耙，尖锐的铁耙齿扣在墙砖上，柳三丈从房顶上踩着耙的横杆下来了，他龇着七扭八歪上下倒错的一嘴巨灵神一样的残破糟牙，一边对我说："前几天赶集，听你爹说等你家小母牛再拱槽了就让你牵来放犊，你还真来了我的好表侄儿！恭喜你这一下子就要长成大人了！豆子倒进那边蛇皮袋子里钱一会交给宝蝉好了。"他把黄豆称为豆子。他说起话来不断篇，想必都是当年说唱大鼓书时留下的后遗症。柳三丈给我说着话，又大咧咧地一招手，叫宝蝉把种驴牵到院墙外边拴在槐树上。很显然，他是个粗人，但他很有讲究，他理会牛驴不是同种，交配这样的秘事绝不能相互观看。我自然不懂此中有什么样的神秘暗结，木讷讷眼看着宝蝉牵走那头灰白色种驴时，顺手拿了竖在槽头的那根可手的枣木拌草棍。灰白色的种驴跟着宝蝉向外走时，伸着驴嘴试图嗅几下宝蝉那香喷喷的大屁股——这头灰白色的种驴想干什么？我不希望发生我看不懂的事情，我猜想柳林铺也不需要刑天这样的暴烈神怪，神话中已经有了黄帝战蚩尤的故事——健硕的宝蝉回身一扬枣木拌草棍，粗声大气地喝了一声："屌给你打旋沟子里去！"英俊的种驴猛一昂头龇出一嘴大驴牙，漫长的脸上露出好似讨好又好似讨饶的漫长微笑，而它的肚子下边已经伸出了一条黑黝黝的棒槌，棒槌头上还开了一朵小小的向日葵。种驴跟着宝蝉向院外走时，还用那条顶着一盘小型向日葵的棒槌悠闲地敲打自己的肚皮。我猜想这绝不是孕妇宝蝉的大肚子引起的，而是我牵来的小母牛释放的牲口发情的神秘信息使这头英俊的种驴产生了广泛的联想。

柳三丈从我手里接过牛绳，示意我把背着的五斤黄豆倒进蛇皮袋子里。堂屋门口放着两个都已经装了大半袋子黄豆的蛇皮袋子，两个蛇皮袋子的袋角上都缝了一缕红洋布。门旁矮凳上还有三四个空着的蛇皮袋子，叠得整整齐齐，袋角上也缝了一缕红洋布。袋角上缝着一缕红洋布也许是种畜之家的生意规矩。我把豆子倒进蛇皮袋里，把空布袋缠在腰上，看着柳三丈牵着小母牛朝正在槽头吃草的黑种牛走过去。他的高靿胶鞋刷得黑亮亮的，迈着闲散的步子，好像穿着漂亮干净马靴的牧民牵着一匹小母马在草原上散步。他一边走一边说瓦西里天天出去喝酒，和一群狐朋狗友能喝出个屌名堂来！还都是连场子的喝，一喝好几天！这次是大前天出去的，喝到今天还没回来，估计还得三天才能东倒西歪回家来。日他娘的马尿一样的啤酒有啥屌好喝的？喝成了将军肚，日娘的，日他娘的，屌将军肚就是个大肚子，比宝蝉的肚子还大！他一口说唱大鼓书的腔调板眼，我也听不出他是自豪还是抱怨。他又说，还整天醉醺醺地骑着摩托车上天入地到处晃荡，小心哪天喝晕了头胳膊一软一头扎到沟里，我柳三丈，日他娘的，就得和阎王爷成亲家了。

刚好外边宝蝉拴好了种驴回到大门口，她听了公公的话大大地不高兴。她有些恼怒地叫了一声爹。叫完了又意味深长地摸了三四下大肚子。柳三丈这才咬住七扭八歪上下倒错的一嘴好牙，从喉咙里嘟噜了一声：领着你娘出去卖卖眼吧。

宝蝉的娘也就是瓦西里的娘。说句老实话她就是柳三丈的老婆子。她不是本地人，是柳三丈年轻时从遥远的西乡领回来的。对我而言，西乡就是宽泛的西边的乡村，至于具体在哪里从来也没有人知道，就是站在树梢上向西边仔细张望也看不到，在梦里和想象中也看不到，因为柳三丈那张惯常说鼓书的嘴里讲出来的都是故事。这个老婆子年轻时从来不说自己的家乡在哪里，她现在就是想说也说不清了，因为两年前她从瓦西里的摩托车后座上摔下来之后，就神奇地一下子失去了记忆力，就像在熙熙攘攘的大街上丢了一粒微小的塑料扣子一样，她趴在地上在众多的腿缝里脚底下寻找了很长时间也没有找到。一个人没有了记忆就没有了情绪，没有了喜悦，也没有了悲伤，无论多么荒谬多么妄诞的事情在她那儿都失去了荒谬和妄诞的作用。尽管在日常生活中她待人接物依然面带微笑，依旧可以响亮地说上几句应酬话，那绝不是出于礼貌和本能，而是完全出于机械性的习惯而已。我牵着小母牛进院子时，她就坐在东厢房南屋山墙下鸡窝旁的一个矮凳子上，满头花白的头发扎了好多小辫子，每根小辫子上都有用大红头绳扎成的蝴蝶结，我刚看到她时，还以为是一株生长在鸡窝旁的石榴树，叫我恍惚间又好像回到了石榴开花的季节。她当时还看似很亲热地笑着问我是哪庄的小孩叫啥名字，我告诉了她；等我离开她的视线片刻再次进入她的视线里，她又问我是哪庄的小孩叫啥名字，就和第一次问我时的表情语气节奏完全一样，就好像诡秘的留声机又放了一遍。

这时候，宝蝉扯着她娘有说有笑地出了门，我还沉湎在对这个老婆子的痴迷和想象中。很显然，柳三丈坚守着畜生配种这一行里的规矩，他不让自己家的女人们观看仪式般的牲口交配。宝蝉和她娘从我视野里消失了，但那个老婆子的名字却像藏在水底的葫芦一样，我眼看着它噌的一下浮上来了：王彩霞。

柳三丈牵着小母牛在槽头前慢慢地走来走去，我猜这是进行正规的大仪式之前附加的不正规小仪式。吃草的黑种牛沉着地吃着草，时而昂起头来一边嚼嚼一边眯着眼扫瞄小母牛几眼。我在旁边满脸茫然，心中焦急地等待着在盛夏季节里发生的这场关乎我长大成人的大戏赶紧开始。也许燠热与惆怅让柳三丈上火了，他脖子后边长了一大一小两个疖子，他牵着小母牛在槽头前遛弯时，老是伸手摸它们，好像那是两个金豆子隐藏在皮肤下边。小母牛时而扭头看一眼黑种牛，很快又低下头去用鲜嫩的嘴唇触碰地面，它的步子也越来越有些踉跄，一旦停住步子，它的四条腿就会一阵子战栗。它偶尔转脸看我时我发现它的眼睛里有一层泪水，我不知道它是亢奋还是恐惧。我猜想它是激动得想流泪。终于，黑种牛不再吃草了，它昂起头来，眼神里布满淫荡的坏笑，还扭了几下脖子对着小母牛连连龇牙。小母牛立定步子，昂起尾巴呼啦啦啦地撒了一泡大尿，以此向黑种牛致敬或者示好。柳三丈呼哧呼哧地大笑起来，他说就是等这一泡尿呢，要是放犊完了再尿，那岂不把一股子热浆冲出来了！说了，把牛绳交给我，让我牵着小母牛朝前走几步。我牵着小母牛走到院子中央，柳三丈斜眼看着小母牛的屁股，一边说着好水门，一边从槽头上解开了黑种牛的绳子。柳三丈说的水门，我过了很长一段时间才知道就是小母牛尿尿的地方。

其实放犊的过程十分短暂，与那头高大威猛的黑种牛极不相称。我牵着青春美少女一样的小母牛在院子当央站定步子，小母牛伸着嘴巴舔着我的手，仿佛寻找安慰或者鼓励。它嘴里有一股天真无邪的味道。它湿漉漉的大眼睛里闪烁着水汪汪亮晶晶的光芒。这时候，噩梦降临了。柳三丈牵着黑种牛走过来时黑种牛还尥了个蹶子，然后伸着嘴巴嗅了几下小母牛的水门，然后粗暴地扬起前蹄腾空而起，就像一车黑炭倾泻在小母牛身上。我的内心好像被一根烧红的铁条戳了一下，我觉得四肢关节瑟瑟发抖，一颗心像一枚落在石板上的乒乓球一样怦怦直跳。黑种牛既淫荡又得意非凡，它像攀登高峰的勇士一样高高昂着硕大的头颅，一直龇着洁白的大门牙，好像触电了一样，身子带动屁股短暂而急促地一阵耸动。小母牛好像承受不住黑种牛的重量和粗暴的冲刺，不知道是痛苦还是亢奋，它微微塌了一下腰，然后很压抑很沉闷地叫了一声，哞——好像接到了号令一样，黑种牛从小母牛屁股上抽身而下。柳三丈牵着这强贼走开时，这个可耻的畜生不知是厌憎还是疲倦似的摇了几下笆斗一样的大脑袋。

于是，一切都结束了，就像迷梦一样漫长，就像个屁一样短暂，就像个炮仗啪的一声消散了。我根本没有感觉到这短暂的一瞬间和自己从此长大成人有什么必然联系。这不过是大人想的事情，他们就是喜欢把自己想的一些鸟事情化作箴言说出来，说得比谎言都要逼真和深奥。

我牵着小母牛返回。

柳三丈嘱咐我路上不要走快，要小步慢走，走快了当心把放进去的犊晃荡出来了，那还是一股子热浆，还没在小母牛的肚子里扎下根来，经不起扬长大步，只能小步行走。他啰里啰嗦地说，要不然的话你家还得拿出五斤豆子四块钱我的好表侄儿！我表弟你爹还要骂你是个不成材的货！他说话还是没有打顿断句的地方。他嘴里冲出来一股难闻的味道，就像驴子口腔溃烂常年不愈，冲着人一呱哒驴嘴，一股子熏脑子的气味霎时间就会结果了你。

我牵着小母牛走出柳林铺时，原本浓淡不一的团团晨雾变得愈加浓密起来。我牵着小母牛在浓雾中缓缓移动步子，好像不是行走在陆地上，而是站在航行缓慢的船上，眼看着柳林铺慢慢后退，渐次变得模糊起来，整个镇子就像一点一点地沉入水中一样，一点一点地消失在越来越稠密的晨雾中。小母牛还数次扭头扬起脖子冲着雾霭中的柳林铺甜蜜地叫了几声，好像在宣告作为牲口一生中最初的情感和性爱暂时告一段落。根本就不需要我叮咛，小母牛一下子变得懂事了，它一直走得很慢，好像明白自己的肚子里那股子热浆还没有扎根一样。

恍惚间，一阵子摩托车的响声传过来，接着很快，我看见瓦西里驾驶着红色摩托车从浓雾里蹿出来，好像一阵子疾风，在我眼前一闪而过，宝蝉穿着姜黄色的小褂子，坐在后边，她的脸紧贴在瓦西里的背上，双眼眯着，好像睡着了，好像沉醉在自己的梦想里。我猜想大约是我走神了，但可以肯定这不是我青春期的一次梦游，因为在柳三丈家发生的一切还都历历在目，瓦西里这时候不可能驾驶着摩托车带着宝蝉从我眼前的小路上驰驶而过的。可是，我刚才分明听到了摩托车的轰鸣声，分明看到了他们一闪而过，我甚至看到了瓦西里那整齐又坚硬的短髭，又闻到了宝蝉嘴巴里发出的那种酸酸苦苦的气息。我迟疑不决停下步子，小母牛也停下步子，它伸着脖子，悠闲地吞食着路边的豆秧子。从豆秧子底下跳上来一只大肚子蝈蝈，浑身碧绿碧绿的，两个眼睛和两根须子包括锋利的牙齿，都是碧绿的。它的羽翼上还有一层露水，它挺立在豆秧子上一个劲地振翅，好像要抖落露水准备鸣叫，可是，小母牛一卷舌头把它连同一团豆秧子裹进嘴里吃掉了。也许小母牛感到了口中有些细微的异样，但它的嘴巴只是略略一顿，就像城里人就着兔子肉吃米饭吃到一粒夹生米那样，马上又快活地咀嚼起来。于是，这真实的一幕让我放下心来，我牵着小母牛慢慢走动起来。小路两边庄稼地里的豆秧子上也有着薄薄的露水，散发的湿气打潮了我的衣服，我宽松长大的短裤和瘦小束身的背心，包括缠在腰间的空布袋，都好像鱼皮一样粘在身上。我脚上的拖鞋也湿漉漉的，走起路来一步一滑的，这让我更觉得就像行走在雨淋过的凸凹不平的石头上。两丈之外的庄稼地渐次隐没在晨雾里。空气里弥漫着潮湿的庄稼禾苗的草谷之香，遥远的雾中还时不时地隐隐传来大肚子蝈蝈呼唤异性的执着鸣叫。这种叫声细若游丝，时断时续，若有若无，简直叫我有些昏昏欲睡。接着，一股黏稠的睡意如同激流中的一团水草一样袭过来。

于是，我翻身侧卧，蜷曲起双腿，无意间把双手夹在了两膝之间——我爹说过我好几次了，睡觉时老是摆出这种被锁拿的姿势，注定了一夜都会长梦难醒。果然，片刻间，我看到自己有意无意地放慢步子落到小母牛的后边。我仔细地观看小母牛的水门，好像担心柳三丈家的那头黑种牛给它戳坏了。事实上小母牛的水门没有出现异常情况，它还是水汪汪红彤彤的，上边布满细小的透明水珠，就像开在薄雾细雨中的一朵芍药花。

05 水族馆

夜色已经降临，客人们一哄而散了。侯百乙疲倦得仿佛每根筋都松散了，他很想痛痛快快地泡个澡，然后一头扎进被窝里沉睡过去。可他刚把浴缸里的水放满，金娃就一迭声地叫他。他颇不耐烦地回到客厅里，满脸哀怨地乜视金娃一眼。金娃穿着松大的黑背心，两个雪白的膀子炫人眼目，小脸蛋却因刚才猛灌一通葡萄酒而红得吓人。她手上夹着一支绿摩尔女士香烟，鼻孔和嘴里一齐往外冒着纤细的烟雾。十二年前第一次看到她这样抽烟的样子时，侯百乙觉得她很俏丽，因为那时候他还很年轻。金娃带着几分诱惑似的冲侯百乙勾勾小手，醉眼惺忪地说，来，我给你讲讲方小可两口子的事儿。侯百乙心里一松，仿佛感到肚子里膨胀的尿包被猛地一刀捅开了似的。他一声也不想吭，像一团被揉得没了劲道的面团似的，软塌塌地在金娃面前坐下来。

你不喜欢听我讲这些事儿了吗？金娃撅着小红嘴，斜着涂了漆黑一圈的细眯眼瞄着侯百乙，咄咄逼人地问道。每次在开始唠叨之前，她都要拉出这副咄咄逼人的姿态，好像侯百乙生来就有义务聆听她的唠叨。

喜欢呀。侯百乙赶忙挺直脖子，竭力使腔调显得亲切一些。

可你这会儿的脸色不像是喜欢。每次我一给你说点事，你就用这副嘴脸应付我。金娃漫不经心地抽口烟，口吻还有些嗔怪。

我有点累，只不过是想洗个澡。侯百乙满脸恩爱地笑了笑，弯下腰伸手捏了捏金娃的膝盖。就像以往那样，他想用这个动作向金娃表示自己很高兴听她说话，可是金娃却没有像以往那样把手放在他手背上轻轻抚摸，而是冷不丁地用烟头朝他手上烫了一下。侯百乙嚯地一下跳了起来，他惊讶地看着金娃，试图从她的脸上看出生活的破绽来。没有，金娃只是一脸幸灾乐祸的笑。侯百乙顿时忍不住用仇恨的目光瞪着金娃，两只手端起来，筛米似的抖个不停。

日子太安逸了，人就容易变得麻木；哈，哈，我早就想这样突然间刺激你一下，要不，你就知道整天贪图感官享受。金娃得意地微笑着，翘着细嫩的小手很讲究地弹了弹烟灰，架起二郎腿，招安似的朝傻站着的侯百乙摆摆手，过来坐下，等我把方小可两口子的事儿给你讲完了，咱们再洗澡上床。

侯百乙只好坐下来，表情像一只温顺的小绵羊，可是内心的委屈却像一只兔子般在胸膛里上蹿下跳。他不由得把那只挨烫的手端在面前，看着那个让手背疼得出火的小水泡在灯光下闪闪发光。

很长时间以来，侯百乙对这种生活腻烦透了：聚会，打牌，穷聊天，没完没了地笑，喝葡萄酒，抽烟，高谈阔论金钱的乐趣和偷情的黄色轶闻，等等。最不能容忍的是，当客人们在嬉笑中趔趔趄趄走了以后，还要聆听金娃醉醺醺地絮叨一段某个人的怪事，而且有许多事是她信口开河、随着情绪的起伏而胡编乱造的——要是在十年以前，金娃如果敢在他疲倦不堪的时刻给他讲他妈的方小可的什么狗屁事儿，侯百乙肯定会粗鲁地跳起来，朝她猛吼一嗓子，方小可和我有屁相干！

可是现在，他不敢有这举动，打死他也没有那个勇气了。

第一，因为在这个大家都很陌生的小区里，方小可两口子是他家最好的朋友，也是唯一的朋友。虽然做邻居不到一年时间，但人家两口子乐于助人的热心肠足以消弭一切陌生的距离，况且连买这套房子他们也出了不少力。侯百乙什么时候也忘不了，方小可的老婆西妞在帮他家布置房间时那副非常老练、非常有主见的利索劲儿。包括后来西妞坐在阳台上那把逍遥椅里摇晃着二郎腿喝葡萄酒时的颤巍巍的小样儿，也像一只带发条的玩具小兔子，时而在侯百乙的胸膛里跳来跳去。相貌堂堂的方小可虽然喜欢在聚会中讲些荤段子，但却是个侠义心肠。有一次电梯坏了，金娃在电梯口守着两箱苹果发愁，是人家方小可热情洋溢地一口气儿给扛到七楼自家门口的。要是你，能扛上来吗？憨乎乎的方小可，天呀，真有一把好力气呀！金娃一说起这事儿就满脸敬慕，不能不叫侯百乙记忆深刻。

再者说，这套房子是金娃出钱买的，包括那辆福特牌卧车，这些享受让侯百乙早已淡忘了自己对物质的蔑视；更重要的是，金娃的钱还成全了他有几分清高的人生质量——五年前，他写了一份辞呈，痛快淋漓地将单位的各种弊端以及他上司个人的龌龊行为，当然还有自己几年来所受到的捉弄和蔑视，统统诅咒了一番，然后将这份充满嘲弄和谩骂的辞呈往那个有着一双桃花眼的上司面前一拍，指着他痛恨已久的那个最爱媚上欺下的人，响亮地说出了他早就想说的一句话：拜拜了你这个傻Ｂ！

到现在，侯百乙还能体验到那一刻的快感，还能记得多年的委屈与窝囊突然间都还给了敌人的痛快劲儿。

是谁让他有了这种扬眉吐气的感觉？是金娃！活了三十多年，自己所梦想的、所盼望的一切，金娃都给了她。比如：宽敞阔气的房子，自己能做主的小轿车，能令人自信的体面的衣服，能自己掌握时间的每一天，不用听任何一个王八蛋的指派。无论是谁，敢在他面前装腔作势就抽他妈的——这就是他原先日复一日在单位里受窝囊气时所想到的一切。看看吧，这些都实现了不是？甚至，自己做梦都没想过的种种非人生活，金娃也都给了他。比如：去天堂般豪华的游泳馆游泳，到票价昂贵、典雅得瘆人的音乐厅听他始终也听不懂的协奏曲等等高级享受。更让他得意的是他居然成了“阔佬”俱乐部的会员——那可是个带有神秘色彩的小圈子，一旦到了聚会的日期，绝大部分会员都会带上老婆孩子，进行一次长达三天三夜的吃喝玩乐。他侯百乙能进入这个高级人类的圈子里来，是与方小可和西妞的竭力推荐分不开的，虽然他从未尝试过那令人心惊胆战的扑克牌游戏，虽然他与那些大阔佬相比仅仅算是个小角色，但他的会员身份却赢得了一些对“阔佬”略有所知者的敬慕。

更值得一提的是，他的连自己都认为非常传统、呆板的婚姻与家庭生活，也向现代化时尚化迈进了一大步：当初他住在一间狭窄的平房里，转个身都要提防别碰着金娃的屁股，否则就会招致她一顿臭骂，而现在，他则需要大踏步地转遍几个房间，才能在一面宽大的墙壁那儿找到瘦小的金娃，然后把她抱在自己宽大的胸膛上，慢慢体验被爱之电击中的眩晕感，这多么具有诗意呀！

让侯百乙感到更加浪漫的是，他们两口子和方小可两口子可以组成奇特的派对——方小可驾车带着金娃，他则驾车带着西妞，胸膛里都充满着对对方十足的信任，把车开往相反的方向，痛快地玩到傍晚再回来。说来很奇怪，有一次他们出发时背道而驰，可是中午时竟然在水族馆碰了个正着。那一次是他和西妞先到水族馆的，他们正在观看名贵的热带鱼。有一种红肚黑脊黄鳍的摇头鱼让西妞十分惊讶，大加赞赏，并且不停地摹仿鱼的动作，对他一个劲儿地摇头，她还吹口哨般努起鲜艳的小嘴，像鱼儿那样对他发出一连串的喋唼之声。西妞那俏皮淘气的小模样，让他情不自禁地突然伸出双手，一下子捧住她的脸蛋，仿佛怕她一不小心把脑袋摇下来，落到地面上摔成个烂西瓜。方小可和金娃就是在这个时候来到他们身旁的，他们见状，很是取笑了一番。看，你们弄得就像真的小两口一样。他们挤眉弄眼，还趁机幽默地拥抱了一下。当然，他们两家一同出游的次数更多一些，包括他们再次观看水族馆。只不过第二次由于金娃头晚喝得烂醉，直到上午十一点才醒来，等他们赶到时，方小可和西妞等得都有点不耐烦了，两个人都撅着嘴，相互不理对方，甚至于对他们跑得满头大汗也漠然得很。当时，侯百乙还担心他们是因为等待过久而吵了嘴呢——他小心翼翼地询问他们，金娃却嘲弄似的乜视他一眼，一下子就拆穿了谜底，猪头，他们不过在玩一种婚姻的小情调罢了。对这类玩意儿，侯百乙一点儿也不陌生，因为在自己家里他早已饱尝过金娃花样层出不穷的这类玩意儿。比如这会儿，就是百万种小情调中的一种。

你在听我说话吗？金娃冷不丁地大声问道。

我在听呀。侯百乙一下子把隐隐作疼的手垂下来，摆出精神十足的劲头。

我说什么了？金娃像考场上的老师盯住一个作弊的学生那样盯着侯百乙。

你说他们在玩一种婚姻的小情调。侯百乙穷于招架，信口开河。

咯咯咯。金娃直笑得差一点儿岔了气——就像往常那样，她连喝了几口浓茶才止住笑。然后，她若无其事地长吸了一口烟，突然又用通红的烟头恐吓似的朝侯百乙的赤膊上一擩，吓得侯百乙犹豫着想动但却不敢动，就像做爱时金娃声音一旦异常一点，他就拿不定该动还是不该动了一样。金娃很满意他那俯首帖耳的表现，把烟头收回来，又对他丢了个媚眼，我就知道你的心儿又飞到水族馆去了，你什么时候才能忘了那些摇头鱼？你应该知道，那种鱼可不好伺候，金贵得随时都会死掉，你要是迷上了它们，就干脆请个名画家画一群摇头鱼，挂在床头上得了。瞧你那魂不守舍的酸样子！非得让我再给你来点儿刺激的，你才肯聚精会神地听我说话！告诉你吧，我刚才什么都没说，我不过抽着烟儿在观察你的脸色，你刚才想的那些都在你的脸上显现出来了。是的，我们过这种无忧无虑的生活已经很长时间了，我们和那么些没心没肺的人精也来往了这么长时间，但是你，什么时候才能学会若无其事、不动声色呀？看看你，弄得我都没精神再给你讲方小可两口子的事了。不过这事儿太有意思了，我要不讲出来，你我谁也别想上床睡个安稳觉。

讲呀，求你快点讲好吗，我都快被你勾掉魂了。侯百乙一副信誓旦旦的样子，目光里透露出的急切与渴望，仿佛想立马拿来笔纸把金娃讲的故事记录下来，以便日后反复研读。可他内心里却恨不得能从身体的某个部位长出一只铁手，一下子把金娃的小嘴扇烂，把头给她打扁——近时期以来，这个念头像火苗一样，时不时地在他心头上烧烫一下。

如果这会儿有个铁家伙就好了。金娃呸了一声，小眼紧盯着侯百乙，笑吟吟地说，你脑袋瓜子里居然还有这种凶狠的念头？

侯百乙浑身一激灵，宛如有一把钝器朝他后脑勺上来了一家伙。他赶忙凝神屏气，亲切地盯着金娃的眼睛，不敢再有半丝半毫的分心。他知道，自从金娃把那张巨额彩票抓到手之后，她身上也仿佛凭空有了一种特异功能，有些事儿怎么也瞒不过她。现在回想起自己的许多事儿，如果都是在金娃那特异功能的光芒照耀下进行的，那后果可是不堪设想的。一想到这儿，侯百乙不由坐得更加笔直，更加显得有精气神儿。

对呀，这才像个与人交谈的样子嘛。金娃几分满意地嬉笑一下，打趣似的说，不要说我，就是难伺候的西妞，也喜欢别人和她说话时这么专注的样子。当然，西妞这会儿不会和你说话了——她现在正躺在床上睡觉。估计她今夜想睡着恐怕得费点劲儿，因为方小可又去“阔佬”了——你不要动心思，他今天连我们的聚会都没参加，怎么会带你去呢？他谁也不会带的，连西妞都被他撇在他家那张大床上了。

侯百乙见过方小可家那张大得有些过头的床。有一次西妞打电话说她家的衣柜坏了，他便带着工具到她家去帮她修理，可是到了她家喊了半天也没有人开门，他只好自作主张地开门便进，喊着方小可在屋里转好大一会儿，才发现西妞一个人坐在那张大床的中央，穿着雪白的袜子，好像就是由于床太大，而使她显得一副孤独无助的样子。在此刻，侯百乙仿佛又看到西妞坐在那张大床上，还是显得十分孤独无助，忍不住在脸上露出些许爱怜来。

不要再做鬼脸了，我就要开始讲方小可两口子的事儿了。你如果胆敢扰乱我的思路，我就叫来警察把你抓走。

金娃半是严肃半是调侃、还加点儿撒娇地说着，一边还摇晃着光溜溜的二郎腿。她那副暗藏杀机的阴险样子，真让侯百乙有点心惊胆寒——有一天都深夜了，金娃醉醺醺地忽然发起狂来，追得侯百乙赤条条地满屋子逃窜，金娃怎么也抓不住他，就气急败坏地抓起电话叫来两个警察，愣是指挥着他们把侯百乙抓去关了起来，直到第二天她酒醒后，才嬉笑着去把人领出来——侯百乙赶忙拿出很乖、很听话的姿态，仿佛等待沉浸到故事中去。

现在已经夜里十一点五十三分。

金娃眯着眼瞄了一下墙上的石英钟，缓缓说道，西妞家的壁钟总是比我们家的慢两分半钟，她躺下很长时间了，可就是睡不着。方小可连招呼也不打一声，就独自出去了，这让她十分高兴，因为这样可以使她免于忍受方小可临出门前的一番啰嗦。或者说，方小可少了一次对她的欺骗。像好多女人一样，她清楚自己的男人，每次单独出去鬼混时，总要绞尽脑汁地编造一些企图让她信以为真的谎言。想一想吧，你给我撒过多少次谎？

可是，我没有一次能骗住你啊。侯百乙嘿嘿笑着，带着几分恭维的腔调讨好金娃。

金娃好像没在意侯百乙的话，她抽着烟，继续说方小可两口子的事。

你当然也知道，西妞这个人一高兴就大喝咖啡，当然是她喜欢的哥伦比亚牌咖啡，虽然她的牙齿早都被那种恶苦的咖啡染黑了，一笑死难看。但她不改初衷。你听，她现在正开口说话，你哼一下鼻子，闻闻我们屋里是不是飘满了这种咖啡的酸臭味儿。她在呼喊一个人的名字，这个人是她的秘密情人——一个衣冠楚楚、有些怯懦的男人，但他有一双巧手，能撩拨得女人喜欢他。你知道，哥伦比亚牌咖啡特别能激起人的幻想，西妞的脑海里此刻充满了一幕幕她和情人鬼混的情景，有一些是她在生活中真正体验过的，有一些是经过咖啡的作用想象出来的。这些情景，好像一簇簇火苗，直烧得西妞浑身发烫，星眼迷离，满面桃花。侯百乙，你很熟悉西妞这样子的。哈哈，你一定在想，躺在宽大无比的床上的西妞呈现出这么一副样子，真是叫人忍无可忍。

我不熟悉，我也没有想啊！侯百乙有些着急了，他分辩时还举起了右手，好像发誓一样。

金娃眯眼笑着，半天没有说话。

这时候，客厅里突然响起子夜的钟声。

等钟声的余音完了，房间里再次寂静下来，金娃才像个慈祥的老太太一样不动声色地接着讲道：子夜的钟声突然响起，把可怜的西妞惊醒过来，她一眼瞥到高腿几上她和方小可的结婚照，思想上不免产生一阵矛盾冲突，尤其在方小可那双烁烁闪光的眼睛的注视下，越发感到自己做的许多事儿根本不可能瞒过这双眼睛。她的情绪一下子跌落到脚底下，喃喃自语了几句，落落寡欢地关了地灯，看着房间里的黑暗好似黑铁皮般的卷过来，在深深浅浅的一声声艾怨中缓缓进入了梦乡。

也不知道过了多久，门锁突然轻轻响了一下，接着就听到掏钥匙的声音。可是一把把钥匙轮流在锁孔里进进出出，就是不见他打开门。钥匙插入拔出的声音活像螃蟹爬铁皮似的，听得西妞浑身直起鸡皮疙瘩，她忍不住地在心暗暗咒骂，狗娘养的方小可，又他妈的喝多了。她等了一会儿，方小可还是没能把门打开，她心里顿时明白了，这个猪头，只要一输个精光，在接下来的好几天里，两只手没一只不打哆嗦的。西妞憋着一股气，就是不去给他开门。最后，门终于被打开了，西妞听到一串踉踉跄跄的脚步声穿过客厅，在卫生间门口停住了。方小可，你怎么不开灯？好大一会儿，方小可也没吭声，西妞不由得有些紧张——方小可平素可不是这样的，每次夜间回来，不管是喝多了，还是输光了，他都要像超人一样装作一副亢奋的样子，嗷嗷乱叫着把所有的灯打开，然后佯装坏笑着，追得赤条条的西妞满房间乱窜。

你洗了澡才能上床。西妞虚张声势地斥责道，为了表现自己的勇气，她又加了一句，你他妈的。等了半天，她还是没听到方小可吭声。这下可让西妞有点捉摸不定了，难道是他——她的秘密情人？不可能：为了安全起见，她没有给他家里的钥匙；他是个胆小如鼠的男人，即使有钥匙也不敢在深夜到她家里来。那只有一种可能了：进来的是个陌生人，或者是个小偷，而且是小偷的可能性大一些——在他们这个“幸福家园”富人小区里，保安工作有些差劲，前不久接连发生两起入室抢劫案，一个主妇的屁股上还被歹徒划了个十字架。西妞吓坏了，在一瞬间她居然作好了死的准备。她悄悄地转过身子，想突然间打开台灯，却听到方小可说：

别开灯！

方小可的声音有些古怪，就像黑铁皮般的夜色那样紧密、沉重，压裹得西妞浑身动弹不得，两腿却发飘得厉害。这种感觉让西妞十分害怕，因为她十分清楚，又到了方小可要揭露她的某个秘密的时候了。她竭力使自己沉稳下来，尽量用艾怨的口吻和他交谈，你又输光了吧。

我没有去“阔佬”。方小可轻手轻脚地推开门，一动不动地站在卧室门口说。

那你去哪儿了？难道到哪个靶场打炮去了？西妞想抬头看一眼黑暗中的方小可，可是她感到自己的头沉得实在抬不起来。

我去水族馆了。方小可仿佛疲倦透了，他的话说完了嗓眼里还拖出一丝颤音。

你有病呀！西妞脱口说罢，才觉得不该这样对待疲倦的方小可，她努力地使自己温柔一些，好了，脱衣服睡觉吧。

方小可好大一会儿没应声，只能听到他的呼吸有些窘迫。西妞很想抬头看一眼他到底出了什么毛病，方小可却突然恶狠狠地说，别动！

西妞仿佛中了咒语似的，再也不想动了。

我们得谈谈了。方小可又恢复了刚才那种古怪的声音。

谈什么？西妞有些疑惑地问。

谈谈我们的过去。方小可似乎想拽出一个遥远的话题，他的声音也好像随着变得遥远起来。

过去？过去的事太多了。难道你还能找到哪一件不让我心酸的事儿吗？讨厌。西妞这次把头抬起来了，不过她没有看到方小可。她想可能是自己的眼睛还没有适应黑暗吧。

我是指水族馆的事。方小可好像站在虚无中说话，可他的话音很重，仿佛在漫空中朝西妞扔来一块砖头。

水族馆怎么了？我们去了多少次可真叫人记不清了。西妞揉了一下眼睛，她还没看见人，她想，夜真黑呀。

就那一次，我们谁也没有约，是我们单独去的，我们在那里没有看别的，就专门看那些摇头鱼呀。那些红肚黑背黄鳍的摇头鱼让你乐不可支，你大加赞赏，摹仿着那些鱼一个劲儿地对我摇头，你一个劲儿地摇个没完没了，把我都惊呆了你还不停下；我当时就觉得你好像在期待什么——现在我想问问你，你当时期待什么？方小可说着，仿佛轻轻地倚在了门框上，还用一只脚支撑着身子，另一只脚慢慢地磨擦着地面。那声音十分低沉压抑，让人听了就觉得有一把钝刀子在磨磨蹭蹭地割耳朵。

你是不是在说梦话？你到底是指哪一次？我们去看过无数次那种鱼，每次我都忍不住地想摇头，只不过有时摇的时间长一些，有时摇的时间短一些，可这些都不过是我的习惯而已。西妞嘴上说得漫不经心，可心里却不由得开始回想她每次摇头前后的种种情况。到底是哪一次出了意外，引起方小可的注意？莫非他真的看出了什么端倪？那么要不要把真话告诉他？西妞有些乱了阵脚，她想悄悄地打量一下方小可的神情，可是她仍然什么也没看到。此刻她真有点后悔睡觉前不该把紫绒窗帘拉得那么严实，要不这会儿趁着天光也可以看到一点儿方小可的嘴脸，也能摸准他在玩什么鬼花招。

是呀，你这个好习惯弄得我真有点不好招架。不过，我明白你心里有所期待，如果当时期待强烈你摇头的时间就会长一些，如果不强烈你就会摇得短一些。我琢磨，你是在指望突然窜出个人来采用什么奇招把你遏制住——这个人是谁？我觉得你现在特别想告诉我，是不是？方小可的语气忽然强硬起来，好像他把所有的证据都掌握了。

到了这个分儿上，西妞拿不准自己是不是该老实交代了。她干咳了一声，犹犹豫豫地说，你是不是在说侯百乙呀？

侯百乙这次没有插嘴，他两眼僵直，又像很专注，仿佛被金娃所讲的故事迷住了。金娃似是而非地瞄了侯百乙一眼，继续讲西妞和方小可——

西妞心里又想，也保不准方小可指的是另外的谁。这想法使她紧张起来，脑海里一气儿排列出好多个面孔——他们不停地变换着位置，龇牙咧嘴，或哭或笑，做出各样各式的鬼脸儿，让人眼花缭乱，心醉神迷——真拿不准方小可需要的是哪一个。

你别给我指鹿为马！侯百乙和我可是相互信得过的好哥儿们。方小可出人意料地笑了一下。他们家没搬来之前，我在这个小区里还没遇到一个可以推心置腹的好哥儿们呢。瞧瞧那帮有钱的人渣吧，每次在阳台上看见他们，你礼貌地满脸微笑着给他们打招呼，他们看都不看你一眼，头也不抬，脸也不扭，好像一个个都得了僵脖子病似的。侯百乙两口子是这样的吗？

是呀，虽然金娃不是个省油的灯，模样儿有点太撩人，但大体上咱们两家兴趣相投得很，说什么你也不能埋汰人家侯百乙呀！西妞紧紧张张地把话说完了，刚才差一点儿跳出肚皮外的一颗心又慢慢地回到了胸膛里。

看看，你把话题扯远了。我是说有很多次你一回到我身边，我就忍不住地悄悄观察你，每次都有异样的感觉，每次我都佯装让你靠在我胸前，可是没有一次我不感到你的心跳得分外的厉害，这是为什么？你到底从哪里回来的，刚刚从谁身边回到我胸前的？这个人就那么让你激动吗？是他的钱比我多，还是他的脸比我长得好？方小可的话很是急速，就像打开的水龙头受到地心的引力一样，如果不是一阵低低的咳嗽，他肯定要说个没完。

西妞的心又怦怦地跳了起来，可是她此刻被铅块般的睡意压得两眼生涩，便有些不耐烦方小可如此没头没脑絮叨个不停，你今天是不是吃错药了！把衣服脱了，洗洗你的臭屁股上床睡觉！我真讨厌你胯下发出的那股臭味儿。

方小可仿佛被西妞一阵机关枪射中了他最隐私的丑处，黑暗的房间里在半颗烟的工夫内鸦雀无声。好像费尽力气终于悄没声地放下一块粘手的大石头那样。西妞刚感到轻松一点儿，方小可忽然又说话了，就像他出去云游一圈找足了证据又回来似的，再说起话来那么直截了当：我见到他了，他的头发脏得要命，散出来的味道把空气都弄得臭不可闻，跟他说话时，我恨不得用手捏着鼻子，我问他是不是想去水族馆逛逛，他说他现在对古建筑感兴趣，不想去水族馆了。他妈的，一个穷得连裤门拉链都没钱修理的家伙，和我说话时口气还居然那么傲慢。

谁呀？你胡说八道什么！西妞一下子睡意全无，她差一点儿没一骨碌坐起来。

你知道。他背个画夹子，还装模作样的留一把胡子，好像他真能干出什么大事业似的。可是到现在他也没能弄出啥名堂，他画的那些屌玩意儿连五块钱也不值。我是可怜他，才掏一百块钱买他过去画的一张画，他妈的，画的是一群摇头鱼，惟妙惟肖的怪招人喜欢的，刚才我把它放在客厅里了，明天你可以欣赏欣赏。方小可好像很得意地嘿嘿笑了好几声。

方小可，我操你妈！你这个祸国殃民的败类，破坏了人家的爱情，现在你还没心没肺地埋汰人家！我操你妈，我早就和他没来往了，你难道不清楚吗？西妞顿时叫嚷起来，她真想冲过去抽方小可几个大嘴巴，可是遥远的悲伤却猛然间来到她面前，撞得她胸口发闷，两腿瘫软，动弹不得，任由往事中一幅幅缠绵凄婉的爱情画面在眼前飘过。

我还是有些纳闷。方小可口气温和了一些，那一次咱们在水族馆等候百乙两口子，就站在那群摇头鱼那儿，你挽着我的胳膊东张西望，突然间你打了几个寒战，都差一点儿把我晃倒，那可是初夏时节呀！难道有个与众不同的人给你打招呼?

是呀，真叫他说中了，是有人给她打招呼。那是她最后一次看到自己爱的人，他站在远远的高处，端着画夹子，一边观望这儿的摇头鱼，一边写生。看到她之后，他只是平静地向她招一下手，然后收起画夹，很快地消失在熙熙攘攘的人流中。她禁不住地浑身颤抖，真切地感到心儿被人摘走了。望着他的背影，她不由想起他们分手的那一刻：街边的积雪多厚，他们已经把话谈妥了，她转身走了很远时，他忽然叫住她，一言不发地走到她面前，她以为他要和她吻别，可他却蹲下身子，有条不紊地把她不知何时散开的鞋带系上。西妞几乎想把这些都说给方小可听，她甚至还想告诉他，她后来还单独到水族馆去过几次，而且坚决地拿定了主意，只要一见到他，她就会毫不犹豫地拉着他，到水族馆附近的宾馆里开个房间。可是她再也没有见到她爱的人，非常遗憾。她没有说出来，因为她怕方小可追根刨底地问个不停。她叹息一下，那种撒娇的口吻让她自己也大吃一惊，你装什么糊涂呀，那几天人家身体不舒服嘛。

可是，你后来摇起头来却很带劲呀。方小可语气里明显有着嗔怪了。

讨厌！我说过，那不过是我的习惯嘛！西妞尽量选用方小可喜欢的腔调。

这就好，我相信你对我是一心一意的了。我们的生活这么富足，日子也过得这么快活，你怎么会做傻事呢！方小可开心地笑了起来。

你放屁！我爱上你时，你还是个挨门逐户兜售保险的小打工仔，就像侯百乙一样，在没住进这个小区之前，只是个整天受窝囊气的家具设计师，咱们都是凭借一张中奖彩票才有了今天，只不过他家是金娃的贱手抓的，咱家是你的臭手抓的。西妞还要说下去，却觉得方小可已经离开了卧室门口，正向客厅那边走去，她连忙叫了一声，方小可！半天没人应声，好一会儿才听到吱呀门响，接着咣当一声，好像是方小可带上门走了。这下让西妞沉不住气了，她正要打开台灯，却听到一阵砰砰叭叭的敲门声，接着门铃演奏的音乐响起来。

门铃响个不停，外边的人仿佛要把它按炸了才算完。侯百乙等了好大一会儿，才判断出是自己家的门铃在响。妈的，狗日的方小可！在自家闹腾完了，又来我们家装神弄鬼！他瞥了一眼说得两嘴角都是唾沫的金娃，竟然自作主张地站起来，大步流星地前去开门。

门口立着两个警察，还没等侯百乙反应过来是怎么回事儿，他们就一拥而进。其中一个警惕地牵制住侯百乙，另一个快速地在每一个房间里搜查开了。

你们要干什么？侯百乙苍白地叫了一嗓子。

拖着他的那个警察一言不发，转陀螺似的一股作气把他带进了卧室，看到架着二郎腿的金娃之后，眼神就没再离开她那两个雪白的膀子，嘴边慢慢露出一丝怪异的微笑，看看吧，你们这些有钱人都干了些什么事！

金娃一点也不吃惊，眼前的情景仿佛在百无聊赖的深夜突然给她提了神似的，她眼睛一亮，露出欣赏的目光，还悠然自在地续上了一支烟，仿佛等待更提神的事情发生。

侯百乙也有了勇气，他盛怒地挣开身子，我们犯法了吗？警察有什么了不起的，半夜三更私闯民宅，我要起诉你们！

这时候，搜查房间的那个警察把一个纸箱拖了过来，他哗啦啦地从里边翻出一把斧头，在侯百乙面前晃了一下，在你们这么豪华的家里放一堆这玩意儿不太相称吧？

我是家具设计师，以前干过木工。侯百乙满不在乎地乜视他一眼。是的，那是他的家伙，一看到它们，他就会想起过去的生活，就会想起自己在每一个人面前都很卑微的样子，他还会想起自己所受到的斥责、白眼、嘲弄，还有一些好像要开发他智力的话：你脑袋里可以开轮船了是吧？现在都什么时代了，谁还看得上你设计的这种家具？怪里怪气的，像他妈的近亲繁殖的畸形儿！好了，把你这些想法告诉奥巴马去吧，看看美国人民需不需要这种难看的家具！求求你啦，放过那些纸张吧，实在没辙了，你就回车间再练一练！这些丑陋的工具，他妈的，他厌恨它们，但是他搬家时却又舍不得它们，仿佛要把对它们的仇恨永远埋在心头。他这会儿可没有心情对他们说这些，只是漠然地向窗外瞄了一眼。此刻，天色已经泛亮，看样子已经冲破了黎明前的黑暗。

你们在这时候闯进我们家里，究竟要放他妈的什么臭狗屁？金娃突然像中了符的巫婆似的叫喊道。

两个警察居然被镇住了，他们相互对视一眼，小心翼翼地问，这不是方小可家吗？

侯百乙还没有吭气，金娃就一个劲儿地咯咯笑个不停，你们这两个笨蛋。

请你别笑了，方小可出了车祸，正在医院抢救呢，我们得抓紧时间告诉他家里人。两个警察显然弄清他们走错了门，磕磕绊绊地解释着。

金娃顿时瞪大了眼睛，停了半天才惊叫一声，火烧了腚似的跳起来，两手抓住两个警察，像拖着两麻袋大米一样拖着他们向门口冲去。她的力量奇大无比，把她以前在粮店扛米袋时练出的功夫全使出来了。

他们冲到方小可家的防盗门前，正要按门铃，门却自己开了，只见西妞满脸惊异地出现在门里。看到他们，西妞顿时怔在那儿了，干什么？侯百乙，你们两口子带着警察来干吗？

方小可出车祸了。金娃带着一丝哭泣的腔调说。

好了！换换别的花样行不行？这种无聊的游戏特没劲！西妞打了个哈欠，皱着眉头揉了揉迷糊的眼睛。

你是方小可的妻子吧？你、你得跟我们去一趟医院，你丈夫正在急救室抢救呢。两个警察抢着把这句话说完。其中一个还补充了一句，他在高速公路上被撞成了一团血肉。

不可能！西妞果断地说，他刚才还在家里和我说了半天话呢！你们不信是吧？西妞回头叫了两声，方小可，方小可！没见回音。你他妈的给我玩什么猫儿腻？她气冲冲地朝屋里走去。好大一会儿，她才出来，手里拿着一张纸，朝侯百乙他们一展，看，这是他刚刚放在客厅里的，上面还画了一群摇头鱼。

很不幸，在几个小时以前我们在高速公路上发现了他，头撞得稀烂，我们把他拖出来时，一条腿从裤管里掉了下来，屎尿也出来了，我们捏着鼻子才把他架到救护车上的。

两个警察你一言我一语地描述着。

老天爷呀！老天爷呀！两个女人都被这血淋淋的场景吓坏了，她们异口同声地发出一声尖叫之后，分别瘫倒在门里和门外。

他们赶到医院时，太阳已经出来了。窗帘被护士拉开，阳光扑簌簌地照在病床上。看样子方小可被撞得散了架，他们使用了许多绷带、石膏和木板，才给他恢复了几分人形。他的头颅被绷带扎得严严实实的，只露出一双小眼，侯百乙和金娃西妞他们一进来，那双小眼睛立刻瞪得溜圆，充血的眼珠子叽哩咕噜一阵转动，最后牢牢地固定在西妞手里的那张水墨画上——上面画了一群摇头鱼——西妞一直没有松开这幅画，她在车上还一个劲地朝开车的警察挥舞着它，不停地命令道，快点，再快点！仿佛她挥舞的是一道圣旨。此刻，她好像忘了似的还把它捧在手里，脚步犹犹豫豫、磕磕碰碰，仿佛拖着沉重的脚镣那样向方小可走去。

妈的，该死的摇头鱼！突然间，方小可那被绷带缠得只留一道小缝的嘴巴里发出了一声模糊不清的咒骂，好像他的舌头也被撞掉了半截。

西妞吓了一跳，她怔在那里，求救似的朝侯百乙看了一眼。

侯百乙动都没动，看着方小可那副模样，他觉得从自己心眼里正缓缓地升出一阵超脱感。他想，这真奇怪。

金娃朝床前走近一步，注视着方小可转向自己的目光，不由得嗓音打颤地叫了一声，方小可。

方小可的眼珠子一下变得炯炯有神起来，他想告诉她，他花了很长时间，才找到那个画家，费尽心机才把那幅他牵肠挂肚的画磨到手。他带上画开车返回时，心里别提多高兴了，因为有一次他带着心爱的情人游玩时，无意中碰到那个老画家写生。当时，那个童颜鹤发的老画家正在画一群摇头鱼。他的情人甚为喜爱那幅画，他们在郊外的一间钟点房做爱时她告诉他，她很想把那幅画挂在家里的床头上，平时一看见这幅画，就会想起和他在一起的时光。他一边飞快地开着车，一边幸福地想着心爱的情人得到这幅画后，会给他表演多少种新花样。邻近城区时他拿出手机，忍不住地想告诉他情人这一喜讯。拨号前他还得意地朝后车座上瞄了一眼——那张画他明明放在那儿了，这时候却不见了踪影。这下可把他急坏了，停下车来，把前盖后箱都翻遍也没找到它。回想了半天，他才疑神疑鬼地觉得是不是走得慌张落在老画家那儿了。接着，他出事了，他急速掉转车头时，一辆大卡车把他撞下高速公路——他多么想把这些告诉金娃呀，可是他的嘴巴翕动半天，也没能说出这些话。他急得两个血眼珠子快要爆炸了，使劲地张大嘴巴，啊——啊地叫了两声。

金娃的脸色顿时变得苍白，鬼附身似的惨叫一声，掉头朝门口飞奔而逃——那张没有一颗牙齿的血糊糊的大嘴巴吓坏了她。

购买彩票的热潮延续了两年，还处于上升趋势。金娃每次下班回家时，都能看到街道两边的彩票销售点排满了长队。她没有像开始那样朝队列飞奔而去，因为她觉得自己再也没有热情去参加那种游戏了。她又回到她辞职的粮店去上班了，干的还是装卸粮食的力气活儿，尽管当初她因为自己学的是棉花种植专业不好找工作而进入这个粮站时，还为自己的研究生身份遗憾不已。现如今，她那细皮嫩肉的俏模样也逐渐走了形，身体一个劲儿地发胖，屁股一股作气地往腰上延伸，大有爬到腋下的趋势。她就这样颤巍巍地回到家里，把饭菜做好了，再打个电话，通知地下室的侯百乙上来吃饭。

侯百乙现在成了默默无闻的人，他自己也不知道为什么突然间改变了生活形态，一个人整天泡在地下室他的车库里，谁也不知道他从哪儿弄的一大堆木材，天天用他那一箱木工家伙在车库里做活儿。小区的人们到地下室去开自己的车时，时刻都能听到哧哧啦啦的刺耳的声音。他们家和方小可家再没有什么来往了，方小可出院回来就搬了家，他们也没有去看望他，而且双方也没有再见过面，仿佛都把对方忘了个精光。侯百乙的“阔佬”俱乐部会员身份也没有了，人家按照俱乐部的规矩特地派人上门对他说，他已经三次没有参加他们的活动了，他们的花名册上再也找不到他的名字了，但是，他还要把俱乐部的纪律遵守下去，直到他在这个世界上消失为止。侯百乙答应下来，他没有露出丝毫的留恋。他只希望能安心地干活，别再有人来打搅他。他把早已换了号的手机也带了下来，是因为他想让金娃叫他吃饭时不必再跑下来，他真怕听到她的脚步声，砰砰砰的像一匹野马那样瘆人地来到面前。可是比这更可怕的脚步声有一天突然来到他的面前，这时候已是初冬季节了。他抬起头，一点儿也不惊慌地望着来人，你来干什么？来人是方小可，他穿着黑色的笔挺西服，像个幽灵那样剃了个光头，经过缝补的脑袋布满了沟坎，腋下夹着一根拐杖，笑出一副洁白的假牙，说，今天的阳光很好，咱们到水族馆玩去吧。

06

俩夹

我爹决定给我买双袜子，结束掉我来到人间六七年了还没有穿过袜子的历史。那时候，只要真正是我们李庄的小孩，七岁之前都没有袜子穿，夏天都是光溜溜的泥鳅，连鞋子都不穿，就别说袜子了。只有到了冬天，才知道没袜子的滋味……当然，现在我也想不起那是什么滋味了，只记得穿着露脚指头的破棉鞋在雪水泥地上奔跑的快活往事。本来嘛，我们农村小孩记忆力是很强的，但消化功能更强，很容易把一些苦难的事情全部消化掉，连一点受罪的渣滓都拉不出来。

我爹决定给我买双袜子这件好事，是李瞎子促成的，要说明白这个小缘故，尽管我不想说废话，还真得废上几句话。

李瞎子嘛，自然也是我们李庄的一个老头子，他的名字早被狗吃了，因为是个近视眼，近视得厉害，我们李庄的大人小孩都叫他李瞎子。听我爹说，李瞎子年轻时头发又黑脸又白，双目炯炯有神，相貌活似罗成，白马银枪，当时在淝河集中学里教几何，突然间被搞成了“四类分子”，一下子被贬到我们李庄小学教一年级的算术了——“四类分子”这个词条，现在年轻人得上百度才能了解些皮毛。当然，我也了解不多，因为这个好像是我出生以前的烂事了。等到我按照农村的规矩到了七岁要上学时，李瞎子还在李庄小学教一年级算术，不过他高低熬成了班主任。只是他年纪大了，人也走形了，黑头发没有了，头秃得打瓜样，脸也不见白了，皱巴巴成了一块抹桌布，俩眼珠子也暴得厉害，活像老鼠夹子夹住了脖子一样。他还有一副近视镜，俩腿都没有了，用一根麻线绳子拴个圈，就那么套在脑袋上。我爹领着我去一年级教室报名，他弓着老腰，俩手撑在土坯垒成的讲台上，正在看报名册。我爹拽着我一进来，他先是斜着近视镜上下看我几眼，然后又差一点把脸低到我脚面子上，打量一下我的脚踝骨，接着直起老腰请我到最后一排就坐。我爹说，瞎子，俺家小帮助还没长成个驴桩样的大个子，得坐第一排。李瞎子奸笑着说，要想坐第一排，就得穿双新袜子。我爹说政府没这个规定嘛。李瞎子说，这是我规定的。有几句老话都传了几百辈子了，相鼠有皮，人而无仪，相鼠有体，人而无礼，你家小孩赤着脚，咋能坐第一排，有碍观瞻嘛。李瞎子讲的话有没有道理一般人分不清，但都知道他是个老倔种，啥事不按他的办就办不成，这一条在我们李庄是很有名的。我爹没有办法，当即决定第二天王桥集逢集就去给我买双袜子，玻璃丝的，保证我能坐第一排。

王桥集离我们李庄有三里地，平时晴天敞亮路，像我这样大的鸟孩子一尥蹶子一溜屁，眨巴眼就到了。可是，没想到夜里下了一场大暴雨，那时候农村不像现在，村里村外不是柏油路就是水泥路，那时候都是土路，一下雨就泥浆连天，走起来粘爪子粘牙，壮汉都快不起来。好在夏天路面干得快，第二天，早行人几个来回，泥天泥地里就现出几串路眼来，正像鲁迅先生在《故乡》里所写的：其实地上本没有路，走的人多了，也便成了路。我们李庄的老少爷们儿都信奉这样的规则。

于是，我爹带着我高高兴兴去赶集。

那时候农村很穷，我们李庄更穷，穿衣打扮，灰头土脸，一看浑身炮炸的一样，就知道是我们李庄的人。但是，我爹藏有一件的确良褂子，熟蛋清那样白色的，赶集上店，走亲访友，穿在身上，好像利刃在手，可以不畏权势，力劈华山，一旦使用完毕，马上一丝一缕清洗干净，叠得整整齐齐，赶紧放起来，简直视若珍宝。这件衣裳从何而来，到现在我也不知道。那天赶王桥集给我买袜子，我爹除了穿上这件宝贝褂子，还戴了一顶半新半旧的竹篾凉帽，据说这顶帽子是很多年前他在茨淮新河做河工劳动突出奖励的。要是忽略掉左膝盖上的补丁，不讲究露俩大趾头的一双黑布鞋，我爹这上半身还是很体面的。当然喽，那时候的人都是顾头不顾腚的，能有我爹这套行头，走南闯北上梁山，哪怕去天安门，腰杆儿也照样吃了秤杆一样直。更何况，我爹那件的确良褂子胸前口袋里，还装着一个咖啡色的格子纹钱夹，形状与颜色都隐隐透出来。我爹的这个人生道具，在当年可谓是凤毛麟角，方圆五七里，妇孺皆知。至于里边有多少钱，那一直是我爹的最高机密，反正只要装进的确良上衣胸袋里，那一定是鼓囊囊的，完全可以给人一阵子遐想。这只钱夹从何而来，也一直是我爹的最高机密。不过，有一次，我们家邻居李长安在人场里说，当年赫鲁晓夫访华，来到我们李庄参观小麦的长相，我爹作为劳动能手，向赫鲁晓夫介绍经验，吹得五马长枪，火烧连营。赫鲁晓夫喜欢听好听的，一高兴就奖励啊啊不不——是赠送我爹这个钱夹，以表示苏联领导人和我们李庄的农民缔结下真诚的友谊。“老少爷们儿，你们就想想当时的情况吧。”李长安这样说完了，捂着肚子弯着腰一个劲儿笑个不停，甚至笑倒地上不起来，他儿子傻缸去拉他，结果发现这个瞎编乱造能说会道的鸟人笑死了。现在想想李长安那个蹊跷的死样，我真想摹仿一下给大家看看。

我们李庄的人有个习惯，不管去哪儿，也不管路长路短，一旦上路就得打开话匣子，不到目的地嘴巴就闲不住。我爹本来想成为例外，但那是不可能的，因为在我们那一带我爹也是个有名的说家子。我爹先是习惯性的吸溜一下嘴皮子，好似牙疼一般，这就话匣子打开了：想当年，也就是咱们李庄东头的糟鼻子宝根七岁那年，他就是在这条路上被拍花子的拐走的。

我连忙问：啥是拍花子的？

我爹说：就是拐卖小孩的。拐卖宝根的那个拍花子的，有点踮脚，说难听点就是个瘸子，从咱们庄前过，走起路来，一下高，一下低。宝根才七岁嘛，就像你今年这般大，一看这个人走路怪怪的，瘸鹅一样，他就撵着看。张景嘛！啥事不能太张景，一张景就出事了。到了这条路上，拍花子的瘸子给宝根一颗糖豆吃，一下子，宝根脑子里眼窝里都是糖豆了。这么说吧，三颗糖豆下来，就到了淝河集了，从咱李庄到淝河集，这十八里路走下来，才吃了三颗糖豆，宝根哪能扛得住，才七岁嘛，人没蛋大，蛋没花椒大，往瘸子怀里一趴，就睡着了。就这样，宝根被卖到东北老林子，卖给一家猎户。这个咱们李庄人都知道。咱们李庄的人是咋知道的，十八年后宝根自己回来说的，学得满嘴妈拉个巴子的！他奶奶的瘸子，当俺们李庄的小孩是好拐的，妈拉个巴子！宝根就是这样说的。他还说，别看老子只是个七岁的小孩，妈拉个巴子的，但是，啥都记在心上了，十八年后照样认祖归宗。刚入冬嘛，一看宝根穿着皮帽子皮袍子皮靴子，咱们李庄老少爷们都知道了，宝根成了个好猎手！他拿回来的虎骨鹿茸大家也都见过。对了，还带回来一个逮老虎的狼牙锯齿大铁夹子，厉害得很。当时生产队长大笛子那蚂蚱日的，让宝根支好大铁夹子，表演夹猪腿，咱李庄没有老虎嘛，生产队里有一头老牙猪，就是公猪，当种猪使唤，天天骚得跟焦医生一个样。焦医生，就是冯洼卫生院的那个，别看五六十岁了，只要一看见长头发的，眼珠子弯成秤钩子。那时候，咱们李庄都把生产队的这头老牙猪叫作焦医生。大笛子赶着老牙猪往铁夹子那里一拱，只听咔嚓一声，我长这么大也没听见过这么响个动静，真是惊天动地，再揉揉眼一看，哎哟，整个猪嘴连着半拉腮帮子，活生生夹掉下来了。小帮助你想想，一头没嘴没脸的猪会是个啥情况？一路狂窜，直奔棉花地里。那时候，咱们李庄种棉花嘛，几朵子棉花早摘完了，到了冬天棉花棵子还没拔掉，当年人都懒得很嘛。咱们全庄人哪有不好景事的，集体发了疯，欢天喜地叫唤着追了上去，只见一路猪血一路脑浆，十八亩棉花地都找遍了，就是找不到那头没嘴没脸的焦医生了。小帮助，你猜猜，这头缺嘴少腮的老牙猪到哪儿去了？

当然了，今天我写下这个故事节奏比较快，那天赶集我爹可是把这个故事讲得要多拖拉有多拖拉，一直讲到王桥集东头的王桥闸那儿才算完，完了他还让我跟紧他，“小心拍花子的趁集上人多把你拍走了”。做父母的嘛，我爹的担心也不是没有道理的。不过，尽管我来到人世不足七年，但王桥集我自个也倒来过百十趟了，这话不是吹牛，我们李庄的小孩，三四岁就能到集上打酱油买醋，给完钱还得多拿一块齁咸的疙瘩菜。哪能像城里的小孩，看着猴精，吃穿又好，又会唱歌又会跳舞，还整天上不完的课外班，但要把他放在三四十年前的偏僻农村里，别说长大成才了，能不能存活都是未知数。再说，我们李庄离王桥集不过三里地，且不说经常赶集了，论起来也都是老亲旧眷的，脸熟面花，集上卖猪肉的卖牛肉的，猪行羊行牛行粮食行洋车子行，铁匠炉修车铺，包括炸油条麻花卖馍卖丸子摆茶摊子卖假药的，大都认识我爹，认识了我爹，那基本上也都认识我了，因此，拍花子的要想拐走我，那得费上一布袋子糖豆才有一丝丝可能。

哦，我和我爹到了王桥闸。

王桥闸是早年兴修水利时建造的，横跨在南北向的王桥河上，这个建筑曾经名震一时，连当时的省长都特意来参观过，照的相都登《安徽日报》上了。我爹带我赶王桥集买袜子那年，这个水闸早就废弃不用了，好歹也是个著名的建筑嘛，也就没破坏多少，还是高高地矗立在王桥河上。只是出乎所有人的意料，这个有名的地方后来慢慢演化成打架斗殴或者唱戏看电影的聚集处。

过了王桥闸，一条东西路直通王桥集上，路南边是庄稼地，种的都是大豆，豆秧子过膝高了，没接几个豆荚子，倒是一地蝈蝈叫得响连天。庄稼地东西对半开，中间是一条八尺宽的田间小路，沿着这条小路走上八九里路，就是东西向的糖王河。过了糖王河，那就等于出了我们亳县境地，进入了太和县境地。哦，那个时候，我们亳州市还叫亳县嘛。我们李庄的人出门少，一说出了亳县境地进入了太和县境地，那感觉就像出了中国进入了阿尔巴尼亚差不多。尤其像我这样大小的鸟孩子，因为经常传说太和县那边的鸟孩子撒尿姿势和我们亳县这边完全两样，所以一直觉得糖王河那边的太和县很神秘，诡异之至。

路北面是王桥小学，铁栅栏大门常年不关上，大门口正好对着路南边这条八尺宽的田间小道，那时候我们那一带人迷信，都说这个阵势风水不好，也有人说这个阵势风水好，至于咋好咋不好，我就不知所以然了。反正，那时候王桥小学是很有名的，说它有名不是它出了多少人才，是因为校长很有名。说校长有名不是因为他有学问，是因为他有点怪。这个校长的学名我忘掉了，只记得当初大家人前背后提起他来都叫他孙丑——这个名字好记，三四十年了我还忘不掉。现在我一叫这个名字，孙丑这个人就会从时间深处踉踉跄跄走到我面前来。想当年，孙丑三四十岁的样子，现在想起他的五官长相，平心而论，真不能叫丑，反而得说他长相很有个性。但那时候因为大家都没啥个性，也都不懂啥是个性嘛，所以基本上就把有个性的东西称之为丑。自然了，时代发展，审美趣味也会发展的嘛，所以现在都把长相丑的人说成长相很有个性了。这个孙丑校长怪在哪儿，怪就怪在学校上不上课他都按时间敲铃。那时候没有双休日，只有星期天嘛，在星期天里孙丑也敲铃，准时准点，一次也不落下。大家都不知道因为啥，这么多年过去了，也没有人能说出来原因。当然，主要是没人研究这个。学校前边一溜柳树，长长的一溜，碧绿一片，想起来就是一派好风景。课间休息时，学生们就在树荫下玩耍，不管是在七岁之前，或者七岁之后，反正当年赶王桥集时我多次见到那番情景。

这么多年过去了，现在不知道王桥小学咋样了，那一溜柳树还在不在。记得当年过了这一溜柳树，就算过了王桥小学，再走百十步就到王桥集上了。

紧靠集东头就有一个小商品百货店，那时候还叫供销社，门右边还挂个木牌，上面有几个红色美术字：王桥供销社。我人生中第一双袜子就是在这个供销社买的。那时候玻璃丝褂子，玻璃丝背心，玻璃丝裤头，虽说穿在哪儿都是透明的，就像没穿一样，但绝对是最时髦的。我这双袜子自然是白色玻璃丝的。

站柜台的叫李昆山，三十多岁，黑黢黢的，矮墩墩的，要不是贴着柜台里边垫了一层厚厚的板子，估计他和柜台差不多高矮，因为有块厚板子嘛，他就比柜台高出一头来。那时候，不管男女，想在供销社当个营业员，没有点背景是不可能的，李昆山这个身材能当上营业员，他的背景有多大是可以想得到的。当然，别看李昆山个小，但很多人都称他大个子，也有称他短腰短腿的大个子。他本身也有很多叫人哭笑不得的鸟故事，比如，上午营业一到十点他就会马上关上门，迈动小短腿，跑到集上买个麻花吃，像个小孩似的，十几年如一日，从不间断。再比如，张老庄的一个黄花大闺女名叫双翠，到供销社里买玻璃丝裤头，他硬是叫人家先穿上试试……

哦，今天不说这个了，还是只说他卖袜子吧。

李昆山当年还是“三好一巧”营业员，政治思想好，工作业务好，服务态度好，双手巧。柜台里显著位置挂着的那张奖状上就是这么写的。李昆山和我爹也是很熟的，一笔写不出俩“李”字嘛，一下子拿了六七双白色玻璃丝袜子让我爹挑选。我爹挑了好大一会儿，好像费了九牛二虎之力才终于给我挑了一双最好的，然后从褂子口袋里掏出那个咖啡色带格子纹的钱夹，付了三毛八分钱。在那个时候，三毛八分钱的袜子算是相当贵的，一般只有工作人员才买得起，可见我爹为了让我坐在第一排是下了老本的。虽然钱夹鼓囊囊的看着有点笨重，但我爹很麻利，手法飞快，先是三毛，然后八分，两下搞定，快得我都没看清钱夹里有多少钱，只是看着鼓囊囊的很喜人，当时就想一会儿要是想吃个麻花，我爹也肯定会给我买一个的。请不要笑话我，人就是这样的，贪心不足蛇吞象，穿着上才勉强满足，就想着吃食了。

你看看，咱们开头说的是买袜子，现在买了袜子，论说我爹就该领着我回家了，这个故事也可以结束了。问题是结束不了，因为按照老规矩，我爹到了王桥集上，即便啥东西都不买，那也得集头集尾转一圈，熟人面前露个脸，这才算是赶集了。

于是，我爹头戴竹篾凉帽，上身穿着好褂子，褂子兜里装着鼓囊囊的钱夹子，一手拿着刚给我买的玻璃丝袜子，一手拽着我，父子二人顺着街筒子往里边转悠。因为大都很熟嘛，所以我爹走到哪儿都和人家打招呼，反正就是相互问候，说些吉利话。猪行羊行鱼行粮食行洋车子行咱们就略过不提了，到了修车铺，我爹就停下步子，给黑陈打了几句哩戏腔。

黑陈就是修车铺的老板，哦，那时候不叫老板，叫掌柜的，但我爹叫他黑陈，指的是他的脸黑气死煤块。这脸一黑，吃了屎一样的一嘴黄牙就显得格外的白。黑陈四五十岁的样子，参加过抗美援朝，退伍回到王桥集上，开了个修车铺。

自然了，那时候汽车拖拉机还都属于高级机械，农村没有，小集镇上也没有，因此，黑陈家的修车铺只能维修自行车和架子车底盘——也就是一根纯铁杠杆两头安装两个充气的胶皮轮胎。黑陈平时给人修车子时嘴也不闲着，大声吆气地讲他在朝鲜战场上的这事那事。大家听多了，总结出一条，只要黑陈一出点子，那准打个大胜仗。那时候我们那一带的人都没啥头脑嘛，听啥都信以为真，都觉得黑陈了不起，赛似诸葛亮，所以在街上有了啥事情，都会自觉找黑陈拿主意。因此嘛，黑陈做了很多妖毛古怪的事，等我以后清闲下来讲几段，一准让你哭笑不得。

那天，我爹和我来到修车铺时，黑陈光着黑溜溜的脊梁，正坐在宽大的板凳上喝茶，他用的是那种大个的罐头瓶子当杯子，里边也不知道泡的是啥，反正不是茶叶，好像干红芋叶，或者是干芝麻叶，也可能是干桑树叶，但好歹茶水也是褐黑色的，只是看着叫人不作好想，以为他喝的是毒药。黑陈喜欢喝热茶，喝得一脊梁汗珠子，一脑门子汗珠子。他的两个儿子是双胞胎，十七八岁的样子，也是乌油油的黑，也都是光着膀子，正合伙拆卸一辆自行车的两个轮胎，黑脊梁和黑肚皮上抹了几道子油灰，也显不出油灰的黑色来。黑陈的女人端着一个很大的搪瓷茶缸子，倚在门框上，一边喝茶一边向街上卖眼，东看西看的，看到熟人她还要咋咋呼呼说几句俏皮话，包括看见我爹。她叫我爹表弟，到现在我也不知道从那儿“表”的。这个女人倒是白白的，吊翘着眉眼，一看就是个浪货。当然了，那时候我才七岁，哪里知道这个，是后来听我爹说的嘛。

我爹才和黑陈夫妇打了几句哩戏腔，赶集的人也就纷纷上来了。那时候的农村嘛，谁在家闲着，都趁早赶集，即使不买不卖，逛上几圈不仅心里边快活，还能长个见识。眼见着人群缭绕，人头攒动，没有一个人说话不是咋咋呼呼的。那时候的人嘛，见面就是这么打招呼，要是现在的人听了，肯定以为马上要打架了，现在的人多文明嘛。因为夜里下了一场雨，街上虽然踩了几串子路眼，但泥地还是不少，一踩一滑，摔倒不少人，满街筒子的大笑一阵子接一阵子。

我爹赶紧拽紧我的手，挑着路眼，朝街筒子里逛游。

好容易，我爹又停下了步子，因为他来到了一个卖牛肉的摊子前。卖牛肉的这对父子，当爹的叫马肠，当儿子的叫马超，是王桥集西边二里地马楼那庄的。说起来他们算是我家的远亲，马肠和我爹是表兄弟，按辈分我和马超也是表兄弟。当然，这个我也说不清是从哪儿“表”起来的，反正那时候农村人穷亲戚多，基本上都是这样“表”出来的亲戚。这样的表亲虽然年节不走动了，但平时见了面还是比别人多几分亲热的。我记得那天，马肠一边给我爹说话，一边教导马超：咱不能让人觉得，咱们就是杀牛的粗坯子，只能干白刀子进去红刀子出来的力气活儿。马肠撇着嘴一边说，一边扔过去两根细骨头，又说：把这两根骨头上的肉剔干净，练练手艺，在这个行里咱们不能叫人小看了。马超当时十八九岁，正是驴驹子年龄，睖瞪着眼说：剔多干净才算干净？马肠先是给我爹说了句啥话，这才回马超的话：就像狗啃的那样净。马超憋着一脸怒容，二话不说，抓起骨头就啃了起来。

我不是夸张，那时候王桥集上杀猪杀牛的屠户，没哪个不能吃斤把生肉的，练出来了，练得好的能吃三五斤生肉，这个都是我亲眼所见。只是现在一说这个事情，那股好闻的生牛肉味还直打鼻子，叫我馋涎欲滴。

说这个细节，看似说的是马超，实际上说的是马肠。马肠这个人了不起，有一次我们李庄生产队的一头大牤牛疯了，看牙口正是年轻少壮，力大无比，见啥抵啥，不是谁都弄不住它，主要是谁都不敢上前，当时的队长长脖子就派我爹骑着骡子赶紧去马楼请来了马肠，人还没到跟前，离得还有一里地远，疯牛就停下来，用鼻子四下里闻，好像知道危险马上降临了。结果马肠来到了往牛面前一站，那头疯牛马上四蹄发抖，脖子僵直，扑嗒嗒拉出一泡稀屎。马肠一声不响，双手抓住牛角，一个拐腿别住牛的前腿，腕子一翻，那头疯牛像只绵羊似的摔倒在地，马肠单膝跪在牛脖子上，手朝屁股后边一探，拽出尺把长的尖刀，噗嗤一声就把那么大个的牛宰掉了。现在想想那番情景，不能不赞佩马肠杀牛手法娴熟，好似收拾一堆肠子那样从容。当时我们李庄的人都说，马肠常年杀生，身上有煞星罩着，手上力道里有杀气，牛见了先是死了半截，要是人，马肠只要一伸手那就是个死了。只是赶集这天，我见到的表大爷马肠，也没有这个凶样子，一边沉着脸骂了马超，一边笑嘻嘻地用他杀牛的大手摸摸我的后脑勺，还拿起尖刀割了二指宽的一条子生牛肉给我吃。

你猜我吃没吃这条子生牛肉？

我爹和马肠闲扯了几句，又和旁边铁匠铺的兄弟打了招呼，这才拽着我向前走。这对铁匠兄弟我也认识，哥哥叫大唐，弟弟叫保唐，两个人都是光着膀子，胳膊上的肉都是一疙瘩一疙瘩的，动弹一下就像老鼠在皮肤下乱窜。哥俩胸前都戴着皮围裙，正在锻打一把菜刀，乒乒乓乓，闪着火星，煞是好看，我走了好远还扭着脖子从人缝里看他们。

这时候，我和我爹在一个炸油条麻花的热油锅前站住了。我鼻孔里立刻充满了诱人的热豆油味油条味还有麻花味。炸油条麻花的这个人叫麻套，圆脸盘，塌鼻子，浓眉大眼，一笑露一嘴蒜瓣子大牙。虽然是几十年前的事了，但因为这个名字古怪得很，所以到现在我还记得他的长相。

当时塌鼻子麻套正在面案子后边拧麻花，他两手油光光的，正搓着一条油光光的长面条，然后捏着两头三折两折，五拧六拧，往热油锅里一丢，一个好看的麻花马上漂上来了。坐在锅边翻麻花的是他闺女，叫小环，十六七岁，穿着白底带蓝花的对襟褂子，夏天嘛，只见她身子瘦得很，好像一根筷子，细胳膊细腿，手指头活像铁条般的细，拿着加长的竹筷子翻动麻花，动作倒是灵巧得很。小环脸上不瘦，俩腮帮子很饱满，肉乎乎的，白白的一层油，常年坐在热油锅边熏的嘛，看见人就笑，两粒点漆般的眼珠子也活泛得很，就像两粒滚动的琉璃珠子。后来，这个小环嫁给了我们李庄的点苍，点苍是个惯于劁猫骟狗的货色，也不知他用了啥手法，几下子就让小环变得又白又胖又骚又浪。但凡闲下来，我会讲讲小环是怎样骚的怎样浪的。但是那天，我没觉得小环骚浪，只觉得她好看极了，她炸的麻花也好看极了，金灿灿香气扑鼻。我当时还差三个月才七岁嘛，这个心情这个嘴脸，你一准能想见，就连麻套都看出我的意思来了。但是麻套是个常年站街头子的生意精，眼色尖，心里奸，嘴上紧，要是看见小孩就给吃的，那还做个鸟生意嘛。倒是小环心眼好，一伸手从盛麻花的竹篾篮子里捏了一股子麻花，碰烂的嘛，笑眯眯地递给我。当时我捏着又酥又香的一股子麻花，就觉得天底下再也找不到像小环这么漂亮的大闺女了，她心眼咋就这么好哩，我长大了一定娶她当媳妇。

当然了，塌鼻子麻套还是十分心疼的，但他不表现在脸上，也没有吵小环，只是斜着眼瞄着我爹好褂子的口袋里鼓囊囊的，笑嘻嘻地说：哎呀，你家小孩嘴巴子都馋掉地上了，你就舍不得掏八分钱给小孩买一个麻花？俺哥呀，咱俩谁跟谁，我卖给别人八分钱一个，卖给你一毛五俩，你掏两毛钱，直接拿仨给你。说得我爹下不了台，拽我的那只手里一下子汗津津的。我爹脸上讪笑着，正犹豫着是不是掏钱买麻花，突然被人撞了一下。街筒子里窄嘛，人又多，来来往往，摩肩接踵，谁能不碰谁一下，所以我爹还没在意。麻套却像中邪似的，一下子从面案子后边快闪出来，一伸手抓住一个人，抡起油光光的右手劈脸就是一耳刮子，大声骂道：你奶奶个臭屁股，这不是要坏我生意吗？人家正要掏钱买我的麻花，你把人家的钱夹子夹走了，人家还拿个鸟来买我的麻花呀！

我现在仔仔细细想了又想，最终可以肯定下来，那件事就是这样发生的。当年在我们那儿，干这一行的叫“俩夹”，俩手指头一夹，相当形象。后来到了北京，看到便衣警察在商场车站公交车上抓扒手，我初次一见差点叫出来：哎呀，这个不就是我们老家的俩夹嘛，竟然北京也有。再后来见闻多了，才知道扒手或者俩夹这个行当源远流长，可以说普及全国，而且即便地球上的老鼠消失了这个行当也不会消失。所以，现在不管在现实生活中或是在电视里我一看到抓扒手的情景，就会想起当年我们父子两个站在炸麻花的油锅前我爹的钱夹被夹这档子章节，就会想起那个很潇洒的俩夹。

这个人看样子大概三十岁上下吧，长头发黑亮，还留着中分头，细眉细眼，上嘴唇上一抹短髭，尤其显他英姿飒爽，上身穿着带有朱红色竖条子的圆领衫，下身穿着黑色灯笼裤，脚上一双白色高勒回力鞋。这个打扮加上那个发型那抹短髭，这个人显得气度不凡，好像从亳县城里来的人。尤其是那个时候，在我们趼干桥集的一群农村人中间，这个人更是出类拔萃，好像长颈鹿耸立于羊群里。

尽管被塌鼻子麻套突然抽了一记油亮亮的耳刮子，但这个人依旧从容不迫，很是沉着冷静。他慢慢抬手一边擦拭着腮帮上的油渍，一边冷冷地对麻套说：这晴天白日朗朗乾坤的，你说话可不要血口喷人！俗话说拿贼捉赃，拿奸捉双。你立时翻遍我全身，翻出钱夹来，揪掉我的脑袋当尿罐子；翻不出钱夹，这一耳刮子可不是白打的。在方圆十里八里我王彪也是小有名气的人，这名声也不是你随便日弄的，你要翻不出钱夹，我可要掀你的摊子砸你的油锅！来，你来翻翻吧。

说了，横眉冷目，摆了一个叫人搜身的架势。

现在想想这几句话，就知道这个人混江湖至少有两年了，他口齿伶俐，自称王彪，如此云云，也只是个套路而已。但在当时，很显然，一圈子人都被这一招震住了，麻套也被震住了，小环也被镇住了，她尖声尖气埋怨她爹糊里糊涂下手太早了。当下，麻套就不敢肯定是不是真的看到人家夹钱夹了，但到了这个场合里他仍然硬着头皮大声问我爹：俺哥你说说，他夹没夹你的钱夹子吧？

自然了，这件事要是在我们李庄发生的，我爹准会二话不说上前先是一耳刮子，接着就搜身了，但这是在王桥集上，人山人海的眼睁睁看着，要是翻不出来，丢人现眼不说，人家要是要求包赔损失，那可就麻烦大了，赔不起嘛。

我爹正在犹疑不定，人群嚷嚷着闪开一道缝来，供销社的李昆山过来了，因为时间到了，他原本是过来买麻花吃的，这下一看阵势，马上忘了买麻花了，短小的腰杆立时挺了起来。别看李昆山是个小个子，站柜台脚底下得垫块厚板子，但那个时候，人家的身份在那儿嘛，身份决定了地位，加上穿戴又好，上身雪白的的确良短袖小翻领褂子，褂子兜里插一杆亮晶晶的钢笔，藏青色的制式夏裤，熨烫的线条还是笔直的，脚上一双黑色玻璃丝袜子，带襻的褐色塑料凉鞋，那时候这个穿戴比死公社干部，让很多大个子给他说话都得弓着身子低着头。

当下，一弄清事由，李昆山就死盯着那个人的脸，过了两三分钟才说：看着面生，你不是常赶王桥集吧？

那个人冷冷说：常赶咋地，不常赶又咋地？来赶一趟王桥集，就得被人诬赖一回呀？

李昆山像个笑面虎一样哧哧一笑：全世界都知道，我们王桥集上不欺生，最讲理。

说了这句话，李昆山四下里看了大家一眼，突然又大声说：大家老少爷们儿说吧，今儿翻还是不翻？

自然了，赶王桥集的人，都是我们那一带的，哪有一个不喜欢惹是生非的，哪有说不翻的。结果就像李昆山后来说的那样，“一看他穿着大裆宽腿的灯笼裤，我就知道他藏哪儿了”。李昆山有一双巧手嘛，突如其来，一下把手插进那人裤裆里，一把拽出了我爹的那只咖啡色条纹格子的钱夹，他立刻兴奋地大声嚷嚷：看哪，刚才老李在我柜台上买了一双玻璃丝袜子，花了三毛八分钱，使的就是这个钱夹子！

在王桥集上，李昆山说句话虽然不至于一言九鼎，那也是有着相当分量的。

旁边塌鼻子麻套也一下子跳了起来，大笑着说：你奶奶个臭屁股，我站街头子一二十年了，你这点小把戏还能瞒着我的火眼金睛？老少爷们儿，打死这个俩夹，靠他娘叫他嘴硬！

现在想起这件事情，我还觉得匪夷所思，我爹的钱夹子本来在上衣口袋里装得好好的，那个人是咋样掏出来又咋样塞进自己裤裆里的，就是玩魔术，这个过程也需要一点时间，他的手能有多快才能完成这个障眼法呀。

很糟糕，这个俩夹手再快，当时也挡不住众人齐打太平拳。那个时候和现在这个时候一样，天底下没有不恨小偷扒手的。不一样的是，现在抓住小偷扒手之类，一般送到派出所就行了，小偷扒手也免了一顿皮肉之苦；那个时候，先是一顿毒打。那时候王桥集上也没有派出所，再加上当时没有啥法制观念，主要是也没啥娱乐活动，人们就把发泄心里的厌憎当成了娱乐活动。哎呀，所以这一场毒打带了不少戏剧色彩，所以我当时一点都不害怕，兴奋地咧着大嘴笑哈哈的。就是现在想起来那场景，还觉得有几分幽默色彩。

王桥集不大，所以这件事情闹的动静就显得大，片刻间传得集东头集西头都知道了，大家都争着赶过来免费打两拳踢几脚。尤其是铁匠兄弟过来后，首先骂得精彩，骂俩夹的爹娘手艺差，做个小孩是俩夹，非要回到铁匠炉里回回火再做一次不可。再就是打得很花色，兄弟俩仗着俩胳膊上都是疙瘩肉，把俩夹当球，你抛过来，我抛过去，这个故意一个没接住，那个故意一声尖叫，俩夹啪叽一下摔在稀泥里。反正在疯狂的嬉笑声中，俩夹被打得头破血流，好看的分头被抓得凌乱如鸡窝，竖条子的圆领衫也被撕烂了，紧绷绷的领口也拽成了麻袋口子，一双白色高帮回力鞋还剩下一只，也沾满了稀泥不像一只鞋了，下身的灯笼裤也是泥巴巴的，倒还算是完整的。

我本想看看俩夹此刻的表情，哪里还看得见，泥巴和血浆搞得鼻子眼睛都分不清了。我爹站在人群中，左手攥着玻璃丝袜子，按在褂子口袋那里。当然了，他的钱夹又回到口袋里了，还是鼓囊囊的，到底有多少钱，到底丢没丢钱，到现在对我来说都是个谜。我只记得当时他俩眼瞪多大，嘴里一个劲儿“噫嘻噫嘻噫嘻”的，不知道他是恐惧还是兴奋，居然发出这种古怪的声音。真不像平时在我们李庄那样能说会道，无论说起啥事来都是一出一出的，就像刚才在来赶集的路上，他还有说有笑的说宝根带回来的铁夹子把猪嘴夹掉了。

当然了，啥事都是有起因有发展有高潮也有结束的时候嘛，在王桥集上不可能把一个俩夹活活打死的，王桥集不欺生最讲理是全世界都知道的，所以，人们停了手脚，按照老规矩，出了事情嘛，自然要摆到黑陈面前较个长短。这样，铁匠兄弟和另外两个壮汉，拎着半死不活的俩夹的胳膊腿，吵吵嚷嚷往修车铺那儿拥去。我左手捏着小环给我的一股子麻花，右手紧紧拽着我爹，急匆匆跟在后面，好像这件事和我们父子有着千丝万缕的联系。途中路过我表大爷马肠的牛肉摊子，停了一小会儿，因为他刚才听到街筒子里喊叫，虽然心似猫抓，但比较理智，担心牛肉被人顺走几块，所以没有去现场，也没批准马超去现场，“咱们做生意的人，哪能听点响动屁股就坐不住了！”此时到了跟前，问清缘故，父子俩又吃惊又亢奋，一时鬼迷心窍，哪里还顾得了案子上的牛肉是否被人偷了，一并欢天喜地跟着朝前拥去，中途父子俩还笑嘻嘻地一替一个踢了俩夹好几脚。

叫嚷嚷地到了修车铺，铁匠兄弟相互使个孬种眼色，一起松手，俩夹上身啪叽一下摔在地上。后边架腿的两个壮汉好像上了铁匠兄弟的当很生气，狠狠地把俩腿也摔下来。黑陈没有过来，他还是坐在丈八远的宽板凳上，两手托着那个硕大的罐头瓶子，好像刚加了水，满满的。我是小孩子嘛，个子小，挤在人腿裆里碍眼，也看不见黑陈的头脸，只看见半拉黑肚皮和那个大大的罐头瓶子。自然而然，我忍不住吃着小环给我的一股子麻花，好吃得很。

就听黑陈说：我说刚才咋听街筒子里炸了鳖窝一样，说说，咋回事？

一时间大家七嘴八舌，尤其麻套叫唤最响亮。完了，在场的人群哧哧笑了好大一会儿。我也没看见黑陈的女人站在哪儿，就听她笑嘻嘻地取笑我爹：俺表弟我也不是说你，刚才看着你褂子兜里钱夹子鼓囊囊的屌景样，我就给恁表姐夫说，屌景样，一会儿非给人偷走不可。看看，从我话上来了吧！

接着响起一片嘻嘻笑声。

又听黑陈喝了一声：屌娘们儿咋这么多荒腔走板的鸡巴话呀！

人群更是笑得东摇西晃，我趁机看到黑陈的黑肚皮一扭，俩手拍了一下双膝，大声吆气地说：靠恁奶奶，我从朝鲜战场上回来那一年，咱们王桥集上来了个俩夹，长得人五人六样，手上欠利索，被逮住了，当场打死，死尸扔到集东头河沿上，就是现在王桥闸那儿，当时还没有王桥闸，光溜溜的河沿，过了一夜天明一看，被谁家的狗啃个精光，就剩下光溜溜的骨头了。马肠兄弟，别看你的手艺好，也不一定能把骨头剔得那么光溜。

人群里哄堂大笑。

我爹也哧哧笑了几声。

我把半股子麻花捏在手里，也跟着哧哧笑了几声。

就听黑陈接着说：从那以后，三十多年过去了，咱们王桥集上再没来过俩夹，这今儿个天要变还是咋地，又来一个！靠恁奶奶，这回要是还打死你，显得咱们王桥集短智谋没有办法了，逮住俩夹就会打死人家。我老实对你说，你这回想死都死不了。培根，刚才磨好的那个切西瓜的片刀搁在哪儿了？

他儿子培根在我看不见的地方兴奋地叫了一声：在这儿！

黑陈说：拿过来，把这个俩夹的右耳朵割下来，咱们得给他留个记号！

人群里散淡地短笑了几声，接着又是浅浅的“嘘嘘”声，好像有些胆寒似的。紧接着就听黑陈的女人叫了起来：你这个鲜种，割人家的耳朵弄啥，咱家又没喂狗，割了给你炒炒吃吗？别出妖怪点子了，割了耳朵人家不就破了相成残废了吗？

“鲜种”这个词是我们那一带的方言，就是做事鲁莽，干啥都过分玩命的意思。黑陈的女人说了这话，大家都不笑了，因为都知道黑陈的性子，娘们儿越是这般说他越是那般做。没想到黑陈哧哧笑了几声，说：也是，屌娘们儿说话，有时候也有道理，那就不割耳朵了，咱们把他吊到王桥闸上，让来往赶集的人民群众参观一下，也有些杀鸡给猴看的教育作用嘛。大家说好不好？

这一回，众人好像又活了过来，欢天喜地齐齐喊了一声“好”。

我爹也跟着说了一声“好”。

我把剩下的麻花一下塞进嘴里，呜哩唔噜也喊了一声“好”。

自始至终我没听见那个俩夹说话，也没看见他动弹，间或从人腿缝里瞥见他躺在泥地上，好像死了一样安静。铁匠兄弟和那两个壮汉再次架起俩夹的胳膊腿，在人群的簇拥下向集东头王桥闸奔去。因为队伍走得比较快嘛，塌鼻子麻套走得有些气喘吁吁，但他依旧兴奋，一边走一边给人炫耀他的火眼金睛。他闺女小环也不管热油锅和一篮子炸好的麻花了，空着手跟在麻套后边，时时刻刻提醒她爹不要走那么快，走急步子容易引发他的老毛病羊角风。自然了，供销社的营业员李昆山也跟来了，他走路的架势和他脸上的表情，说明了他在这件事情中是一个重要角色。他穿得好，有气势，虽然腿短，但迈动的频率高，没有被队伍落下半步。当然了，黑陈一家子也跟着来了，他像一个干大事的领头人一样满面春风，他女人和他的双胞胎儿子也是满脸兴奋，就像说说笑笑的众人一样。他的双胞胎儿子活泼得很，甩着光膀子走在最前面，像是带路的，一边相互拍打着黑油油的脊梁和肚皮。我爹紧紧抓着我的小手，拽着我跟在人群里，他脸上挂着惨淡的笑容，叫人弄不清这件事带给他的是喜悦还是忧愁。我几次瞥见那个俩夹的头仰垂着，长头发泥啦吧唧的耷拉在脑后，好像塌了脊梁的死狗，屁股也拖在地上。表大爷马肠和表哥马超寸步不离地走在俩夹两边，一边快步走着，一边你一脚我一脚地踢俩夹。到了王桥闸，马肠父子表现得尤为出色，他们在捆绑俩夹时手法十分娴熟，可以想象一下，一头疯牛在马肠手里如同儿戏，一个几乎被打死了的俩夹在他手里算个屌毛。他们不仅手法娴熟，而且技法复杂，缠头裹脑，四蹄攒组，捆了个结结实实，别说一个半死的俩夹，就是二郎神遇到这个捆法也未必能脱了身。后来我们李庄的点苍跟着马肠学杀牛，杀牛没学会，这套捆绑法倒是学得精到。只是很遗憾，在场的毕竟没有长期从事这个工作的，都没有啥经验，也不知从哪儿弄的绳子，太短了，用这么复杂的捆法捆绑完俩夹，剩下的绳头不足八尺长，根本无法将俩夹吊在高高的王桥闸上。当然了，也没有解开重新捆绑，因为黑陈很欣赏马肠的这个捆绑技法，好看又牢靠，又带着惩罚俩夹的凶狠劲儿，他灵机一动，临时改变了主意，把俩夹吊在王桥小学门口的那一溜柳树上。当然了，要是吊在柳树上，剩下的那段绳子可就绰绰有余了。

在柳树上吊好了俩夹，好像完成了一个艰巨的任务，人群鼓着掌欢笑一团，围着捆成一团吊起来的俩夹评头论足。还有些调皮捣蛋的人从路边湿地上抠了湿泥团成泥丸，拿俩夹当靶子，看看谁的准头好。有四五个风风火火的娘们儿也参与其中，笑得格外响亮，格外疯狂。我的表大爷马肠想得相当周到，他掏出一盒刚拆封的香烟递给我爹，让我爹散给众人以示感谢，好像这件事是我们家的，他们都是我爹请来帮忙的。马肠手里有钱，烟是一毛四的“大铁桥”牌子，我爹拿着这盒很有面子的香烟，发给大家抽。那么大的一群人，一盒烟自然是不够分的，我爹发到最后，还是留了一根自己抽。我看着我爹抽烟的样子有些诡异，他夹烟的手一直在抖，烟叼在嘴上了手也不拿开，夹着烟捂在嘴上像奔跑的拖拉机上的烟囱一样抖个不停。我觉得很奇怪，心想难道我爹不会抽烟了吗？

吊着俩夹的那棵柳树离学校大门口很近，所以，大家听到下课铃声非常清晰，甚至刺耳。课间休息嘛，听见外边吵吵嚷嚷，学生们倾巢而出，一下子围上来，叽叽喳喳，有的惊讶，有的害怕，还有几个胆大的冲着树上吊着的俩夹做鬼脸。这时候，校长孙丑也出来了，他一看眼前情景，自然要问了，一弄清原委，那张有个性的丑脸马上拉下来了，嘟嘟囔囔地说：咋能吊在这儿，对学生影响多不好，赶紧放下来。一见人人都朝黑陈张望，他自然知道情况，直接命令铁匠兄弟快把俩夹放下来。铁匠兄弟和孙丑是姑舅表兄弟，当然要听他的话了，不过他们去放人的时候还是张望了几眼黑陈，直到黑陈笑嘻嘻地点点头，他们才手脚麻利地把俩夹放下来。

孙丑又命令铁匠兄弟给俩夹松绑，他生气地说：咋能把人捆成个粽子！

铁匠兄弟有些犹豫，当哥的大唐嘴笨，脑子也不灵活，当兄弟的保唐脑子活泛嘴也巧，他给孙丑说：俺哥，要是一解开绳子，他比兔子跑得都快，那咋办？

孙丑啐了一口：就是你这个金刚，打成这个样子，还跑得起来吗？净说半吊子话！

于是，铁匠兄弟给俩夹松绑。不过，马肠的捆绑法很复杂很厉害，铁匠兄弟简直找不到拆解的办法。看着铁匠兄弟笨手笨脚的样子，马肠一旁双手抱着膀子得意地冷笑不已。他儿子马超也很得意，笑得十分响亮。铁匠兄弟很要面子，当时赌着气生拉硬拽，终于把绳子完全解开了，两个人脸上这才露出得意的笑容。

奇怪得很，铁匠兄弟用的是粗暴解绳法，当时也没听到俩夹叫疼半声，好像给一麻袋棉花松绑。等到绳子完全解脱了，俩夹终于松散地躺在了湿泥地上，那个样子，好像骨头被抽了个干净，就剩下一堆肉。身上不用说了，头脸也没有一丝干净的，都是泥巴和血浆，几乎看不见鼻子眼睛，也看不见那一抹让他英姿飒爽的短髭了。孙丑弯下腰，伸出俩手指头试试鼻息，自言自语地说：哎呀，还没死嘛！

说了，吆喝一个学生到校园里打盆水来。那个学生是个大个子，一看就是个留级生，脑门上都长了几粒青春痘，他接受任务后十分亢奋，像牲口那样耸动着鼻子，飞快跑进校园里，大家还没眨眼，他就端着一盆水跑过来了。那个洗脸盆是搪瓷的，外边是纯白的，盆里边有一朵大大的红牡丹，在水里面很清晰很鲜艳。孙丑弓着身子撅着屁股，开始给俩夹洗脸，他那小心翼翼的样子好像清洗一个刚出土的唐三彩，他那认真负责的态度好像在洗自己被人借穿去在屠宰场里走了一圈的胶鞋。

围观的一大圈人成了兵马俑，没有一个说话的。话多的塌鼻子麻套也不说话了。小环抓着她爹的胳膊，抓得紧紧的，好像怕他爹犯了羊角风。铁匠兄弟讪笑着舔自己的嘴唇。马肠马超两父子抱着膀子呆笑着。大个子李昆山短腰短腿，左手夹在右胳肢窝里，右手捏着下巴一动不动，好像右手粘在下巴上了。黑陈一家子，你看看我，我看看你，他女人咧着嘴，她那副样子，那副表情，好像孙丑在给她洗脸并且洗得很难受一样。我爹自然无话可说，他左手拽着我，右手攥着新买的玻璃丝袜子，紧紧按在心口上，那儿不仅有个口袋，而且口袋里装着他的咖啡色带格子纹的钱夹。他的喉头上下滑动，半天一下，好像攒了半天口水咽下去一口。我就像围观的好多小学生一样，远远地看着孙丑给俩夹洗脸，目不转睛。

孙丑终于把小偷的脸洗出眉目来，但他仍旧弓着腰撅着屁股，就那么说话了：你这长相怪标准嘛，来赶王桥集我们欢迎呀，买不买东西不要紧，你咋能干那事嘛！看看，都打成这个样子了，你可能动弹了？要不要叫个医生来？

大家都等着俩夹说话。不过，谁也没听到他说话，也没有看到俩夹的嘴动弹。孙丑又说：好吧，你要能走就走，能爬就爬，保证没有人再拦你了。

说了，端起那盆泥水倒在一旁，这才直起腰来，等待着俩夹的反应。那个俩夹好像和孙丑经过了心理上的沟通，或者孙丑的话是个符咒，他缓慢痛苦地反过身来，向路上爬去。他的爬动不仅缓慢，而且十分难看，就像被斩了两段的蚯蚓，就像被踩断脊梁的青蛙。他爬行的姿势和动作，可以说是艰难困苦的，至少叫人很难受。俩夹的这个爬行法，不仅从根本上磨没了众人的警惕性，甚至逐渐唤起了众人的同情心和怜悯意识。尤其是一只脚上有鞋子，一只脚赤着，沾满泥巴，更显得凄凉。所以当时没有人叫嚷，也没有人说话，只是随着俩夹每爬行一下，人们就鼓努一下嘴，好像神经受到了刺激。也没有人动一下步子，好像有神灵镇住了人心，定住了众人的双脚。

俩夹向正对着学校门口的路南边那条八尺宽的田间小路

爬去。他从路北边爬到路南边，丈八宽的路面，用了足足有一颗烟的时间。他是爬一下歇半天，急得好多人后悔刚才下手太重，恨不得上前把他拉起来背身上迈开大步往前走。直到俩夹爬上了那条田间小路，站着的人几乎没一个动脚步的，就那么伸着脖子翘着脚瞅着俩夹朝前爬。俩夹在那条田间小路上爬行时好像快了一些，等他爬了大约一百米左右时，慢悠悠跪了起来，慢悠悠站了起来，慢悠悠弯腰，慢悠悠把脚上那只鞋子脱掉，慢悠悠随手扔了，然后，就像刚起床一样，慢悠悠伸了个长长的懒腰，完了，回过头来对我们神秘地一笑，接着，大步流星向前走去。

这边，首先是孙丑尖叫了一声：哎呀，靠他娘的，上当了！

这声尖叫唤醒了人们。大家好像突遭醍醐灌顶，立刻想起“贼有飞智”这句老话，顿时意识到刚才俩夹那副爬行的样子是装出来的，完全是他们这个行当事急时刻的逃生计谋，甚至马上全明白了，俩夹自从倒地那一刻起就开始佯装了。

于是，众人发了一声喊叫，齐刷刷怒吼着猛追上去。

我现在想起那番情景，觉得整个这件事情不仅荒诞可笑，而且含义深刻。我虽然说不清其中的深刻道理，但它作为我七岁那年的一个记忆，却清晰得如同刀刻一般。尤其是发现上当之后，我们居然一口气追了八九里地，到现在还叫我不可思议。

当时，那个混蛋俩夹好像刚才没有经过一顿毒打，也从来没有被绑起来吊在柳树上，他像个坏心眼的长跑运动员一样，顺着那条田间小路，听着此起彼伏的蝈蝈鸣叫声，一阵子快，一阵子慢，简直身轻如燕，飞行自如。他还时而回头面无表情地望一眼我们，他越是面无表情，我们越是觉得可气，越是恨不得马上捉住他再次吊起来毒打一顿，打断他的腿。结果，很多人体力不支，刚跑二三里地就在路边坐下来了，聆听满地的蝈蝈叫，有的人竟然很有闲情逸致，还到豆地里逮蝈蝈。叫人不好意思的是，听说有十几个人累得回到家后病了一场。更夸张的是，还有几个人累出肺病来住了月把院。尤其荒诞的是，黑陈竟然累死了。他一家人跑得最多有四五里地，我眼睁睁看着他的双胞胎儿子架着黑陈往回走。三个黑男人在前边脚步跄踉，黑陈那白白的女人在后边一边走一边大口喘气，好像在水里泡了三天的老鼠。后来听说，他们刚到家里黑陈就吐了几口黑血死掉了。

自然了，也有少数人坚持到最后，一直追到糖王河那座木桥那儿才停下脚步。比如我。到现在我都不敢相信这是真的，我七岁那年，居然被我爹拽着一口气跑了八九里地，当然不是做梦，只是太匪夷所思了。这坚持到最后的队伍里边，除了我们父子两个，我记得还有铁匠兄弟，马肠马超他们父子，居然还有塌鼻子麻套和小环他们父女。只是塌鼻子麻套累得够呛，他弯着腰，一条胳膊搭在小环肩上，像条夏天的老狗一样，舌头伸多长，呼呼喘气。小环可能是瘦的原因，她一点也不喘粗气，只是急得满脸通红，一个劲地奚落她爹“这下子非得犯羊角风不可”。短腰短腿的大个子李昆山也神奇地跟上来了！只是，他的塑料凉鞋走坏了，左脚断了两条襻子，没法再穿了，他在木桥这头刚一站下，马上一手勾着那只坏掉的凉鞋叉在腰上，一手搭凉棚，张望桥那头的那个俩夹。这几个人为啥紧紧跟了上来，我想了很久很久，到了昨天我才想明白了，可能是因为他们都介入了这件事情，自觉生生死死都是脱不了干系的。

哦对了，开头我说过糖王河，但我没说糖王河的河水清澈如玉，也没说糖王河上的这座木桥。其实，这座木桥也没啥好说的，桥墩子是砖头砌的，桥面是檩棒子和木板钉的，宽度勉强能过辆架子车，但从来没有人拉着架子车过桥，因为人走在上面木桥都有点摇摇欲坠。搁到现在，就是危桥，肯定是必须拆除的。但糖王河上的这座木桥多少年都没有拆除，因为那是我们那一带从亳县到太和县唯一的近途。

那一天，我们追那个俩夹到了这座木桥就站住了，不是我们不敢从桥上过，也不是法律规定的，因为我们知道，桥这边是亳县，桥那边是太和县，我们亳县人到太和县地界上打人，那是天条不允许的。人心里没有个天条可不行。所以，我们站在桥这边眼看着那个俩夹过了桥，一掉头，他朝河下走去，到了水边，蹲下来洗脸洗头，还把撕扯成拖把布一样的竖条子圆领衫脱下来洗。他动作娴熟，有条不紊，好像他专门来河边洗脸洗头洗衣裳的。叫人看得很不耐烦，不免东瞅西看了几下子。太和县那边果然与我们亳县这边不一样，我们这边庄稼地里种的是大豆，一片绿莹莹的，他们种的却是高粱和玉米，高粱米穗子刚才飘红，玉米缨子才上绛色，遍地红不棱登绛黄兮兮的。当然了，这个俩夹也不一定就是太和县的，有可能他当初踩点时了解到当地的风俗民情，掌握了地形，如今只是转道太和县那边逃命而已。

这时候，那个俩夹洗好了头脸，也洗好了衣裳，他拧干衣裳擦了擦头脸，再次拧干了衣裳，往肩上一搭，赤着双脚，站在水边等河水波纹安静下来，这才拿河水当作镜子仔细照了照自己，好像很满意地走上了河岸。上了岸又站住了步子，大概考虑到我们这边有个大闺女，他先是背过身子尿了一泡长尿，然后手插裤裆里掏掏摸摸，最后居然摸出一支香烟，皱巴巴的就像一截干屎橛子，还有一盒窝成一团的火柴。俩夹慢悠悠叼上香烟，慢悠悠点燃了香烟，慢悠悠抽了一口，慢悠悠吐了一口烟雾，这才慢悠悠顺着高粱地走动起来。我们这边，几个人惊讶地讨论着俩夹裤裆里藏着香烟和火柴，刚才那一顿毒打，竟然也没有掉出来。我不管他们说啥，只是呆呆地看着那个俩夹吐着烟雾，一步步消失在高粱地里，就像我少年时代里的一个梦。

07

鸽子

李铁丁领着樊梨花和她爹进庄时被李点苍看到了，那就等于我们李庄的人全部看到了，因为李点苍是我们李庄的治安主任，嗓门大是职业习惯，关键是他屁眼里夹不住一粒秕芝麻，稀罕不稀罕只要是个屁大的事，他就扯着嗓子乱咋呼，好像一头小毛驴被我用锥子冷不丁地扎了一下驴屁股——说起来这都是三十多年前的事情了，今天我想说说这件事，但时间是一把杀猪刀，不仅毁了老子的容颜，还把老子的记忆力也割掉了不少，因此我不敢保证能把这件事说得一点儿也不走样。

三十多年前，李铁丁也就是三十多岁的样子。我先旁注一下，铁丁是他的小名，他曾经有过学名，但我实在忘了是叫李鸿章还是叫李世民，反正他那个鸟学名也没咋用过，我们李庄的大人小孩都是叫他李铁丁。前后庄，南北集，认识他的人也都叫他李铁丁。只有他娘叫他“丁”，他娘老是站在胡同口喊他：“丁啦，丁啦，咳咳，回家吃饭啦，咳咳，我擀的豆面条子，下的芝麻叶，咳咳，好吃类狠！”这个“狠”字我敢说没有错，因为这句话是我们李庄的方言，外乡人很难理解这个。再旁注一下，我们李庄虽然不是一个独立的宇宙，四面八方也毗邻着很多炊烟冉冉升起的村庄，但我们李庄有很多事都和外庄不一样。我们把高粱称作秫秫，把玉米称作玉蜀黍，黄豆我们称作豆子，骗子我们叫作拐子，我们把三十多岁了还没娶上媳妇的人叫作寡汉条子，把没娶上媳妇这件事叫作打寡汉，把十二三岁以下的男孩叫作鸟孩子或者半拉橛子，把十二三岁以下的女孩子叫作鸟妮子或者骚妮子，我们把李铁丁他娘这个岁数的老婆子叫作骚老婆子。请注意，我这里说的这两个骚字是尿骚的意思，并不是别个骚的意思。

三十多年前，李铁丁他娘都六十出头了，身体状况相当暧昧，她想好就好，她说病就病，而且闲不住，按照我们李庄的话说，就是骚老婆子不识闲。不管白天黑夜，她都穿着那双高勒白球鞋在庄里走动，白球鞋上鸡屎或者鹅屎之渍斑斑点点，鞋带提溜耷拉的，我现在一想她那个样子就像看见个鬼魂一样，而且走一步咳嗽一声，从庄东头走到庄西头，节奏鲜明的咳嗽声也会从庄东头响到庄西头。我们李庄能人多，比如农学家李得印，满脸深刻的皱纹，既像风干的水蜜桃，又像苍老的牤牛蛋，他一低头一抬头眼珠子一眨巴，就给李铁丁他娘起了个绰号叫“肺痨”。于是，我们李庄的大人小孩都叫她“肺痨”。那一天，就是李铁丁领着樊梨花和她爹刚刚进庄头，李点苍眼角刚瞥见就扯着嗓子叫起来：“俺大娘呀，俺大娘啊，这个骚老婆子——‘肺痨’，‘肺痨’！你赶紧出来看看啊，俺铁丁哥领个花不溜秋的大闺女回来了！”李点苍和李铁丁是一个亲奶奶的堂兄弟，按辈分他叫“肺痨”大娘。我们李庄的大人小孩都知道，这个恼人的大娘在李点苍眼里连根老鼠毛也算不上。

李点苍这一声叫唤，就像平时他站在村当央大喝一声开会了一样，片刻间，我们李庄的大人小孩倾巢而出，一哄而上，人人都看到了樊梨花和她爹两个悬殊鲜明的形象。

三十多年后的今天，我要讲句直话了：樊梨花其实并不漂亮，只是当年我们李庄的老少都没有见过她那样白白的那样圆圆的，就齐声夸赞她长得就跟七仙女一样。我现在也想不起来樊梨花当时穿的是啥样的鞋子了，也想不起来她穿的是啥裤子，当然，想不起来她穿的啥裤子也不代表她是光着腚的。樊梨花穿着一件粉底碎枣花的短袖褂子，我记忆深刻，因为我们李庄没有一个女人穿过那么好看的洋布小褂子。更醒目的是她露出来的两条白白胖胖十分圆润的胳膊，一下子就让我们李庄的大人小孩呆若木鸡了，好像集体进入同一个梦里。当年，别说我们李庄了，就是南北集上，我们看到的女人大都是土不拉叽的，偶尔也有点洋气冒骚的，但就是没见过一个女人长着樊梨花这样好看的一对胳膊，没有这么白的，没有这么圆润的。就是三十多年后的今天我想起来，仍然像当时少年心情一样，一阵子青春期的骚气就像被戳的马蜂窝似的嗡一下冲上脑门。

樊梨花她爹除了说话和樊梨花一样，都是我们李庄人虽然听得懂但听着有点别扭的口音，他的长相和樊梨花可谓有天壤之别，也不太好说，我真不知道怎样形容才好。他的头颅虽然小得像只梨子，好似泡膵了扇肿了一样，又有鼻子眼睛，还有嘴巴和两只几乎看不见的耳朵，这么着，他的整个头脸就像去年我在印度游玩时见过的猪鼻蛙——岁月交叠，时代进步发展很快，用手机百度一下猪鼻蛙就知道樊梨花她爹长相有多神奇了。而且，这个糟鼻老头也看不出有多大年纪，说他四十岁也可以，说他六十岁也可以，这一点给我们李庄大人小孩留下了不好的印象，因为我们李庄人向来认为，只有狡猾的拐子才让人看不出多大岁数来。他穿着一件白粗布长袖褂子，他妈的，前襟子上居然缀着六个直放光的铜扣子——就这么一下子，我们李庄的大人小孩都觉得这个糟鼻老头与众不同了。因为我们李庄人老几辈子也没有人在褂子上缀过铜扣子。不过，这六个铜扣子也没能唤醒我对那个糟鼻老头的更多记忆，现在不管我如何努力回忆樊梨花她爹相貌如何，脑海里首先就是这六个直放光的铜扣子。

本来嘛，那天快到晌午顶了，蝉声不绝于耳，燥热难捱，我们李庄的人都躲在屋里避暑气，家家都打了几盆温嘟嘟的井水放在屋里降温。可是，一听说要给寡汉条子李铁丁办喜事，谁还顾得一个热字，哪怕出门一根屌两个蛋都热化了也要办喜事吃喜筵。这三十多年里，我一想起李铁丁的那场婚筵，还能感受到当年的那种燥热。现在天气稍微热一点，很多人就说地球变暖了怎么着的，其实现在这点热算根乌鸦毛，三十多年前的燥热才是真正的燥热，就像现在的金子没有了金子的意味，三十年前的金子才具有金子的真正意义。前年六月份我去非洲，正是热的时候吧，但是，我觉得非洲的燥热都比不上我们李庄三十多年前的燥热。不客气地说，那时候我们李庄的燥热经常创造奇迹，比如腿长臂粗身材魁梧的男劳力李瓶盖，人场里逞能夸耀自己能在烈日下光着腚站上十五分钟，结果才站上三分钟，一根大屌就给热化了。我们眼睁睁地看着，李瓶盖那根平素骄傲自满的坏东西就像一根大蜡烛，在烈日下迅速融化了，眨眼功夫就滴没了，就像一只黄鹂冲上云霄消失了身形，就像一帘幽梦消失了。亲爱的读者朋友，这绝不是个笑话，这是我们李庄历史上活生生的典型实例。

现在想想，我们李庄有史以来，没有一个人的婚宴办得像李铁丁的婚宴那么仓促杂乱，甚至还带有几分荒诞的意味。因为事发突然，先前毫无准备，好多新式规矩老式礼节已经顾不得了，但按照我们李庄千百年都不能变的老习俗，总得让参加婚礼的老少爷们吃顿像样的吧！所以，在治安主任李点苍的指挥下，我们李庄老少爷们齐上阵，把李铁丁家三十多只下蛋的母鸡全杀了，还有十八九只正下蛋的鹅也杀了。李点苍和李铁丁是堂兄弟嘛，打寡汉多年的老堂兄逮住一个摆喜筵的机会，再没有比他这个老堂弟更热情的了。还有小环，就是治安主任李点苍的太太，她那会儿的肚子大得吓人，谁也说不清里边有几个豪客或者十几个贼人，反正好像随时都会淌出来一个不好惹的，饶是这样，她照样在树底下杀鸡，一刀一个，每杀一只鸡就挺着大肚子浪笑好几声，好像杀鸡这活儿让她又解骚又愉快。李铁丁家的那头黑尾巴小白猪跳起来一溜白烟逃得无影无踪，他家的老牝牛膘肥体壮在我们李庄是有名的，当时正卧在河边树下闭目反刍口吐白沫。老牝牛嘴里发出的响声很粗笨，像用胶鞋底揉搓粗砂子。本来李点苍跟马楼的屠夫马肠学过杀牛，幸亏考虑到一头牛我们李庄老少爷们一顿吃不完，天这么热那可就浪费了，半吊子二性头李点苍才没杀牛。所以在李铁丁的婚筵上我们既没有吃到猪肉，也没有吃到牛肉。

李铁丁办婚筵的锅灶是我爹垒起来的，尽管当时有人和泥搬土坯，我爹垒好锅灶也就是半颗烟的工夫，但他热得好似掉河里刚爬上来，浑身湿淋淋地刚往树下一站，好像一泡磅礴的小便失禁了，片刻间脚底下汗湿了两大块。倒是我们李庄的大厨师李长腰厉害，在案子后边剔骨剁肉，脸上连一滴子汗都不出，一件洗得雪白的粗布褂子上也没冒一颗汗滴子，好像他是铁做的，好像他是石头的，好像他是外星人做出来的。李长腰身高五尺，腰长四尺，因为腰长，干脆没有了屁股。后来，我到了北京读书，但凡看到“手挥五弦目送飞鸿”这个句子，就会想起来当年李长腰在李铁丁的婚筵上大显身手的神姿，由此还能嗅到那些生肉在酷热的天气里散发着即将腐朽的淡淡的臭味儿。

论起来我爹算是李铁丁没出五服的六叔，平时李铁丁老是到我家串门，喜欢听我爹鬼吹灯，加之我爹又垒了他婚筵的锅灶，吃饭时自然坐在主桌上了。主桌上还有李点苍，我们李庄的治安主任嘛，李铁丁他娘“肺痨”和他老丈人。当然两个新人也都龇牙咧嘴地坐在主桌上了。也是因为事发突然嘛，新郎官李铁丁连胡子都没好好刮一下，就用“肺痨”针线筐里的剪子胡乱剪了几下，一嘴胡茬子长短不平，生了盐碱的草地一样。三十三四岁的人了，留个长头发梳个偏梳发型，本意想显得年轻一点，逢此风光时刻也不知道洗一下，虽然梳了几梳子，也是油腻腻贴在头皮上，好像老母牛刚舔过的新生小牛犊。好在他换上了红洋布褂子，又是王桥集上有名的裁缝方小凤做的，让三十三四岁的李铁丁好歹也有了几分青春气息。那时候的方小凤有四五十岁了吧，一天到晚嘴里生长着一根香烟，一丝烟雾一直在她脸上袅袅上升，烟灰无论多长她不弹就永远不会掉下来。她十四岁那年被一只混蛋公羊牴坏了左眼，所以到后来得了个诨名叫方疤瘌眼。她手艺好，敢于追逐时尚，给李铁丁做的这件褂子就是最洋气的大闪领款式。李铁丁高兴得不会说话了，一个劲儿地扭着脸弯着眼看樊梨花，好像他能琢磨出好办法把樊梨花吃到肚子里。

我现在想起来了，樊梨花当年好像也就是二十岁上下的样子，拜天地也没再换衣服，当时的各方面条件都不允许嘛，还是那件粉底碎枣花短袖褂子。倒是李点苍家太太小环点子多，找了两根红头绳，重新给樊梨花扎了两根羊角辫，扎得尿憋的鸡鸡一样昂扬，又缠了几缕子红头绳，也还是很有喜气的。樊梨花脸蛋上脖颈上都是汗，湿漉漉的，水淋淋的，看得很多人都想摸一摸，摸脖子摸脸都可以。她好像也不生分，架起筷子吃鸡吃鹅。我记得她好像没有吃一筷子黄瓜茄子豆角子，还有梅豆子。那时候我们李庄最喜欢种梅豆子，地边墙角，点上几颗活几颗，顺着墙头爬满院子，结梅豆子之前先开一院子花朵，有白的有粉的，好似家家都在做一场绚烂的春梦。

哦，我现在想起来李铁丁家老丈人的几分模样了。请允许我再说一遍：这个人长相有点奇异，他身材也过于矮小，头没有蒜臼子大，脸没有巴掌大，鼻子眼睛都是直勾勾的，好像锈在脸上了一样。以前我还在我们李庄时，给别人说这件事说过好几次，总是形容不好他，无法说准确他的走相和神情，后来我到了上海，到了北京，尤其是到了非洲，到了澳洲和南美洲，现在我终于可以说了：一条老鬣狗酒足饭饱之后在草丛里踱步的样子，就是当年李铁丁家老丈人在田间小路上走动的样子，酷肖酷肖的。

这个老丈人当天下午就走了。我说过他穿着白粗布长袖褂子，前襟子上六个直放光的铜扣子。李铁丁硬是塞给他的一盒玉簪牌香烟，就那么托在手里，他妈的，好像托块玉玺一样。他的裤子屁股上说不好是啥污渍，好像坐坏过七八个坏鸡蛋。他胳肢窝里夹着一个蒲扇大的黑色皮包，我们李庄大人小孩都知道是人造革的。他好像喝多了，走路就像过河不得底一样，上半截身子左右晃，下半截身子前后晃，好像随时都会倒地不起。他嘴里一直叼着半截香烟，香气扑鼻，但掩遮不住他身上散发的那种外乡人才有的气味。夏天汗流浃背的，我们李庄人的鼻子尖，一下子就闻出了他的体味，就闻出樊梨花的体味，都和我们李庄人的体味不一样，就像家狗嗅出野狗的体味和自己不一样。反正当时我们李庄的大人小孩都觉得他们的体味只有五百里之外的外乡人才能散发出来。不过当时不管真假反正是喜气洋洋的，我们李庄的大人小孩都忽略了这个，包括他们奇怪的口音。

李铁丁家这个老丈人只管沿着流粉河西岸往南走，我们李庄大人小孩都跟在后边看他的走相。到了秫秫地头我们就止住了脚步，眼看着这个老丈人在河堤和秫秫地之间的小路上摇摇晃晃越走越远。当时太阳已经落山，大群的蜻蜓从秫秫地里飞进飞出，在田间小路上和在流粉河西岸河堤上杨树行子里漫延飞徊。这个老丈人一会儿就不见了人影，好像被气势磅礴的秫秫地吸收了，又好像已经化入漫天飞舞的蜻蜓群里。

李铁丁家在我们李庄东头，三间堂屋两间西厢房，都是土趴趴房子。那时候我们李庄还没有一间瓦房，都是类似的土趴趴房子。但李铁丁很能干，他用自己研制的细麦糠泥把几间房子里里外外泥了一遍。他的研制成果很神奇，泥过的墙面干了以后不裂纹，光滑得就像北宋的金銮殿。我们李庄的农学家李得印说过，历朝历代的金銮殿都比不过北宋的金銮殿。于是，全庄人都想跟李铁丁学泥墙，都想把自家变成北宋的金銮殿，包括农学家李得印。但是，李铁丁这个丢人的寡汉条子不告诉大家秘方，气得好几个人见面都不给他搭腔了。李铁丁还拉了一圈高高的院墙，院墙上还安装了碎碗碴子碎瓶碴子，防奸防盗防夜生灵跳到院子里勾他的魂。李铁丁家两扇子大门也是好椿木的，每年过年都是请我们李庄的书法家大羔子写的门对子。是的，那时候，大羔子七八十岁了吧，也好像是一百二十多岁了，不管春夏秋冬，没有一天不把裤裆尿淌水的。别看他耳聋眼花，两只手抖得筛糠一样，但他右手一拿毛笔，全身马上坚定不移，神情顿时一丝不抖。大羔子毛笔字写得好，到年节我们李庄都找他写门对子，家家户户的门对子写的都是这两句：春风杨柳万千条，六亿神州尽舜尧。

那时候，像李铁丁家这样有形有款的院落在我们李庄仅此一家，也就是说，在我们李庄只有李铁丁这个人最能干。每年春天，李铁丁都会和后周庄他表哥周霸王一块炕小鸡，就是孵小鸡嘛；同时还开染坊，把一匹匹白色生粗布染成靛青色或黑色的熟粗布。后周庄在我们李庄北面三里地。周霸王和李铁丁是姑表兄弟。周霸王是个撇拉腿，翻译成普通话就是个瘸子，走起路来左腿一撇一拉的。我以前给人家讲说周霸王的事情，都会走几步摹仿他的撇拉腿。等小鸡孵出来，李铁丁和周霸王两个表兄弟就各自挑着两竹筐小鸡娃下乡赊销，顺便收些白生布回去染。他们表兄弟担着挑子开步走，长着一双好腿的李铁丁走得很慢，撇拉腿的周霸王走得很快，因此他们之间从来没拉开过距离。那时候我经常呆立在路边长时间望着他们走路的架势，那样子真是让我入迷死了。

当年，我们李庄人知道炕小鸡和染布匹这两宗生意很赚钱，但没人知道有多么赚钱，只是见李铁丁家老是添东西，这个月添个新方桌，下个月添个新衣柜，连大门上那把锈成一撮干屎状的妖精锁都换成了四棱子日本大洋锁。日本大洋锁金光闪闪，高级得很，钥匙往锁屁眼里一插一拧，当啷一声，锁鼻子和锁身顿时分成两下里，根本不像妖精锁那样，插上钥匙拧半天，还得扭半天锁鼻子才能打开门。当然了，从李铁丁他娘“肺痨”身上也可以看出他家里经济条件不一般，从穿着打扮到表情眼神——不说这个复杂而且虚无的了，单单看“肺痨”脚上那双高靿白球鞋，就可以很轻易地把她从我们李庄一群骚老婆子队伍里区别出来。外庄的人一看“肺痨”这等骚老婆子穿的那双白球鞋，就知道她家里财产情况了。骚老婆子“肺痨”啥时候买的以及她因为啥要买这双高靿白球鞋，大家可以趁便到我们李庄去打听一下。说到这儿你不禁又要问了，李铁丁家里条件这么好，他三十三四岁了咋还是个寡汉条子呢？这个问题，你去我们李庄打听“肺痨”买鞋的事情时，顺便也找李铁丁问他吧，你要能找到他，也许他会给你讲上一段岁月蹉跎的故事。

哦，对了，李铁丁和樊梨花大办喜筵这一年，我忘了“肺痨”高龄几许了。我估计我们李庄没人知道“肺痨”的真实年龄，就像谁都不知道这个骚老婆子做过什么样的迷梦。但我们都知道，自从樊梨花进门之后，“肺痨”的咳嗽一下子也好利索了，不管说话还是做事情，都是无声无息无形无影的，就像一骨节勤劳的空气。她天天早上都给樊梨花做好吃的。那时候我们李庄也没有山珍海味猴头燕窝，她也就是捏一小撮白面，最多两小撮，拌成大半碗面糊，就是那种粗砂子半吊子大碗，再打上一个鸡蛋，切一节子葱白末，用她家那口祖传五代的四寸小铁锅煎了三五片煎饼，上贡一样用细瓷盘子端到樊梨花床前，尽量用甜蜜的口吻低低说：“小樊，小樊，起来吃早餐了。”我们李庄的人在这种情境下，应该这么说：“你这个扒灰头骚妮子，日头都晒上猪屁股了，还不起来肏攮饭！”肏攮这两个字，我原以为只是我们李庄的方言，过了三十多年才发现曹雪芹的刘姥姥早就这样说过了。“肺痨”当然也会说我们李庄人的话，但她没有这样说，她说“小樊，小樊，起来吃早餐了”。那般腔调，那般用词，就像城里有文化有工作的人说话一样。我敢说，尽管“肺痨”年龄到了无限领域了，但她从没有去过县城里，真不知道这个骚老婆子从哪里学来的这般洋腔洋调。当时我们就像听见鬼说话一样，吓得魂不附体，目瞪口呆，面面相觑，农学家李得印像受伤的牤牛一样哞的一声哭了出来，接着屎尿齐流，鼻涕眼泪地跑走了。

我现在想想，三十多年前的我们李庄真是奇怪。那一阵子，李铁丁娶个新媳妇，就等于我们李庄的男女老少晚上有了娱乐节目。每天晚饭后，几乎全庄的人都鬼鬼祟祟悄没声地坐在李铁丁家高高的院墙下听动静，人人脸上都是皮笑肉不笑的。天气还是那个鬼天气，晚上也热得男人女人水淋的公兔子和母兔子一样，但没有一个嫌热的。经常是湿漉漉地等了半夜，才听到里边的一点点动静。好像俩人发生了冲突。就像我们李庄人一样，一发生冲突，先是推推搡搡几下子，很快就是拳脚搏击，继而有人失声尖叫。突然，冷不丁的樊梨花尖叫了几声救命，尖叫了几声“杀人了”。她的腔调绵软纤细，就像好听的黄梅戏。院墙外的大人小孩没有去救人的，因为都知道李铁丁偶尔杀只鸡手都哆嗦，都会把自己的手指头割淌血，他咋会拿把刀杀掉那么粉嫩好看的樊梨花呢！要是杀，也是用裤裆里那把小攮子，而那把小攮子是杀不死人的，这一点全世界都知道。大家一起屏住气，侧耳聆听李铁丁痛杀樊梨花的声音。可是，总也听不到这种杀声，到了最后总是听到李铁丁歇斯底里地呼喊救命，“哎哟喂，哎哟喂，快来救命呀！”接二连三，腔调不是个好腔调，连我这样十二三岁的鸟孩子都听出了焦急万分的味道来。可是，坐在院墙下的男女老少没一个动窝的，都是憋着气压着嗓子疯狂地笑个不停。那种憋着气压着嗓子的狂笑给我留下了深刻的凶残印象，让我这么多年一想起来心里边就会惴惴不安，继而恐惧就像烟雾一样弥漫了全身。这时候，“肺痨”出来了，她像个鬼影一样刚到门外，大家顿时踉踉跄跄朝黑影里遁去。“肺痨”打着手电筒，一边胡乱照人，一边扯着苍老的嗓门就像鬼叫一样瘆人：“点苍大主任呀，老少爷们啊，快救救俺家丁吧！小樊啊，那个小樊啊，揪住俺家丁的人参不丢手，揪多长，快揪掉了呀！”

第二天还是第三天，也许应该是第四天或者第五天——毕竟三十多年过去了，我实在记不住那个准确日子了，就算是第六天吧，我亲眼目睹了李铁丁的人参被樊梨花揪后的可怜样子，如今想起来那个悲惨的鸟模样还是心有余悸。

那天我爹领着我到秫秫地里打秫叶——那一年，好像刚包产到户第二年还是第三年，我们李庄各家各户在流粉河西岸的地里都种了秫秫。流粉河是我们李庄村东头一条南北向的河流，除了有一个叫人想入非非的名字，其实就是一条稀松平常的乡村河流，夏天雨水多，河水丰盈，鱼鳖虾蟹泥鳅黄鳝横行霸道，秋末以后雨水少，水里各种生灵逐渐消失了，刚入冬天就近似干涸。流粉河西岸大约有七八百亩田地，因为上一年种的都是烟叶，庄稼人都知道，经济作物嘛，榨油似的吸肥，一季子烟叶把地力都拔尽了，下一年不管上多少化肥，再种小麦芝麻类的细粮也长不好了。土地就是这么有规律的，就是这么神奇的，头一年你搞得太狠了，第二年就不好好给你搞了。所以，我们李庄的人根据丰富的种田经验，一律种上了秫秫。秫秫这种糙粮好伺候，有那么两袋子磷肥加上几泡屎尿撒地里就行了。秫秫到了抽穗季节，得把下部和中部的叶子逐步采掉，以保证通风，以保证足够的养分供秫穗子吸收，成长为红彤彤沉甸甸的秫穗子，就像电影里的那样好看。我们李庄把这个工作叫做打秫叶。

这一大块田地有我家七亩七分地，那一年种的也是秫秫，和李铁丁家的三亩六分地挨边——我得发个毒誓，这个不是我为了讲故事才这样安排的，真的是当年包产到户分地时就这样分的。后来我看到有很多人写文章，把打秫叶说成是很浪漫的劳动，那都是鸟知识分子抒情说漂亮话的，我们李庄人不说漂亮话，我们说真话：所有农活里再没有比打秫叶更难受的了。你要是种过庄稼的话，当然，现在种过庄稼的人成了稀有动物，他妈的，差不多都到城里打工了。我的意思是说，要是你种过秫秫的话，就一定知道秫秫都是密植的，两亩秫秫地就可以遮天蔽日，几百亩秫秫地是个啥阵势你肯定没见过。打秫叶又是暑天最热的时候，又是秫秫病虫发作的高峰期，每一棵秫秫上都布满了肉眼看得见和肉眼看不见的各种病虫，你在秫秫地里打秫叶，这些孬种病虫就会密密麻麻地落在你身上头上，落在你脖颈子里和胳膊上，就像糊了一层稀屎，黏糊糊的你也不知道都是啥生灵。我们李庄的农学家李得印说，这些病虫有的叫麦二叉蚜，有的叫麦长管蚜，有的叫玉米蚜，有的叫谷禾缢管蚜，有的叫榆四条蚜。他见大家听不懂，先是傲慢地咳一声吐口痰，接着蔑视地说："总之，这些病虫统统叫作高粱蚜。"农学家李得印是我们李庄的大能人，尽管他家的庄稼也不是长得最好的，但他照样啥都得比别人洋气点，秫秫他叫作高粱，玉蜀黍他叫作玉米，黄豆他不叫作黄豆，也不像我们李庄所有人那样叫作豆子，他妈的叫作大豆。论说我爹在我们李庄也算是个大能人，但只要李得印在场，他只好自愧弗如，接二连三地赞扬人家："哎呀呀，你这个歪屌日的邪性货，咋就懂那么多呀！"……我真恨不得把你变成个庄稼人，让你尝尝打秫叶是个啥滋味。尤其是，这么七八百亩秫秫，遮天蔽日阵势磅礴，你到了秫秫地里就像进入了迷宫差不多，你进了这几百亩秫秫地里，干好事干坏事都没人知道，就是被鬼吃了都没人知道。我们李庄一些骚男人都厚颜无耻地说过，一进了这块秫秫地里，就想和娘们压摞摞。

那一天李铁丁也到地里打秫叶了。

我说过我家的秫秫地和李铁丁家的秫秫地挨着嘛，打秫叶也是碰上过好几次的。我见过李铁丁打秫叶很麻利，像个加足了马力的机器人一样快。这一天李铁丁有点慢了，好像手腕和脚脖上都坠了十斤重的磅砣，好像他的胳膊腿关节都生锈了。我爹是个明白人嘛，当时他皮笑肉不笑的样子今天依然如在眼前，他眯着眼看李铁丁打了几片秫叶，然后就哧哧地笑着教训李铁丁："歪屌日的，看着是个蜜蜜罐，实际上是个毁人炉！这大热的天，农活正上手，你他娘的也天天弄她呀！"

我爹说了两遍，李铁丁都没应声，好像有点开不起玩笑似的，眉宇间都是恼怒的意思，而且胳膊上脖子里头脸上落了一层高粱蚜，就像糊了一层黏糊糊的稀屎。我爹总是喜欢一鼓作气把别人的邪火脾气惹出来才算甘心，他又说了一句："你弄的也对，弄大她肚子就稳当了。"

这下子，李铁丁气得浑身直发抖，他愣怔了足足有三秒钟，然后踉踉跄跄地穿过稠密的秫秸秆，在我爹面前站住了，我以为他要给我爹一记响亮的耳光，结果他一下子把自己的裤子脱掉了，他妈的这个粗鲁货连裤衩都没穿。我爹尖锐地哎呀一声，又尖锐地哎呀一声："个歪屌日的！大肠头子都拽出来了！"

我不免也看了一眼。李铁丁那个东西像个伤痕累累的大棒槌，充满了悲伤的诗意。尤其让我不解的是，他的两个蛋也就是睾丸活像紫茄子一样大，简直比我们李庄的著名大气蛋李更新的蛋还要大！李更新五十多岁了，他的阴囊疝是闻名方圆二十多里的，天天裤裆里就像骑着一个大茄子一样走来走去走了一辈子茄子也没有变小。讲真的，李铁丁裤裆里的红肿景象十分悲惨，他妈的几乎成了我青少年时期的一个噩梦，让我的青春期变得单调乏味没有了乐趣，也避免了犯很多错误，因为每当我单独和女同学在一起时，我就会想起李铁丁裤裆里那一堆物件的可怜样子。

那一天，李铁丁不但给我爹看了他裤裆里的惨事，还给我爹说了别的事，也就是前几天他在地里打秫叶，快晌午顶时他到地头喝水就看见了樊梨花和她爹这件事。说到这儿，李铁丁脏兮兮地瞄了我一眼，我爹一见李铁丁这个举动，马上严肃地给我使了个"滚远点"的眼色。这是我们李庄的规矩，因为你是个十二三岁的鸟孩子，在人场里，大人们可以随意把他们丑陋的人参掏出来给你看，不管他们的人参是大得吓人还是小得吓人，或者被弄成李铁丁这副惨样子，他们都毫不羞耻略带几分淫荡意味地掏出来给人参观。哦，我们李庄的大人小孩都把鸡巴叫作人参。娘们儿也是这样。嫂子辈的女人们要是和淘气的鸟孩子闹将起来，基本上都会当众掏出垂了三尺长、形象令人呕吐的瞎奶子喂你奶喝。我们李庄的大人小孩都把灰渍斑斑没有奶水的奶子叫做瞎奶子。但是，他们大人一旦说点鸟事情，气氛顿时变得肃穆起来，一准会把你赶得远远的，仿佛他们要交流一下彼此的心脏或者灵魂是啥颜色的，是方形的还是圆形的，是香喷喷的还是臭烘烘的。我对大人们的心脏或者灵魂之类的鸟玩意素无了解的志向，就像对他们的人参和瞎奶子没有任何兴趣，所以恨不得一步就迈到了地头，捧起罐子爽爽地喝一气凉白开。

当年我们李庄人下地干活都要带一罐子凉白开。就是那种瓦罐，从罐口到里边有一层锃亮的红釉子，就像新杀的猪血一样红艳艳的，外边罐口以下就是粗糙的原土色了，脏兮兮的，就像我们李庄老少爷们的脸色差不多少。三十多年前，这种瓦罐对我们李庄人作用很大，夏天下地干活用它盛凉白开，百年不遇买了斤把肥猪肉炼了油也用这种罐子盛起来。夏天里熟猪油散发的香味勾人魂魄，冬天里它凝固成那种白色——白得就像小环的奶子。我说过了小环是我们李庄治安主任李点苍的媳妇，我们李庄人都知道她的脸黑蛋一样，哪里料到她别的地方会白。冬天李点苍召开全村冬季安全会，说起了罐子里的熟猪油也是易燃物，他说熟猪油看着白莹莹的很喜人，要是着起火来比劈柴还凶猛，就像小环的奶子，一着火就把他烧成了死牛一般，两只脚僵翘翘。于是，我们李庄的大人小孩都知道了，小环脸虽黑，但她的奶子就像熟猪油那样白。那时候我只是个十二三岁的鸟孩子，一个乡下的鸟孩子，一听说这么白的奶子把李点苍这个粗糙壮货的两只脚烧成僵翘翘的了，就觉得也不是啥好东西。日月经年，到了现在我才知道，那个时候，我们李庄不仅用这种罐子盛水盛油，还盛满了性的想象。后来，随着时代的发展，生活条件好了，这种罐子逐渐演变成尿罐子或者屎罐子。但是，如果它继续存在下去的话，总有一天会变成值钱的罐子，就像那些珍贵的青花瓷。因为时间是很厉害的，它能够不动声色地改变事物的方圆和内涵。

我之所以在这里牵古扯今说罐子，是因为李铁丁下地干活也拎了这么一罐子凉白开。我们李庄的大人小孩都知道，李铁丁的这罐子凉白开不一般，别人一罐子凉白开就是一罐子凉白开，但李铁丁这罐子凉白开是放了糖精的凉白开。

三十多年后的我们都知道糖精不是啥好东西，但在当年，一罐子凉白开里放上几粒糖精，就变成甜的了，那么，即便这几粒糖精是剧毒的，喝了就会死翘翘，我们李庄的大人小孩也会欢天喜地争着抢着把这罐子甜水喝光光。自然了，那时候的糖精水至多有毒，喝了至多是个死，现在的甜水里你说不上来都有啥东西，喝了你能不能死得了都成问题，你有可能变成连你自己也认不得的怪物。李铁丁打秫叶一口气快干到晌午顶了，口渴难捱，他回到自家地头水罐子跟前正准备喝甜水，一卖眼，天注定，他就看到了樊梨花和她爹。他们过来把李铁丁的一罐子甜水喝了，然后就跟着他回家了，然后李点苍这混蛋就张罗着把喜筵办了。

说到底，我爹和李铁丁在诗人们称之为青纱帐的秫秫地里，所谈的秘密我就听到这些，因为我当时心不在焉，因为我急着走到地头偷喝几口李铁丁那罐子放了糖精的凉白开。

晌午顶回家吃饭，我爹还没端上碗就喜笑颜开地把他知道的说给我娘听，我娘还没听完就端着碗赶紧到胡同口吃饭了。在我们李庄，当爹当娘的说啥事都是这样的，一个说一个听，听完听不完都是赶紧往胡同口跑。当然了，我暂时还不知道他们说的都是啥，因为我们李庄的爹娘说事情时就会用独特的方式把小孩子赶得远远的，比如瞪眼，比如敲几下碗筷，比如干咳几声或者一声叹息，或者嗓子里发出几声怪怪的声音，就像老斑鸠发情的叫声。不管他们用多么暧昧的方式，我们这些小孩们总能及时准确地明白他们的意思，赶紧滚到院墙外边或者滚到天边去。

一顿饭还没吃完，我们李庄三岁的小孩都知道了，樊梨花和她爹都是四川达县人，后来传成了是福建三明人，到了我耳朵里就变成了陕西凤翔人。我现在暂且称之为外乡人。他们远来投亲不着，路过流粉河西岸秫秫地头时，差点渴晕了，李铁丁这骚货就趁机用一罐子糖精水把他们哄回来了。讲真的，三十多年前我们李庄闲言碎语的传播速度几乎是6G的。过两天我们还知道了那个头脸像印度猪鼻蛙走路像非洲鬣狗的老丈人走那天，胳肢窝夹着的那个黑色人造革皮包里装着李铁丁给他的三千块钱。他妈的，三千块钱！三千块钱，真他妈的！三十多年后我依然认为，三十多年前三千块钱对我们李庄的大人小孩都是天文数字。当时我们李庄的人又惊又恨又后悔，要是早知道这个老龟孙包里装了三千块钱，至少有八十人会藏在秫秫地里，就像当年游击队埋伏在青纱帐里袭击日本鬼子一样，把那个癞蛤蟆日的三千块给他抢下来。

那几天，李铁丁受伤了嘛，我们李庄的大人小孩都知道伤在哪儿以及伤成啥样了——这个主要是我和我爹的功劳。但是没有人关心这个，根本就没有人把这个当回事，因为我们李庄大人小孩都懂得，瓦罐不离井口破，大将难免阵前亡，一个天天使用小攮子的人，要是弄不伤别人，再不把自己弄伤了，那还玩啥小攮子嘛。只有李铁丁他娘“肺痨”在人场里装模作样地说，她家丁的腰闪住了。这个骚老婆子说了好几回，好像人人都相信她的话，好像我们李庄的大人小孩得了集体健忘症，忘掉了几天前她在深夜里像钟馗抓住的小鬼一样惨叫不已。

于是，那几天我们看到樊梨花担着柳木筲到官井里打水。

三十多年前，我们李庄还没有自来水，吃水都是到村中央那口官井里打水，就是担水嘛。有的人家使用的是白铁桶，有的是柳木筲。白铁桶大家都见过啥样子，就那种轻浮样子；柳木筲估计没几个人知道是啥样子的了。想当年，我们李庄只有三家使用白铁皮水桶，绝大多数人家使用的都是柳木筲，李点苍家使用的是柳木筲，农学家李得印家使用的是柳木筲，我家使用的是柳木筲，李铁丁家使用的也是柳木筲。我曾经是这样理解的，柳木筲打的水干净，有植物的信息在里边，有唐诗宋词的遗韵在里边。白铁皮水桶不管是打了水还是空着桶，担在肩上走动起来总会发出轻佻的铁皮响声，柳木筲就不同了，不管是空着桶还是打满了水，担在肩上走动起来它发出的声音怎么说好呢，就像一对好男女在沉重的木床上发出的那种美妙不可言传的响声。我说这话的意思，就是想说一下樊梨花担着柳木筲到官井里打水的情景。

论说女人挑担子水在我们李庄算个啥，治安主任李点苍的太太小环肚子大得快要砰一声了，照样天天挑着柳木筲去官井里打水！哦，我说的不是打水这个活儿轻重的问题，也不是说我们李庄的娘们多能吃苦耐劳，我是说看到樊梨花挑水时我们李庄大人小孩才发现原来女人挑水这么好看。

故事发生在夏天嘛，穿着单薄，樊梨花又穿着那件引人想象的粉底碎枣花的短袖小褂子，她挑着一担水走起来，她的奶子她的腰，她的大腿还有小腿，尤其那两瓣凉粉般颤颤巍巍的屁股，都显得格外生动。一直让我们李庄大人小孩刮目相看的那两条白生生的胳膊，一条搭在扁担上掌握着方向，一条随着步伐前后甩动，就像两条温顺的美女蛇一样叫人颠来叫人狂。伴随着柳木筲发出的那种声响，樊梨花从谁面前一走过去这个人马上就会凝固了，包括治安主任李点苍的太太小环。小环曾经是我们李庄的美人尖子，虽然生活作风我不敢说牢靠不牢靠，但平时她都是走在路当央的，那天一看樊梨花挑着水迎面过来了，她赶紧麻利地移到路边，那么大的肚子，那一下麻利，令人惊叹，然后双脚焊住了一样，还一个劲地吸肚子，生怕挡了樊梨花的路一样，恨不得把自己的大肚子吸没了。

到现在我还记得，那一天樊梨花挑水时脚上穿着一双奶白色塑料凉鞋，还穿一双粉红色玻璃丝袜子。当时我们李庄老少爷们又眼红又激动，纷纷猜测樊梨花既然能穿这么好看的玻璃丝袜子，那她的小脚恐怕得是金子做成的。说实话，三十多年前我们李庄一年四季没有人穿过袜子，更别说夏天穿凉鞋了。农学家李得印用架子车轮胎剪制了一双黑胶皮鞋子，算不上是凉鞋，他赤着脚趿拉着，脚底下像是踩了两只癞蛤蟆。李得印的脚后跟又糙又厚又裂纹，糟树根一样都快烂掉了，喂狗狗都不吃……樊梨花挑着水在村当央走动，我们李庄的男女老少不管干啥，哪怕也是打水，甚至和她迎面而来，也都会像小环那样麻利地移到路边，止住步子，满脸带着含义复杂的笑容，看着她从自己身边过去。我那天也是挑着柳木筲去官井里打水嘛，哪里想到会和樊梨花迎面相逢，我赶紧闪在路边，焊住双脚，等她担着柳木筲忽闪闪过去后，我感到一股气味落到我脸上，我说不清是啥气味，那感觉就像脸上落了一股子马叽嘹子尿。我们李庄人所说的马叽嘹子，在北京上海包括香港这样的大城市里好像叫做蝉。马叽嘹子交配后就会迅速飞翔，并在飞翔中撒下一泡大尿。

一开始说这件事，我就声明了时间是一把杀猪刀，把老子的记忆力也割掉了不少——又差一点忘了，我当时还仔细地观察了一下樊梨花的那双手，白白净净的，圆圆胖胖的，就像刚出壳的小鸡娃。真是人不可貌相海水不可斗量，这么好看的一双小手，肯定没有多大的力气，但想必一定具有神奇的魔法，否则不可能把李铁丁的人参变成大棒槌，也不可能把李铁丁的睾丸变成紫茄子。而那位先生——就是骑着大棒槌和紫茄子的李铁丁，当时就倚在胡同口一棵两搂粗的大槐树下，眯着眼张望着挑水的樊梨花，他还穿着那件大闪领款式的红洋布褂子。他娘“肺痨”穿着布满鹅鸭屎渍的高勒白球鞋，就站在他旁边，这个骚老婆子也眯着眼张望挑水的樊梨花。那棵大槐树枝叶繁茂，洒下浓厚的阴翳，罩在李铁丁和他娘“肺痨”差不多同样苍老的脸上，真让我辨不清他们脸上的表情是悲伤还是喜悦抑或是发呆或者陶醉。

樊梨花在我们李庄那一阵子，她担着柳木筲到官井里打过几次水，可以说，这几乎就是她在这件事情中最灿烂的部分，给我们李庄老少留下了难以磨灭的记忆。后来一旦说起这个来，还有好几个娘们学樊梨花挑着一担子水走路的样子，包括治安主任李点苍的太太小环，尽管她的肚子已经瘪了，原先凹进去的屁股又像个大肿疮一样鼓起来，但是，除了冲天的骚劲头子，她根本学不出樊梨花担着柳木筲走动的那副风致来。

展眼之间，流粉河西岸的七八百亩秫秫成熟了。成熟的秫穗子就像一簇簇浴血的红珍珠，一坨坨红彤彤沉甸甸的低着头，尤其在夕阳下，七八百亩秫穗子恍若血海，很有一种悲壮而深远的感觉。成熟的秫穗子在夕阳下开始呈现它的性能，直接地，没有来由地，一下子就把人的情绪全部呼唤出来了。干过庄稼活的人都知道，秫秫成熟了，就得用钐刀子把秫穗子扦下来，送到场里彻底晾晒了再脱粒。我们李庄人嘴里的钐刀子，绝不是词典上解释的那种，它只是一拃长三指宽的单刃刀片，秫秫成熟的时候，就用这种刀片把秫穗子扦下来。从这个意义上讲，钐刀子这三个字我也不知道写的对不对，但我敢肯定的是，它的锋利天下无敌，熟手老农只用一只手操着钐刀子就把秫穗子扦下来了。顺便说一下，我们李庄把这种劳动叫做扦秫头，具体操作就是左手把高高的秫秸秆拉弯腰，右手握着钐刀子把秫穗子扦下来就行了。

七八百亩秫秫不是一家的，不是同一天播种的，所以不可能同时成熟。刚开始那天，下地扦秫头的也没有几家，这么阵势磅礴的秫秫地里，只有几家人在地里干活，几乎等于没有人在地里干活。我亲眼所见，我家秫秫地和左右邻地是同一天播种的，所以那一天我们三家都到地里扦秫头。我说过李铁丁家的秫秫地在我家的左边，我家右边是农学家李得印家的八亩七分秫秫地。李得印家的秫秫自从抽穗，他就用好几种颜色的钢笔在很多秫秸秆上画上神秘的各种符号。他的几杆钢笔品牌不一，都是残缺不全的，每杆钢笔都用线绳和布条缠头裹脑弄得像个伤员。现在我猜测他应该是记录秫秫生长发育过程，当年真的以为李得印这个魔鬼给他家的秫秫施魔法，将来他家的秫秫颗粒会长得就像枣子那样大。结果，到扦秫头了才发现他家的秫秫穗子和我家的没啥两样。但是，李得印在扦秫头时，那副得意样子好像他家的秫秫比我家的长得好六倍。我爹皮笑肉不笑，一个劲儿赞扬李得印家秫秫长得好，真不愧庄稼行里状元，“哎呀，你这个歪屌日的，赶紧去北京农业科学院当教授吧”。农学家李得印没搭腔，他很神秘，干活时从不和人说话，只喜欢自言自语，他那瘦得刀刃似的屁股扭来扭去，好像皮影戏里的毛驴屁股。

我砍下几根扦了秫头的秸秆，踩成麻披子状，把我爹扦下的秫头打成捆，然后扛到地头小路上的架子车上——请不要拿上海呀北京呀香港呀那些大城市里十二三岁的小孩来想事情，想当年我们李庄十二三岁的小孩虽然不像他们那样吃了数不清的糖果，但我们不管在家里还是在地里已经像头成年骡子一样扛活了。我前边说像我这样十二三岁的鸟孩子是半个劳力，那只是谦虚，深知劳动艰辛的人都具备这种美德。所以前边我说自己担着柳木筲到官井里打水，那不是凑趣，绝不是为了点缀樊梨花打水而信口开河。

就这样，我扛着一个个秫头捆子在茂密的秫秫地里一趟趟穿行着，几乎每趟都会听到农学家李得印放一个又响又长的屁，一听响就知道他这两天没少吃大豆。每次李得印放屁之后，他儿子李光仁就会大声嚷嚷一句："真是个好爹！"李光仁那时才二十岁出头，整天干些劁猫骟狗的勾当，并以善于嘲讽他人而闻名于我们李庄。每次李得印放屁之后，我爹也会大声提意见，他请农学家不要说英国话也不要说美国话。可见那时候我爹根本就不知道美国人和英国人基本上说的都是一个语种。

我家秫秫地左边的李铁丁干活时总是闲不住嘴，他也是个说话高强大喉咙的人。他一边扦秫头，一边讲说他春季里下乡赊小鸡和染生布的事。他大声吆气地讲说炕小鸡和挑选小鸡娃需要注意的技巧，以及染生布要掌握火候和煮染的时间。他很有耐心，说话叫人听得好似吃蜜蘸糖，腔调口吻可见他心情美如画，好像他的大棒槌和紫茄子消失了。我那时候对这些农村谋生技能不感兴趣，只是支棱着耳朵聆听樊梨花偶尔向李铁丁咨询几句染布问题。樊梨花低声细语，说话腔调软软的，叫人听了心尖就想化了淌掉。三十多年前我虽然只是个十二三岁的鸟孩子，但我们李庄的小孩对这个事情还是相当明白的，所以当时我就知道樊梨花这块面团被李铁丁揉到劲了。我还盼着我爹或者农学家李得印或者他儿子李光仁能接上李铁丁和樊梨花的话把子说几句，把我心里的这点判断说出来，可是他们三个粗人只管在那儿说李得印放的屁，根本就不接话把子。李铁丁说完染布又说小鸡娃，把一件事说得就像解娘们身上的啥带子，又详细又琐碎又有趣。他说有一回在马楼那庄赊小鸡娃，马如龙他娘偷了三个小鸡娃藏在布衫子里。马如龙是个有名的赤脚医生，方圆十几里都到他家瞧病，他娘真给他丢人，当时就被抓住了。“小樊，你不知道，那个骚老婆子多不讲理，偷了我的小鸡娃，还把我的脸抓了几把，小樊，我左腮帮子给她抓得跟鹰搂的一样，小樊，我右腮帮子给她抓得也跟鹰搂的一样。”李铁丁左一个小樊，右一个小樊，腔调和“肺痨”酷肖酷肖的。李铁丁说：“小樊，你评一下马如龙他娘讲不讲理嘛，小樊，小樊，喂，小樊，小樊！你在尿尿吗？樊梨花，樊梨花，你在哪儿尿尿呀，喂，樊梨花，喂喂，樊梨花啊啊啊啊。”

樊梨花就是这样从秫秫地里消失的。

当时农学家李得印的儿子飞回庄里叫人，我们李庄的大人小孩都到秫秫地里来了，全庄人在稠密的秫秫地里窜来窜去，好像逮鹌鹑一样，低声传说，相互询问，手拉手压着嗓子呼喊着樊梨花，在七八百亩秫秫地里耙地一样走了两三遍。樊梨花好像已经幻化为一株秫秫，消失在气势磅礴的秫秫地里。

三十多年来，我一想这个事就觉得蹊跷之至，但根本无解。我印象里那天下午变得有点短暂，好像很快就到了夕阳西下时分。全庄大人小孩无不张皇失措，聚集在流粉河西岸和秫秫地之间的田间小路上，纷纷议论着这件事的来龙去脉。都说从那天樊梨花和她爹一进我们李庄就看出来两个狗男女就是放鸽子的拐子，人家单单在秫秫地头的小路上遇到李铁丁，那准是早就打听好的买卖，摸准了李铁丁是个寡汉条子，家里有钱得很，百万军中取上将首级，轻而易举骗走了三千块钱。那时候我还不懂啥叫放鸽子的，我也没见过三千块钱，估计得十天半月才能数得清。当时我脑海里还浮现出那个老丈人在这条田间小路上行走的情景，他胳肢窝里夹着一只黑色的人造革皮包。李铁丁坐在秫秫地头哇哇叫地哭泣着，他手里还拿着钐刀子。天色晚了嘛，那柄钐刀子也没有光亮了，就好像一块古时候的刀币那么灰头土脸的。李铁丁的胡子好像一下子长出来半拃长，东倒西歪，他那样子更像一只因捕猎苍狼受了重伤而奄奄一息的秃鹫。过了这么三十多年我还忘不掉这个印象。当时大家怕他想不开半夜里上吊了，因为我们李庄有几个吊死鬼在上吊前情况就和李铁丁目前的情况一模一样。

我们李庄的人，一旦反对什么或者吃了亏上了当受了损失，就会发狠发傻发毒誓，就会不计后果眼也不眨地拿起剪刀剪掉自己的一只耳朵，或者拿斧子砍掉自己一只脚。我说这话绝不是耸人听闻，更不是故弄玄虚，袁世凯称帝那年，我们李庄一个人反对帝制，气愤得割掉了自己的头颅，自己拎着血脑袋挂在村当街的那棵老枣树上，吊了好几年。最后，那个骷髅头也不知道是被人偷去当装饰品了还是黄鼠狼拉走了。我说这个的意思就是想告诉你，我们李庄人发毒誓下毒手惩罚自己这档子事是有渊源的。

就像我爹一样，我也没能看到李铁丁剁掉大拇指的精彩时刻，因为那天一大早我去我舅舅家取好吃的了。我舅舅是个手艺人，就是劁猪骟狗那种行当嘛。那天下午，我拎着一大兜子用大粒子盐腌好的猪腰子狗蛋一回到庄里就听说了这件事。我赶紧跑到李铁丁家里。真庆幸，我看到了李铁丁的那根大拇指。当时他家院子里好多人在那儿参观，骚老婆子“肺痨”穿着白色高勒运动鞋，两只鞋上的鞋带子提溜耷拉的，她把那根大拇指捧在手心里给人看，仿佛她儿子有骨气她脸上很有光一样，她满脸又自豪又矜持的神情，两个眼角里满是眼屎，眼睛里闪动的光芒也比较模糊。我觉得“肺痨”手心的那一根大拇指没啥了不起的，就像一个污秽的死黄鳝头，又像一截快要干透的屎橛子，在傍晚的天色下微微闪烁着黯淡而深沉的光点，就像一个暧昧的法器，包含着神秘的元素，散发着天地开始和宇宙结束的强烈意味。李铁丁萎缩着身子蹲在院子里的那棵枣树下，他把缠着一团灰布的左手揣在怀里，那架势好像抱着一件恶毒的杀器。在人们既惊诧又幸灾乐祸的低声细语中，李铁丁猛一抽身子蹿了起来，好像要发火，好像要歇斯底里地喊叫一嗓子，结果，他只是咽下一口吐沫，就像咽下一声呜咽一样，然后，神情颓唐地出了院门。他走过我面前时我不敢看他的脸色，只是听到他肚子里或者胸腔里咕咕咚咚的一阵子乱响，就像旷野里牛车行走在凸凹不平的砂礓路上。

刚刚吃完晚饭，村当街传来一连串“肺痨”鬼一样的惨叫声，于是，我们李庄大人小孩都知道李铁丁跑没影了。这时候，天早就黑透了，壁虎们趴在房檐下高昂着脑袋准备扑食飞舞的蚊虫。我们李庄的人议论纷纷，都说李铁丁准又是到秫秫地里找樊梨花了，这两天他天天在秫秫地里游荡，失了魂一样。于是，治安主任李点苍就带领着全庄的男女老少提着马灯打着手电，乱嚷嚷着拥向了流粉河西岸的秫秫地，就像那天寻找樊梨花一样，手拉着手又把七八百亩秫秫地梳理了三四遍。一直找到后半夜，找到黎明时分，我们没有找到活的李铁丁，也没有找到死的李铁丁，即便找到他的一根手指头也好啊，但是，没有。三十多年过去了，我们李庄大人小孩再没见过李铁丁，也没有人听说过李铁丁的任何讯息。对于善于制造谣言和传奇的我们李庄人来说，这个状况简直是不可思议的。所以，到现在也没有人相信李铁丁死了，人人都认为他是去远方寻找樊梨花了，每一个人都相信，有一天李铁丁会突然回到我们李庄，右手牵着大腹便便的樊梨花，缺了拇指的左手牵着一个半拉橛子或者是个骚妮子。可是，三十多年过去了，眼看着我们李庄人的愿望变成了叭叭狗吃月姥娘——月姥娘是我们李庄的方言，翻译成普通话就是月亮的意思。

三十多年过去了，我依旧记得那天夜里我们李庄大人小孩在稠密的秫秫地里寻找李铁丁的情景。呼喊声夹杂着嬉笑声，像一股愤怒与喜悦交织在一起的浑浊河水，毫无规则地在秫秫地里流淌着。马灯活像幽灵似的四下飘移着，手电光到处乱晃，弄得整个秫秫地里光影斑驳陆离。虽然秫穗子已经扦完了，没有了秫穗子的秫秸秆更加挺拔，更加突兀，更加森然，更像诗人们赞美过的青纱帐。尤其是手电光胡乱闪动着，胡乱割碎了黑暗，使深夜里的秫秫地十分瘆人，叫人感到宽大无比的秫秫地深处隐藏着形形色色的厉鬼。大家有些胆怯，声音逐渐脆弱地相互呼喊着，缓缓从秫秫地里钻出来，大人孩子无不长长地呼吸了几口气，望着逐渐稀少的漫天星星，那感觉就像从狼群里归来，就像虎口里逃生，就像高低冲出了地狱，就像终于脱离了苦海。

08

技师

我们李庄的男女老少一直等到太阳落进地底下了，我爹才领着大名鼎鼎的苏技师回到庄里边。当时天已经麻挤眼了，那年头我们李庄还没有通电，到了这个时辰，一切看上去都是影影绰绰的。我爹提着苏技师的行李，也就是一个薄薄的被褥卷，一只鼓囊囊的人造革黑皮包。苏技师俩手蜷缩在小肚子上，好像抱着一顶棉帽子。他俩当时也没有说啥话，就那么鸦雀无声地并排走到了我们这群人面前。我们正凝聚视力想看清楚苏技师的穿着和长相，一只猫忽地一下从他怀里跳了下来——多少年了，苏技师的故事就像我胳肢窝里的一个疮，我一直是既想戳破它又担心它真破了。反正每次一想到苏技师，首先脑海里就会出现这个画面，尤其那只猫冷不丁地跳下来，就像在梦境里一样。

说这话是土地包产到户两三年的时候，也可能是第四年了，粮食产量飞速提高，天天吃四五顿饭都吃不完了，有的人家烧包，天天都吃七顿饭。上面一看这个状况有些怪，好像担心群众都吃傻了，就号召农民种些经济作物，别的地方种的啥作物我不知道，反正我们那一带种的都是烟叶。当时，我们亳州市还叫亳县嘛，亳县以北比我们亳县以南早两年种烟叶，听说很多人家发了财，又盖瓦房又盖楼又买摩托车，鸟男人都娶两个媳妇，有的人娶仨，个别过于富裕的娶四五个。加上我们乡政府又是开会又是喇叭又是标语，宣传得很厉害，说种烟叶等于种金条，等于种金叶子，烟叶炕好了统一收购，一年下来保证家家盖小楼盖瓦房。我们李庄当时住的都是土趴趴房子，到了下雨天没几家不漏雨的，所以对娶几个媳妇没有兴趣，一听说种上一年烟叶就能盖小楼盖瓦房，那就像吃了兴奋剂和大力丸一样，老少爷们无不欢天喜地干劲十足，或三亩或五亩，家家户户都种了烟叶。

现在想想也真是了不起，我们李庄从先秦以来都是种粮食作物，尽管各个历史时期的各种粮食作物收成高低不等，但芝麻绿豆小麦黄豆玉米扁豆红芋豌豆都还是会种的，就是不会种烟叶。我不知道这里边出了啥情况，从烟叶育苗到栽种，再到生长期间的管理，我们李庄也没经人指点，就那么稀里糊涂硬是把这些事情做好了，可见我们李庄人种地既有传统的智慧敢于摸索，更有新生的胆量敢于试验。烟叶长势喜人，遍地翠绿，眼看着就可以上炕烘烤了。这时候传说来了，传说烟叶烘烤技术非常尖端，以前造原子弹都没有烤烟叶难度大，绿油油的烟叶只有烘烤得好，才能变成金条变成金叶子，要是烘烤技术不过关，那连干树叶子都不如，扔粪坑里沤粪上到地里都不长庄稼，还不如狗屎好。问题是，我们李庄没有人会炕烟叶。

想想那一阵子，我们李庄真是愁云满村。

这个时候，上面给每个种烟村庄派了一名烤烟技师，扎根落户，直到烟叶季子结束技师才能回去。通知上说，派到我们李庄的这个技师姓苏，让我们李庄某月某日派专人去接，并且要保障好苏技师的食宿等问题。这自然是个喜讯，我们李庄一边准备苏技师的吃喝拉撒睡等等，一边按照我们李庄的老规矩，派了几个人出去打探消息。我们李庄辈辈都不缺具有间谍才华的人，很快就把消息打探回来了。据说苏技师是个高级技师，连着两年都是亳县以北烘烤烟叶的总技师，在亳县以北大名鼎鼎，三岁的小孩都知道他，你要是问起苏技师，连小鬼都会从坟墓里钻出来抢着告诉你。幸亏今年上面计划改变了，把烤烟技术高超无比的苏技师调到了亳县以南，而且只负责指导一个村庄。这么一说，我们李庄简直就是烧了几辈子高香，才摊上这档子好事。

所以，按照前几天通知上的要求，这天一大早我爹就去县城迎接苏技师了。老少爷们儿都以为上午就能接回来，一直聚在村当街等待，甚至连中午饭都没心思吃，没想到天瞎黑了我爹才把苏技师接回来。不过，当时的喜悦还是淹没了抱怨，一起咋咋呼呼地簇拥着苏技师向给他安排好的住处奔去。

我现在想来，论说我爹当时又不是村干部，甚至连小组长都不是，除了种庄稼有点从不与外人道的小经验，再就是做事情喜欢动脑子，难道我们李庄会因为这个才派他去接这么要紧的苏技师吗？当然不是。我老实说吧，因为我们村的治安主任点苍力荐我爹去执行这个任务。点苍为啥力荐我爹呢？首先，他媳妇是我爹做的媒。其次，以前点苍跟马楼的屠户马肠学杀牛也是我爹介绍的。因为我爹和马肠是表兄弟。我现在也说不清是哪门子表兄弟，反正从血缘关系上来说恐怕是很难找到源头的。那时候农村人感恩心重嘛，我估计大概也就是这两件事情，所以点苍平时对我爹基本上是敬若神明的。如今有了这么个好事，他自然要力荐我爹拿着公家的钱到亳县城里爽歪歪走上一趟了。点苍是个狗脾气，村里干部都不敢拧着他。不过，这里需要说明的是，点苍跟着马肠学杀牛，学了大半年，回到我们李庄只帮人家杀过一只羊，结果杀完了一松手那只羊又跑了好几里血流尽才死了。但是，马肠捆牛的捆绑术点苍倒是学得精到，年底下他帮人家杀猪，就是先捆着嘛，结果也是没有杀死，但那头猪在地上又蹬又踢折腾了一天一夜都没有把点苍捆绑的绳扣折腾开。

点苍的媳妇就是王桥集上炸麻花的小环，刚娶回来时瘦得就像一只螳螂，人也老实得很，一句玩笑话脸红三四天。听我们李庄的一群年轻猴说，点苍天天和小环一起玩打气筒，小环才变胖的。我这样大的鸟孩子，自然不能理解，即便到了现在也不明白，玩打气筒咋能让人变胖呢，有何神秘原理嘛！当然，点苍这个人孬种点子很多，也许用了别的啥法子，反正才小半年，小环就胖了起来，奶大腚肥，活像夏末秋初豆地里的一只大号的豆虫。人一胖，性格也变得开朗放肆，人场里旁人不敢说或者难以启齿的淫荡话，她就像唱歌一样脱口而出。男人女人的生殖器俗称，从她嘴里说出来就像糖果一样甜蜜蜜。有一次在人场里说这个，说得过于深入，过于活灵活现，几乎相当于现场表演，这实在让点苍面子上挂不住，回到家就把她捆绑起来吊到房梁上用鞭子抽，打得小环像妖怪一样尖叫到半夜。因为他们家住在村西头，住户少，又是半夜里，所以后来也不知道这个事情是咋解决的，点苍是啥时候把小环放下来的。反正第二天早上照样看见小环和点苍在“招待所”井台那儿嬉皮笑脸地洗脸，点苍还用湿漉漉的手拍打小环的肥屁股。

这里所说的“招待所”，就是原来生产队的七八间牛屋，紧挨着点苍家。当然了，这时候生产队早解散了，牲口农具也都分到各家各户了，七八间牛屋就空在那里。很多人一听说牛屋就会觉得很脏很破，屎尿遍地臭气熏天。事实上，那时候牛驴骡马都是重要的生产工具，比人重要，你人死了最多你一家子哭喊一阵子，悲伤一会儿，要是死了一头牛，那么，一个生产队的人都会哭，而且呼天抢地好几天。所以，当年牲口待遇很好，吃得好不好咱们是人不好判断，但房子都是新建的，虽然也是土趴趴房子，但地基高，窗子高大，而且下雨不漏雨。尤其是，后来的村委会为了招待上边来人吃住，还特意集体参观了县里的招待所之后，对七八间牛屋进行了修缮整改，用麦糠泥新泥了一遍外边的墙皮，用白灰新刷了屋里的墙面，桌椅板凳锅碗瓢盆都是新的，就连那口用来更换淘草缸和饮牲口的水井也重新淘洗一遍。而且还在井口旁边建了一个能搁下五六个水盆的洗漱台子，用水泥和两口牛槽建造的，相当高级，你洗完了手脸一掀水盆，水就会顺着沟槽流到漏眼那儿，漏眼下边连着一个竹筒插到地下，至于那时候我们李庄有没有条件和智商修一条下水道我就不知道了，但反正不管倒多少洗脸水，都会很通畅地流到你看不见的地方，所以我说它相当高级。自然了，靠中间的那间房子门口免不了要挂一块长条木板，还请人在上边写了“亳县李庄招待所”七个大字。

这个不是瞎吹牛的，从前我们李庄人经常冷不丁地创造一个奇迹出来，“招待所”这个小事，包括门口挂牌子，我们李庄也不是干不出来的。

虽然，我们李庄招待所在整体上和县里的招待所相比还有很大的差距，但在当时的农村，那也算是整洁干净高大敞亮的。所以在我们李庄老少爷们心目中，村西头的牛屋和亳县城里的招待所是一个档次的，平时直接称作“招待所”。遗憾的是，这个招待所修好之后，上面来了人也确实参观过，但都是看看就走了，一直也没有招待过谁。倒是方便了旁边点苍两口子，吃水洗东西再不用挑着两只沉重的木筲跑到村东头担水了，如果纯粹从洗头洗脸洗衣裳这个角度上说，甚至可以说他们小两口已经提前过上了现代化生活。

自然了，我说这个“招待所”的主要目的不是为了讲述点苍两口子的故事，而是为了告诉大家，我爹从亳县城里请来的苏技师，就是被安排在这个招待所里住下了。

因为头天回到庄里时天瞎黑了，后来进了招待所虽然点上了马灯，我们李庄也没有人看分明了苏技师的长相和穿着。所以第二天天刚拢明，黄鹂麻雀嚓啦鸡子还在睡觉，就有一群老少爷们到了招待所。大家也没有别的意思，就是想看看苏技师在白天里是个啥样子的，看看他穿着啥样的高级衣裳，都说些啥样高级的话。包括老寡汉条子德生——我们李庄把老光棍称作老寡汉条子，他也早早地过来看稀罕。包括点苍两口子，也起那么早。你不能笑话他两口子离得那么近也沉不住气，因为头天晚上村委会决定治安主任点苍两口子平时要照应一下苏技师的饮食起居，离得近，形同一家人；他们两口子是单等着苏技师起床了好照应他的早饭嘛。只是，高贵的苏技师还在睡觉，大家只好静悄悄地等着，生怕大声说句话就把苏技师吵醒了。

我现在想起那天天刚拢明我们李庄一群老少爷们悄没声地蹲在墙根等待苏技师醒来的情景，真不知道说啥才好。现在想想也可能是平时出门少短见识，主要是太缺少娱乐活动造成的。自然了，我当时也在现场嘛。你该问了，难道来了一个陌生人就能给你们李庄带来娱乐吗？回答是肯定的。至于你能不能理解，那就要看你智商够不够了。

终于天亮了，苏技师终于开门了。

门一开，先出来是那只猫，我们这才看清是一只栗色的猫。当时我们对一只猫在农村的巨大作用不了解嘛，所以，也没有人过多地关注这只猫，甚至都没有留意它的个头有多大。我现在回忆起这只猫刚出门的样子，就像一团麻窝子悄悄地滚出门来。只是，这只猫一看门外这个阵势，马上喵的一声又转身缩回去了。我们立即觉得苏技师不简单，早就知道我们李庄老鼠多，居然准备了一只猫带过来。后来我们才知道，苏技师最讨厌农村老鼠多，走到哪儿都会带上这只猫。

接着，苏技师出来了，看着也就是四十岁出头的样子，虽然比我们李庄的大人小孩都要白净多了，但是，他已经戴上老花镜了——那时候我们李庄的人还没听说过近视眼近视镜这样神奇的事情，只要一看见戴眼镜的，就认为这个人老花眼了。当时，就有人嘀咕苏技师眼神不好，才这个岁数就花眼了，咋能看清把咱们的烟叶烘烤成啥样子。苏技师一看门外这个光景，也不招呼大家，也不回应几个响吧嘴子早上的问候，只是朝大家点点头，就端着脸盆和毛巾到井台旁洗脸。过了两天我们才知道苏技师这么样不是没礼貌，而是对我们李庄人太有礼貌了——他告诉我们李庄的男女老少，早上起来嘴里有异味，给人说话是很不礼貌的。从那以后，我们李庄人早上起来没洗漱之前就不说话了。

我们慢慢观察着，苏技师走动是很从容的，再打量他穿着也干净体面，上身是雪白的府绸褂子，下身是浅灰色的裤子，脚上一双黑皮凉鞋，不是几条襻子捆绑在鞋底上的那种，是前后鞋帮子上都是密密麻麻锥子眼儿的那种，高级的那种。这种打扮搁到现在当然很出土文物了，但在当时，只有在城里有工作的高级人员才配得上这个打扮。尤其是浅灰色的裤子，在当时绝对是高贵的颜色，只有高素质有品位的国家干部才允许穿。说老实话，我当时心里怦怦直跳，直接产生了一个伟大的梦想，下定决心好好学习考上大学，大学毕业当上国家干部以后，第一件事就要买一条浅灰色的裤子穿。众所周知，我这个梦想没有实现，因为没考上大学，谈何国家干部呀！即便后来有了工作也没有买浅灰色裤子，因为这时候只有杂技团的小丑为了逗笑观众才穿这种滑稽的裤子了——由此可以看出历史演变就是这样快速，简直翻脸无情。

点苍早打了一桶水，放在水井边的洗漱台子上，简直忘了自己是治安主任，直接拉着招待所所长的架势，嘴里呜呜噜噜，也不知道说的啥，弓着腰撅着腚，打着含义模糊的手势，也不知道是请人家洗脸还是请人家尿尿。苏技师大概是明白啥意思的，他冲点苍唇不露齿地笑了笑，把脸盆放在洗脸台子上，也就是放在昨天被小环刷得干干净净的牛槽里，先把叠得整整齐齐的一块白白的毛巾搭在盆沿上，这才从脸盆里拿出一个白色搪瓷缸子，缸子外边有三颗五角星，缸子里放着一管子药膏，一根整齐的小毛刷。接着，苏技师拿起药膏往毛刷上挤了豌豆大一疙瘩，又用缸子舀水先漱漱嘴，接着就往嘴里抹药膏。

我这样讲述其实说的都是实话，因为那时候我们李庄大人小孩人人一嘴黄屎牙，别说刷牙了，根本就没有一个人见过刷牙的。所以，当时我们都以为苏技师往嘴里抹药膏。老少爷们儿都很惊讶嘛，很疑惑嘛，很担心嘛，主要是担心苏技师嘴里有毛病影响了我们李庄烘烤烟叶这件大事。

请不要笑话我们李庄人幼稚好不好，因为这是千真万确的事实。说来你也许还不相信，我们李庄人刷牙就是跟苏技师学会的。尤其值得一提的是，点苍家媳妇小环是第一个学会的。她当天上午就回娘家了，也就是去了王桥集上，很快她就回来了，一进庄就高高举着一管子药膏和一把毛刷子。

当天上午，苏技师就开始工作了。

先是包括治安主任点苍在内的村委会几个鸟人，装模作样地簇拥着苏技师绕着我们李庄转了一圈，勘察地形嘛，最后苏技师选定在庄东南角池塘边修建烟叶炕，他说那儿有水通风，风水好，是个炕烟叶的好地方。风水这一说我们李庄人也是知道一点点的，但谁都不知道风水和烘烤烟叶也是紧密相连的。当然了，苏技师说的风水是不是我们李庄人想到的风水，那就不管它了。

起先，我们李庄老少爷们儿以为修建烟叶炕技术含量很高，干起来才知道也没啥了不起的，就像盖土趴趴房子差不多。不同的是，谁家盖土趴趴房子时都想垒几层青砖墙根但买不起青砖，修建烟叶炕就是能买得起青砖也不能用半块砖头，全是生土撒点麦秸和泥，堆砌四壁。就像苏技师说的，古时候傅说从事“版筑”，说就是砌墙，和泥讲究的就是用草用水。咱们这个烟叶炕，最要紧的就是墙要砌好，墙厚三尺半，不能有一丝漏风漏气，一定要保温。当时我们李庄没有人知道傅说是哪个朝代的，既然苏技师说了古时候，那这个人一定很厉害。因此，人人都觉得自己能参与砌墙，那就像古人一样也很了不起。

总之，砌一节土墙，晾晒五天才能往上再砌一节。总共花了一个多月时间，我们李庄的烟叶炕算是初步建好了。除了屋顶上安装好可开可闭的通风窗，南北两墙也凿好了凹槽，两墙中间上下等距安装十九层隔檩，两墙凹槽与隔檩之间，不久就要搁置编好的一杆杆烟叶嘛。

要说这十九根长檩都是各家贡献的。我家贡献的那根檩木是新杀的槐树，长短正好。老寡汉条子德生家贡献的是一根旧桐檩，桐木比较轻，又是干干的，他一个人从家里扛过来连口粗气都没喘，还大笑三四声以示自己力大无穷。放在最下边的那根隔檩是治安主任点苍家贡献的，新杀的杨树，因为杨树太高了，蹿天杨嘛，这根檩露出墙外足足有两托长，本来应该锯掉，点苍舍不得锯掉，搞得大家很不愉快，议论纷纷，因为我们李庄大人小孩做啥事都讲究个整齐嘛。没想到，最后，苏技师竟然同意了，他说就放在最下边吧，反正以后烧炕的看火人夜里露水湿了被褥，也正好搭在这一节檩棒子上晒一晒。这么一说，大家也就不说啥话了，反而觉得苏技师经验多，头脑灵活，眼光长远，善于废物利用，露出来的这一大节子檩棒子，看着是个累赘，到末了也是能发挥作用的。

当然了，我写了这么长一段不是要说这一节子露出墙外的檩棒子，主要是想说我们李庄的这座烟叶炕，比三层楼还要高，所以才用了十九根檩棒子做隔檩。刚盖好在那儿晾晒潮气期间，我这样大的一群鸟孩子几乎天天到烟叶炕里边疯玩，顺着十九层隔檩攀爬到房顶，从通风窗里探出脑袋，近处一看，我们李庄尽收眼底，远处一看，一派田间风光，美妙无比。现在回想一下那种感觉，估计就像鬼子站在炮楼上差不多。

接下来自然是购买生铁的三棱炉箅子，制作龙坯若干块了。

二十三根炉箅子是点苍和德生到淝河集买的，点苍骑着自家的“凤凰”牌自行车，德生坐在自行车后座上，春风得意，拽着自家的架子车。要是现在看到一个骑自行车的后边带一个人拉着架子车，你一定觉得滑稽可笑，不能理解，但那时候在我们那一带这道风景简直是寻常小事，而且是道让人羡慕的风景。尤其是，点苍家那辆崭新的“凤凰”牌自行车是很有名的，也是有来历的，那是他媳妇小环家陪送的嫁妆，当时驰名方圆十里地。虽然小环嫁到我们李庄快两年了，但平常光见两口子在门口擦自行车，几乎都没见过他们骑过一次，所以说还是崭新的，这回为我们李庄的烟叶炕买炉箅子用上了自行车，可见点苍两口子为我们李庄的烤烟事业真是豁出去了。

制作龙坯这件麻烦事就不说了，虽然劳动是光荣的，但老是说劳动的事情也是枯燥的，更是累人的。当然了，我们李庄盖个烟叶炕也不是天天劳动，机器可以长期运作转动，既不需要喝酒，也不需要娱乐，我们李庄的人是肉体凡胎，有时候是需要喝点酒的，有时候是需要一点点娱乐的。

那时候的农村嘛，毕竟不像现在这么富裕，所谓的喝酒也就是喝点红芋片酿制的散酒，一毛七一斤，当然也有四块八一瓶的古井贡酒，但这个酒得是县长一级的干部才能喝得起。那时候，农村的娱乐至多也就是春天看几场露天电影，冬天听几场野班子唱戏，夏天和秋天都是农忙季节，哪个庄都没有这个买卖了。我们李庄盖烟叶炕期间也是初夏季，虽然是没有娱乐的季节，但也没少了娱乐嘛。

你猜对了，这时期的娱乐自然是苏技师带给我们的。

其实，苏技师无意带给我们娱乐，他甚至都不知道自己的一言一行对我们李庄人来说都具有娱乐作用。那时候也不是我们李庄太偏僻了，而是几十辈子流传下来的习惯，庄里边要是来个外乡人，全庄男女老少都围过去眨巴着俩眼观看，人家不走，我们不散，人家待到天瞎黑，我们就看到天瞎黑。所以，到现在我都想不通这一点，你说嘛，都是一样的人，能有啥稀罕的。但当时，我们觉得苏技师非同一般。首先，他曾是亳县以北的烤烟总技师，有一根点石成金的手指头，我们李庄种了那么多烟叶，是变成金条金叶子还是变成狗屎，都得靠他那根手指头。其次，苏技师说话口音和我们李庄不一样。那时候，交通也不发达嘛，我们那一带把阜阳以南称之为南乡，亳县以北称之为北乡，口音三里变化十里不同嘛，我们把南乡的人叫南蛮子，把北乡的人称之为北侉子，好像我们李庄才是首都北京，才是世界的中心。不过，我们李庄很喜欢苏技师的侉子腔，而且他说起话来慢声细语的，啥事只要他一说，都能说出一番我们李庄人听起来一知半解的大道理。你大概不知道，一知半解是一种美妙的感觉，我们李庄的老少爷们喜欢沉醉在这种感觉里。所以，苏技师在我们李庄的那段时间里，几乎是他走到哪里我们一大群老少爷们儿就跟到哪里。

烟叶炕盖好了，二十三根三棱生铁炉箅子也用上了，也就是说炉膛安装完毕，分散和传播火力的五条火龙也垒好了，就等着打烟叶装炕烘烤了。这个“打”字是我们李庄人说的，用在这儿就是采摘的意思。苏技师就到地里察看烟叶的成熟度，看看是不是可以采摘上炕烘烤了。论说，这么重要的活动，点苍和村委会的几个鸟人陪同是可以理解的，我爹随同也是可以理解的，因为经过这么长时间的观察，苏技师决定让我爹当他的副手嘛。那么，我们这些男女老少跟着就是多余的了，尤其是老寡汉条子德生，他也兴高采烈地跟着，好像苏技师带着这么多人专门到烟叶地里给他说媳妇一样。这个“说”字，是我们李庄的方言，就是介绍的意思。

到了地里，苏技师左手搂着他那只栗色的猫——奇怪得很，那只猫好像胆子很小，一直黏着苏技师，就像狗一样寸步不离地跟在他后边，要是苏技师一站住步子，那只猫就哧溜一下爬到他手上，苏技师只好搂住它——右手抚着一棵烟叶，教大家咋样分辨烟叶的成熟度。他说一棵烟叶下部中部和上部的叶片成熟度是不一样的，那么，烘烤出来的烟叶所含的主要化学成分和香味物质也是不同的。一片烤烟香味物质含量是多是少，都与烘烤技术有着密切的关系。你想嘛，我们李庄人都是吃酱豆子长大的，齁咸的脑子哪里懂得这个，但我们都觉得就凭着苏技师这一碗高质量的脑浆，我们李庄的烟叶变成金条金叶子那是百分之二百没有问题的。当然了，苏技师也说了几句我们能听懂的话。他说，烟叶育苗和生长阶段的土壤质量和施肥是否得当，决定了烟叶的香味物质含量和烘烤后的色泽。就像一个人成长差不多，从小在啥样的环境下成长，受的啥样教育，基本上决定了他长大以后有没有出息，有多大出息，要是从小就是胎里坏，长大了即使有出息也没有好品格，没有好品格的人即使有出息也不会有大出息。大家终于听懂了这么一句话，无不频频点头。甚至连老寡汉条子德生也明白过来，他大声吆气地说：恁这样一说，那不等于说烟叶就跟小孩一个样子嘛！

苏技师马上对德生刮目相看，他庄严地望着德生，操着好听的侉子腔，表情神圣地说：是啊，任何生物都是有生命的。

这句话很多人听了不到天黑就忘了，但却给德生这个老寡汉条子留下了深刻的印象，在很久很久以后，人场里不管议论啥事体，他都会捏着嗓子学着苏技师庄严的侉子腔，冷不丁地插上一句：任何生物都是有生命的！

当然了，苏技师也不是时时刻刻都沉浸在烟叶的微观世界里。烟叶还没有开始上炕烘烤嘛，基本上也比较清闲，所以我们李庄的男女老少天天都围在招待所里听苏技师说话。大家简直听不够苏技师说话，越听越上瘾，因为苏技师知道的太多了，几乎无所不知，啥事情他讲完了都会总结出一套我们李庄听不懂的大道理。也正是因为听不懂，所以我们李庄人才黏着听。他一会儿说老子见庄子的典故，老子和庄子好像都是我们亳县人嘛，所以，苏技师讲这个我们李庄人也不陌生，因为不陌生，所以也就不好奇了。一会儿他又讲起了盗墓贼，一连讲了好几个盗墓故事，当时听得我毛骨悚然脊梁沟里流冷汗。现在想想，苏技师讲这个也讲得相当专业，而且叫人听得如同身临其境。不过，三十多年过去了，我连一个盗墓贼的故事也想不起来了，倒是盗墓贼用的家伙里有一种叫作洛阳铲的我还记得。苏技师还讲了真正的风水学，也不知道有没有道理，因为我们李庄也没有谁真正听懂的，更没有谁还记得一丝半点内容的。

反正，那段时间苏技师讲了很多我们李庄人前所未闻的事情，但最后大家记住的没几件事——我们李庄人吃饱了屙就是了，所以忘性很大。但我觉得至少有两件事大家都忘不掉。

一个是，苏技师讲人的灵魂，他说的灵魂和我们现在所说的灵魂是不一样的，他指的不是精神品格和道德信仰方面的，而是带有浓重的迷信色彩。他说人的灵魂是看得见的，一个人要是被困住了，要是百般挣扎不得逃脱，到了极度绝望之际，他的灵魂就会出窍，化作一只小鸟或者昆虫逃走。就像解放前坏蛋活埋人，把人推进挖好的坑里，一锨锨填土，一边填一边踩实它。等到了肚子那儿，人的胸腔就会变得圆鼓鼓的，埋到胸腔那儿，人的脖子上血管迸起来，一条条活蚯蚓一样，整个脸好像发面馍泡胖了，眼看着头发就像一根根针一样迸落下来，俩眼珠子也快要爆出来。这时候，人的灵魂就躲到头顶准备脱离肉身逃遁而去，等到埋到头顶，坏人们扔下最后一锨土，这个人的灵魂就会化作鸟虫形迹逃走了。坏人们只顾得回家喝酒请赏，哪里会注意一只蜘蛛或者一只蝼蛄在土坷垃里飞快爬走了。

苏技师讲这个时，端坐在门口，一脸凝重的表情，好像所讲的都是他在现场亲眼所见。那只栗色的猫盘卧在他的膝头，对苏技师的灵魂之说根本不感兴趣，嘴巴探进前腿下边，闭着眼好像睡着了。苏技师讲到这儿，门口一大群人鸦雀无声。连胆大包天的点苍也很害怕，他端起苏技师喝过的茶碗，想把茶底子倒出去，结果连碗都扔掉了，啪一声，那个碗落在地上就像摔在石头上一样响亮，烂成了几十片碗碴子。他媳妇小环刚才听讲时右手食指一直含在嘴里，样子有点痴迷有点傻，这时候倒是反应快，麻利地拔下手指头，很快回家又拿来一只蓝边子碗，点苍忙不迭地倒上开水，苏技师这才有茶水润润嗓子。

第二个难忘的故事是外国的，是古希腊的还是亚马逊的我记不清了。苏技师讲古时候他们那地方的女战士很厉害，尤其射箭，简直是神箭手，百发百中。女战士射箭为啥这么厉害，因为苦练出来的，而且为了方便射箭，她们把右边的乳房割掉了。你想嘛，下这样的决心，花这样的血本，要是再练不精射箭，“情何以堪，对不起逝去的器官嘛”。本来，这个故事是励志的，讲的是决心和恒心，讲的是学啥都要下功夫，越是想学得精到就越得付出代价。但是，由于我的原因，我们李庄的人把这个好故事当作色情味儿很浓的笑话而牢牢记住了。当时嘛，我们李庄人粗笨得要命，都不知道乳房是咪咪的书面用语，听了这个故事还不知道，也不动脑筋琢磨嘛！我当时已经念完初二了，过了暑假就上初三了，初二里念过生理卫生这门课，当时一见老少爷们一脸懵懂，就忍不住叫了一声：乡亲们啊，乳房就是咪咪呀！

苏技师不懂我们李庄的方言，有些迷蒙地看着我。

老少爷们儿先是恍然大悟，继而精神为之一震，然后哄堂大笑。男人们大笑是可以理解的，几个老娘们咪咪都掉到小肚子上了，也简直笑折了水桶腰。点苍家媳妇小环也笑得厉害，但她不是水桶腰，咪咪还是高高在上的。早些年没嫁到我们李庄之前，她还在娘家王桥集上炸麻花，我七岁那年有一回赶集，她白给我一股子麻花吃，所以她胖是胖了，绝不是水桶腰，她是水蛇腰。

我爹作为苏技师选定的烤烟技师副手，当然也在场了，他气得要命，一边笑，一边随手抄起一根枣木棍子，在我头上敲了好几下。我头上起了三四个包，三天都没消下去。

我爹为啥下狠手打我，即便到了现在，我也认为是为了拍苏技师的马屁，为了讨得苏技师的欢喜。那时候，可以说，我爹简直把苏技师视为神明。论说我爹在我们李庄也算是个能人，他为啥在苏技师面前溜须拍马，这个我就不好说明白了。

大家知道，一开始就是我爹去亳县城里接的苏技师，这就等于一开始我爹就和苏技师打下了友谊的基础。加上苏技师来到我们李庄之后，我爹又对他特别客气，特别敬重他，大事小事喜欢为他跑个腿，苏技师很快就对这个又勤快又有礼貌的李庄农民产生了好感。尤其是，我爹也不知咋想的，他也不怕我们李庄老少爷们笑话，但凡和苏技师在一块，他手里一定少不了一个厚厚的笔记本和一支圆珠笔，苏技师说啥话他都朝本子上记。那个架势，就像现在那个鸟国家里的那个鸟首领参观时一边走一边说话，尾随着的小官们每人都拿着小本子纷纷做笔记一个样子。而且，苏技师要是讲到烤烟的话题，我爹不仅记录，还再三提问，尽管有些问题十分幼稚可笑，但是，他勤学好问刻苦用功这一点，几乎彻底打垮了苏技师，让他几乎失去了理智，先是宣布让我爹当他的副手，再就是每当我爹向他请教时，他会发疯一样滔滔不绝，简直想把有关烤烟的技术问题变成一粒粒弹珠，弹进我爹脑袋里。以至于我们李庄的烟叶还没开始上炕烘烤，我爹已经把一个三百多页的笔记本记得满满的。

至于我爹的这个笔记本从何而来，我一直不得而知。我爹有时候是很神秘的，他经常会有一些惊人的想法和举止，我那时候不知道他的那些怪想法都是从何而来的，就像不知道这个厚厚的笔记本从何而来一样。我自然偷看过这个笔记本——那时候我好歹也是念完初二的中学生，按照我们李庄的标准也算是小号的知识分子了，但我爹写的字我居然认不出几个来。自然也不是深奥的烤烟技术用语太多了，是因为我爹本来就没念过几天书，他写下的大多是象形文字，也就是各种图形各种记号，不是他本人，别人根本就弄不懂是啥意思。这个笔记本在我家保存好多年，后来就不知道弄哪去了，也许被老鼠吃了，也许化作一阵子邪风刮走了。但在当时，幸亏我爹记了这么多烤烟知识，后来，我指的是苏技师走后，我爹就是依靠这本子象形文字，把我们李庄的烟叶变成了金条金叶子。

论说，我爹得到了这么重要的烤烟技术知识，他应该真心实意地好好感谢苏技师才对。但是，我偷偷听到他给我娘说过好几次“这个北乡侉子有点不照气”，每次我娘都说“就你猪头里边孬种点子多”。每次说了，两人都要低低地笑几声，当然也不是银铃般的好笑声嘛。“不照气”是我们那一带的方言，就是不正常不靠谱，心里有邪念，心里有鬼，满脑子非奸即盗的念头，等等，大概就是这一类的意思吧，反正我们李庄老少爷们一听就能准确彻底地理解这句方言的含义。我爹虽然这样说，但他依旧天天拿着那个笔记本去招待所，满脸笑容满嘴奉承地和苏技师聊天，聊的都是咋样才能炕好烟叶，十分入迷，简直废寝忘食，每到吃饭时我都得跑去叫他。因此，苏技师也熟悉了我，好几次问起我的学习情况，教导我学好数理化，才能走遍天下。这样一来，我就比别人多看到一些苏技师的日常生活片段。

苏技师住在我们“李庄招待所”里，村委会说好了由治安主任点苍两口子照应一下苏技师的生活起居。生活起居是我在这里的书面用语，按照我们李庄人的理解，也就是照应一下他的伙食。苏技师刚来的头几天，点苍天天都骑着他家那辆著名的“凤凰”牌自行车南集北集的买肉买小鸡，青菜不用买，都是从他自家菜地里采摘，菜钱当然也一起从经费里扣除。村委会拨给苏技师的生活费用是每天两块八毛钱，这是公布出来的，白纸黑字张贴在村当街那棵老枣树上。搁现在两块八毛钱连吃顿早点都不够，但在那时候，我们那儿的猪肉才六毛三一斤，羊肉才七毛二,一只鸡再大也不过两块钱左右。你想嘛，苏技师也不会天天吃鸡吧。别说现在，就是那时候天天吃鸡谁都受不了嘛。这么一算，一个人每天两块八毛钱是绰绰有余的，就是点苍家出的米面青菜也算上，也是绰绰有余的。也就是说，点苍负责照应苏技师的伙食，那是很有钱赚的一份生意，点苍应当好好伺候着才对。可是，要说床前百日无孝子这话儿不太妥帖，咱们说花无百日红还是差不多的嘛——头三天下来，点苍就不愿意伺候了，因为苏技师口味太刁，吃不惯小环做的饭。

点苍很生气，小环做的饭他吃了两三年了，简直迷上吃小环做的饭了，苏技师才吃三天就不行了，一个北乡侉子难道比我们李庄的人高级一百倍是不是嘛。

按照惯例，点苍一旦有事不忿要发火了，就会先到我家给我爹发几句牢骚，其中原因你想想就明白了。点苍说：小环炒的肉炒的鸡又不是没放盐，这个北乡侉子吃一筷子就说不好吃，还说炒小鸡要先用开水煮一下再炒，还要放够材料。放啥材料，有盐有葱还不行吗，花椒大料多贵呀，再说咱们李庄炒小鸡也没有放花椒大料这个规矩嘛。还说猪肉不如鱼肉营养高；靠他大妗子，好像就他们北乡里侉子嘴多尖一样。

我爹笑笑地问他：那恁两口子觉得可好吃？

点苍说：俺俩咋能觉得不好吃，每顿炒的肉炒的鸡，北乡侉子不吃，全让我和小环吃得光光的，比狗舔得都干净。

我爹说：那不就行了嘛！

点苍还不满意，说苏技师上茅房屙屎也毛病多，每次都把皮带抽出来搭在茅房门口，你说恶心不恶心，人大老远一看见那根皮带，就跟看见他撅着屁股蹲在屎坑上一样。你想想，俺两口子邻近住在那儿，也是上招待所那个茅房，我是男的先搁在一边，你让小环看见那根皮带，像个啥话嘛！我爹就嘻嘻笑着说，恁两口子上茅房也把腰带搭在门口，恶心恶心他。点苍一拍大腿，眼珠子一瞪，说三叔你说得很对，咱们不说恶心他，至少提醒他茅房里有人嘛。靠他大妗子，夜儿个小环在茅房里蹲着，北乡侉子瞎着眼硬朝茅房里走，要不是我眼尖连忙叫住了他，小环的白屁股非得给他看见了！

点苍这里说的夜儿个，就是昨天的意思。

自然了，经过我爹的指点，点苍就请苏技师自己开伙了，嘴上还说得好，乡下人粗茶淡饭惯了，做饭也不合苏技师口味，真是委屈了苏技师，从今儿起，苏技师自己做饭吧，鸡鱼肉蛋米面油盐咱们照样供应着。苏技师好像就盼望着这么办了，很爽快地同意了。这样一来，我们李庄的人就能见识苏技师做饭的神秘手艺了，尤其是我们这些鸟孩子，经常围在门口看苏技师做饭，几乎每顿饭都馋得我们口水流到肚皮上，明晃晃的像蚰蜒一样往下爬。当然了，有时候男劳力和妇女们也过来看苏技师做饭，他们不像我们这些鸟孩子明目张胆地流口水，但从他们眼睛里也能看出他们嘴里的口水快要决堤了。因为近水楼台嘛，点苍两口子几乎每顿饭都是先看着苏技师做好了再回家摹仿做这顿饭。尤其小环，学习很深入，苏技师擀好面条，小环就会捏起一根挑在眼前，再三赞叹又薄又细切得又均匀，恨不得把一根生面条当场吃肚里。我们李庄都是过年过节才能吃顿饺子，苏技师是想吃饺子了就包饺子吃。他包饺子也了不起，不管是肉馅的还是素馅的，也不见他放啥仙丹神药，就是普通的盐和酱油，但我们这些鸟孩子一闻就恨不得生吃几口。他擀面皮就像机器一样快，比纸都薄，下到锅里还不烂。这个很不得了，我们李庄谁家都没做过这样美丽的饺子，饺子馅齁咸先不说，单就是饺子皮擀得比被子都厚。他妈的，北乡侉子很抠门，我们这群鸟孩子围在门口，眼巴巴地流着口水，他都不给我们尝一个，反而给点苍尝了一个，真叫人发疯。点苍从蹒跚学步就是个馋嘴猫，但这个好饺子他却没尝出味儿，苏技师包的饺子好像是一只老鼠，哧溜一下自己钻肚里了，大概烫得厉害，点苍皱着眉捂着心口，龇牙咧嘴好半天。那样子一看就是吃了烫食。更叫人发疯的是苏技师给小环尝了三个！小环差点晕倒，一对眯眯眼要淌蜜一样，要不是那只猫在苏技师脚边转悠，她真会当场脱掉裤子和苏技师睡一觉。

事实上咋可能嘛。

我这样说，只是反映了当时我们这群鸟孩子心中的嫉妒和恨。

当然了，小环也不是白吃苏技师的饺子的，有时候苏技师在烟叶地里忙活，或者在烟叶炕里试验火龙效果，回来过了饭时，小环就会给他留饭，饭菜虽然有点差强人意，但吃现成的总比筋疲力尽了自己还得做饭要省事嘛。有一回，就是小环尝过苏技师三个饺子没有几天，苏技师到地里察看各家各户的烟叶成熟度，回来晚了，小环就给他送过来一碗葱花面。我们这群鸟孩子都眼睁睁看着嘛，凭良心说，小环毕竟多次参观学习苏技师做饭，还是学到本领的，我们都闻到那碗葱花面散发的焦焦的葱香味了，也都流口水了。小环端着面才走出门口十多步，点苍叫住她。点苍也是随同苏技师察看烟叶刚回来嘛，也不急着吃给他留在锅里的葱花面，却拿着一个油瓶出来了，笑嘻嘻地给小环手里的葱花面滴了十几滴子油，好像小环忘了放香油似的。我们这群鸟孩子虽然没吃过几次香油，但我们都是点煤油灯长大的，鼻子一哼哧，马上就知道点苍朝葱花面里滴的啥油了。当时我们这群鸟孩子都惊呆了，真的不能理解点苍为啥使了这个孬种点子。小环当时也很惊愕，但看样子她实在舍不得倒掉这碗亲手做的葱花面，硬着头皮笑眯眯给苏技师端过去了。

奇迹出现了。

苏技师好像是个瞎鼻子，或者小环的笑容屏蔽了他的嗅觉和味觉，他居然津津有味地把这碗葱花面吃完了。我们再一次惊呆了，眼睁睁地看着，只有一眨眼的工夫，吃了葱花面的苏技师好像吃了老君炉里的仙丹，俩眼珠子慢慢变颜色了，一会儿变成红色，一会儿变成黄色，一会儿变成绿色，好像马上就要喷火，马上就要爆炸——这个，也可能是眼看着苏技师吃了那碗面之后我们心里的想象，但也可能是真实的。毕竟这么多年了，我不敢保证苏技师眼珠子的色泽纷呈是真实发生的还是我自己想象的。在当时，我们这些鸟孩子没有啥思想嘛，没有思想的人就没有想象力，因此也就不会有分析和推测，我们只相信自己看到的，我们坚决认为自己看到的就是事实，从来不会根据自己看到的事实联想到事情的最深处。

时间终于到了。

我们李庄的烟叶马上就要上炕烘烤了。

苏技师也很迷信，他按照自己的经验，建议我们李庄村委会，在新烟叶炕启用时，最好放上一盘一千响的大鞭炮。当然了，这个建议立即得到大家的积极响应，因为我们李庄千百年来最信这一套了。本来，这次点苍又推荐我爹去买鞭炮，因为买这么一千响的鞭炮，价钱上活动余地很大，能挣个三两块钱的——可见点苍知恩图报的心理很严重。只是，我爹有急事去不了，点苍只好自告奋勇亲自去一趟了。因为，那时候大家都知道离我们三里地的王桥集上没有一千响的鞭炮，要买这么大的鞭炮得去淝河集，淝河集离我们李庄十八里地，骑自行车来回至少也得俩仨小时。所以，点苍一大早就骑着他家的那辆“凤凰”出发了——我可以证明，点苍一路上风驰电掣，一点儿都没耽误。只是，我没有想到，谁都没想到，点苍把鞭炮买回来就立即点燃了。

点苍是在我们李庄东南角池塘边烟叶炕那儿放的。

当时我们李庄的老少爷们儿刚刚吃罢中午饭，正在歇晌，平时也没有啥娱乐嘛，猛地听见鞭炮响连天，马上欢天喜地嗷嗷叫着往烟叶炕那儿跑。结果跑到地方鞭炮已经放完了，大家也没像往常那样，高高兴兴在遍地鞭炮皮里寻找未爆炸的鞭炮再放一个响儿，而是到了现场就愣住了。我记得好像有个词叫“呆若木鸡”，也不知道是谁发明的，真是形象得很，当时我们李庄的老少爷们儿就是这个木鸡样子。

老少爷们儿看到苏技师被吊了起来。

我想大家应该还记得，烟叶炕盖好之后，里边装置了十九层隔檩嘛。点苍家贡献的那根隔檩因为太长，戳出墙皮有一两托长，点苍当时舍不得锯掉，惹得大家议论纷纷。当时，苏技师还说将来烧起炕看火人被褥露水打湿了可以搭在上边晾晒，结果，现在他自己先给吊在上边了，那以后还咋晾晒被褥嘛。当时情形了然，我们李庄老少爷们儿虽说平时愚笨，但这个事情一看就明白了。一看捆绑手法就知道是点苍干的，一听点苍说话就知道因为啥把苏技师吊在这儿。点苍说，他在淝河集上买了大鞭炮紧赶慢赶，回到家里还是耽误事了，结果撞了正着，按在床上了！

“靠他大妗子，从那次吃葱花面我就知道了，浇的油够点三四天灯的，他眼也不眨就吃光光，大家老少爷们儿想想吧，浇了煤油的面条子他都能吃下去，还有啥事他干不出来？”

点苍跺着脚，操着我们李庄的腔调大骂苏技师。

哦，当时老寡汉条子德生也在人场当央，不知道为啥他的脸也气得煞白，在那儿指着吊起来的苏技师，手指头直哆嗦，高腔大嗓地叫唤：点苍家媳妇都气得上吊了，不是我跑得快，现在就变成小鬼了！你妈的，你奶奶的，看着你是个人样子，平时高贵不得了，我给你说句话你斜着眼子不答腔，谁知道你肚子里也装着一泡狗屎！你妈的，你奶奶的，你想给点苍戴绿帽子，你也看看，点苍的头那么大，你戴得上去吗！

老寡汉条子德生这话说的有点不照气，好像他有过戴绿帽子的经验一样。我们李庄老少爷们儿本来是又吃惊又愤怒，都绷着脸不说话，这下，一下子哄笑起来。点苍脸上就挂不住了，气得一脸不屑，呸了一声，一下子把德生推了个趔趄，骂道：靠你娘，就是戴绿帽子也轮不到你呀！

又是哄堂大笑。

德生爬起来，好像咽了口吐沫，喉头上下滑动好几下，才讨好地对点苍说：点苍兄弟，你不要担心，也不要生气，刚才我看见小环骑着恁家的“凤凰”车子去王桥集上了，估计她不会寻死了，是到娘家躲几天，这么不要脸的事，搁谁也得躲上十天半月的……

眼看点苍的脸色又红起来，德生赶紧闭上了嘴巴。

苏技师双手背后，俩脚翘起，被捆成一团，这个捆绑法与当年点苍帮人家杀猪时的捆绑法恰恰相反，猪的四蹄是捆绑在肚子前边，苏技师的四肢是捆绑在背后。他就这样被吊在原打算晾晒被褥的那节檩头子上，一直低着头，老花镜也没有了，听到德生说小环已经走掉了，这才昂起头挤巴了几下眼睛，又深深垂下脑袋。也不知道是汗水还是口水，哗啦啦从他脸上滴下来。我们李庄的老少爷们儿笑嘻嘻地看着他，嘴里说着俏皮话，没有一个人站出来说句话，更没有人出面把他放下来。只有他那只栗色的猫在他头脸的正下方，迎接着他滴下的水滴，一个劲儿地眨眼，时而抬起头喵喵叫几声。

点苍也不叫骂了，他有些木然地望着遍地鲜红的鞭炮皮屑，他想不通，好像自己匆匆忙忙跑到淝河集上买来一盘一千响的鞭炮，就是为了庆贺这件事情。

我现在想，要是那天我爹在家就好了，即便也会发生这个事情，那我爹会出面把苏技师放下来，至少可以出面劝说点苍息怒。很遗憾，我爹一大早就去了二十里以外的高公庙给我们李庄东头的罗成说媒去了。哦，也就是李建国，长得相当英俊，口才又好，经常一个人站在庄稼地里背诵自己写的狗屁诗歌，所以我们李庄叫他罗成。老是这么叫，有时候一说李建国，你得想半天才明白说的是罗成。可以说，李建国当时是我们李庄的人尖子，他有可能当村长，接着有可能当乡长，过几年当上县长也是有可能的。这个当然不符合李建国的真实情况，都是我爹一个人的想象和推测，但他要以媒人的口吻把自己荒诞的想象和盲目的推测说给人家听，一点也听不出有半点想象和推测的影子，叫人一听就觉得这是即将发生和正在发生的事情。作为媒人，我爹就是这样说成了好多婚事，好多女方结婚后发现上当已经晚了，小环嫁给点苍就是这样的。我爹给他们说媒时，口口声声说点苍足智多谋铁面无私，将来肯定能当个法官，全亳县的案子都得由点苍来判断。现在事实证明，我爹又看走眼了，点苍遇上自己家出了点事情，就处理不好，除了把人捆绑了吊起来，一点智谋也没显出来。听说，到了天麻挤眼时，点苍也没有了办法，也不知道是委屈还是难为的，他蜷着双腿，蹲不是蹲，坐不是坐，就像做高难度的瑜伽动作那样堆萎在烟叶炕的墙根处，吭吭哧哧地抽噎起来。

之所以说“听说”，是因为那天我也不在现场。包括上边所说的一些相关情况，都是过后几天听我们李庄的几个响吧嘴子在人场里说的。

那天我比我爹走得还早，因为我要到淝河中学拿学期成绩单，这个成绩单决定我上初三坐前排还是坐后排，所以我走得早。刚走到村西头，正好碰上点苍去买鞭炮，我还是顺便乘坐他的自行车去的淝河集。一路上，点苍还教我和女生谈恋爱，就像我们李庄他那么大的年轻猴指导我这么大的鸟孩子一样，也没有啥技术含量，相当简单低俗。他说，先买一袋子香蕉味的糖果，给相中的女生吃，她要是不吃，这出戏你就不要唱了，她要是吃呢，你就再给她两颗，连着给她吃三天，第四天你就可以把她哄到僻静处，大大方方搂搂她，她要不让你搂，你就接着再给她吃糖果，她要是让你搂嘛，你就搂一会儿再开始摸她咪咪，她要是让你摸，你就捏她的咪咪头，先轻轻捏几下，再不轻不重捏几下……反正最后就是脱掉裤子嘛。总之说得绘声绘色，好像他曾在初中里天天干这个事情，事实上他和他那么大的年轻猴一样，基本上连小学都没毕业。就是现在想想，当时点苍说的也是很流氓的。哪知道这么流氓的点苍买了鞭炮回到家里遇上更流氓的事情。

也巧得很，我本来很早就到学校了，只是负责分发成绩单的董老师不在，他媳妇生孩子，他去医院了。他媳妇我们见过，一脸妊娠斑，好像尿湿的床单才晾晒个半干，原是个细条个子，一挺着大大的肚子，走起路来上身向后挺得十分别扭，好像有个看不见的幽灵在后边使劲拽着她的头发一样。我们好多学生，焦急如焚，等到半下午董老师才回来。我取了成绩单回来，自然就没有自行车坐了，只好迈开两腿步行。步行当然没有自行车快了，所以等到我走完宽大的公路拐向通往我们李庄的窄小公路时，天已经麻挤眼了。

我刚从宽大的公路上拐下窄小的公路，就见一个隐隐约约的人影走过来。走近了我才看清，原来是苏技师。这会儿见到的和平时见到的也没有啥两样，走路，看人，还是那样不急不躁从从容容。我当然要先开口给他打招呼了。我说：苏技师，天这么晚了，你干啥去？苏技师说：我回家一趟。然后，他很热情地问这问那，给我说了半天话。当时他还拿出一支钢笔，在我右手心里写了一道题：$(a+b)^2=a^2+2ab+b^2$。他还给我说了好几遍，这道题就是初二代数课本封面上印着的那道题。我自然知道了。他还说到他的儿子叫响虫，就是会叫唤的虫子，和我大小差不多，学习成绩是很好的，就是有一个龅牙长得不好看，说了许多次也舍不得拔了。好像还说他老婆爱用面筋水洗脸，洗得又白又嫩，每次用面筋水洗脸时都会不停地低声呼喊自己的名字：小凤。

许多年过去了，我每次回忆到这儿都会觉得十分神奇，那道代数题在我脑海里清晰如刻，一切情景如同就在眼前，苏技师的说话腔调犹在耳边。

我记得那天回到我们李庄时天已经黑透了，好在一轮明月高悬天际，满天繁星时远时近，万道星光闪烁不停，村庄里树影如剪，路径明亮，时而高处有几声宿鸟夜鸣，引得谁家公鸡嘎嘎啼叫几声。我没有直接回家，现在想来当时十分蹊跷，因为我正是即将踏进青春门槛的叛逆期，平时和我爹双方都很腻歪对方，但那一会儿我心里竟然老是想着我爹，以为他早就该回来了，因为明天就要打烟叶上炕烘烤了，现在他肯定在烟叶炕那儿，正在抓紧时间向苏技师请教最后的技术问题。

我就这样到了烟叶炕那儿。

我们李庄的老少爷们依然都在。按照我们李庄的习惯，出了这样的事情，没有个分晓那是谁都不会离开的。老少爷们几乎没有一个人乱动，站在烟叶炕前好像被施了定身法，也没有人说话，好像被一家伙集体石化了。老寡汉条子德生倚在一棵树上抽着烟，一闻烟味我就知道是刚刚流行起来的“玉簪”牌，喷香喷香的，简直不像烟味，我现在想起来觉得倒像是洋女人用的香水味。只是，他一动不动，好像他本人就是树的一部分，他嘴上的烟头就像树自身生出的小枝桠干枯到极点自燃了，一点点火星一明一暗。事主点苍还那么堆萎在烟叶炕的墙根那儿，左手揣在肚子上，右手捂着嘴巴，食指顶着鼻孔，好像已经使尽了力气终于窒息了自己。说老实话，我看到苏技师时简直吓得魂不附体，本能地抬起右手，展开手掌，苏技师写的那道代数题在月影下如同迷魂虫子一样赫然犹在：$(a+b)^2=a^2+2ab+b^2$。

到了现在我也无法解释这个事情，我怀疑苏技师以前说的话有可能就是真的，也许吊在这儿时间太久了，路到了尽头，他的灵魂脱离了肉体，自行走动起来。即便当时，我也是这样认为的，我觉得自己在路上遇到的就是苏技师的灵魂。哪怕现在或者当时，我都不愿意相信这是真的。当时，我还仔细地看了看吊在那节子檩头上的苏技师，他好像已经死了，一点点生息也没有，只有那只猫不知何时爬到了檩头子上，正在吊着苏技师的绳结处用爪子抓挠着。这时候月光愈发明亮起来，自上而下，映得那只猫和吊着的苏技师的影子好像一团凌乱的物件印在地面上。

初冬

星期天午睡醒来，已经将近下午三点了，按照老习惯，这个时候我和于小双都要到街上走几圈，也就是所谓的运动运动。人到了一定年龄，养成了一个好习惯就可以少生毛病，就可以再多活几年，所以，每天这个时候我们都坚持出门走上一阵子。有时候我们向南走，有时候向北走，有时候向东走，但可以肯定的是，我们从来没有向西走过。我们都是上了点岁数的人，虽然还远未进入老年，但行走的方向基本上已经固定下来了，日常习惯也成了人生癖癖。总之，这些莫名其妙的玩意儿，无论好坏，都算是我和于小双的生活内容。

我和于小双住在地安门西大街这边。

地安门不像天安门那样闻名遐迩。去年初冬，我在一家网上旧书店买了一本《地狱之花》，刚划过账，上海那边的店家电话就打过来了：李先生，你的地址是否有误，北京有个天安门，不会还有个地安门吧？我说，北京有个西单还有个东单侬晓得吧？他说阿拉晓得阿拉晓得。我就说天安门地安门就是这个意思。他喋喋不休，说李先生，这个书八百多块论说也不算贵；我的意思是你一定知道这个书很珍贵的，平装本不过印了三千，你要的这个精装本才印了五十五本，虽然出版快三十年了，品相好极，连护封几乎都是十成新的……也就是说，我担心邮寄过程中出了意外。我就说，你按我留下的地址邮寄吧，注意包装哦，要是邮寄过程中摔坏了算你的，要是寄丢了算我的。

当然了，书没有寄丢，也没有摔坏，只是我收到后老是想不起来看它，就一直放在书架上，前几天偶然瞥见了，这才开始看。今天午休时大概看了五六页，然后就睡着了。我醒来时，于小双已经披挂整齐，正准备出门。她说外边有点起风了，要我穿厚一点。我都没有洗脸，因为我不想洗掉脸上的睡意，穿上鸭绒衣就跟着她出来了。于小双是我的……怎么说呢，夫人，太太，妻子，爱人，老婆，等等鸭子屎吧，反正我们都觉得这类称呼太像生活在一起的一家人了，我们相互称呼姓名，这样会感觉到平等和自由，主要是能给人新鲜感，一叫起来就像呼唤别人的老婆和老公，很刺激。我们的儿子上高二了，刚刚住校，他称呼我为菜爹，称呼于小双肥妈，而我们称他为校长。凡此种种，一点都没有影响我们的生活质量，既没有提高，也没有降低，甚至连一丝一毫的变动都没有。

我和于小双出了小区大门，如果向南走，左边是四中，右边是皇城根小学，都是相当著名的学校。想必很多人都知道，要想到这两个学校上学，那是相当不容易的——这个，绝对是我和于小双的深刻体会，一想起来就心有余悸。我们向东走，我是说我们如果向东走，不到十分钟就是北海公园。北海公园自然也是很著名的，不过我们经常去，也实在没什么神秘的。我们从来不向西走，为什么？我和于小双都不知道。我们也不想知道，因为我们没有意识到这个问题。

我们今天是向北走的。

向北走要穿过也比较著名的平安大道，过了斑马线就是一个胡同。这个胡同叫做护仓胡同，我和于小双都不知道为什么叫这个名字，有何典故。不知道也没关系，一点也不影晌我们每天都要从这个胡同里走过。护仓胡同最多也就是三百米吧，也许只有二百米。我和于小双都是对距离或者长度没有什么概念的人。胡同西边首先是某单位家属院，很大一片，大门高墙，壁垒森严，非同百姓家，完全可以忽略不计。东边第一家是居民院子，台阶窄小，小门几乎常年不开。我和于小双从来没见过这个院里有人开门进出过。这个居民院子北边紧挨着的是一家米线馆，居然是东北人开的米线馆，而且生意很火，我和于小双吃过一次，后来再没去过，不是因为他家的米线味道怪怪的，而是量太大，要一份我们两人吃完了会撑得难受，步行一万步都消化不了。米线馆北边是一家理发店，我在这家理发店里理过一次发，很便宜，但理得一般，等同于拿我脑袋练手艺。挨着理发店的是一家便利店，我和于小双从没进过这家便利店，我们不相信便利店的商品质量。这家便利店正对面也就是路西边有一个工行的自动取款机，我和于小双倒是在这个取款机上取过款。我们百分之百地相信这个取款机，因为它从来没有多过一张，也从来没有少过一张。取款机北面是个修自行车的摊子，还兼修鞋，摊主四十多岁，个子很高，是个大扁脸，一口唐山话，长着一双长颈鹿眼睛，尽管总是坐在那儿，但他看人的目光却给人一种居高临下的感觉。我在他摊子上修过一次运动鞋，仅仅缝了两针，要了十二块钱，他妈的，这婊子儿大扁脸！以后我再不到他摊子上修鞋子了。挨着这个摊子是个公厕，自然也是络绎不绝。我和于小双也是进过这个公厕的，我们觉得里边的卫生状况还是可以的。过了公厕，就是一家小卖部，这个小卖部我们没有进去过，它北面挨边的蔬菜水果店我们倒是来买过各种青菜和水果，是一个河南的小伙子经营的。这个小伙子长得敦敦实实，一嘴大板子牙，为人也厚道，卖菜很活便，三毛两毛的零头常常不要了，这一点满足了很多人爱占小便宜的心理，所以他的菜店生意很火。他北面是一家洗衣店，经营者是一对三十余岁的南方夫妇，男的脸很大，女的脸很小，我和于小双都在他们店里干洗过衣服，但我们从来没见过他们的笑脸，他们总是一副公事公办的样子，给顾客说话时用的是蹩脚的普通话，但他们两口子交谈时用的是粤语，我和于小双都听不懂。他们还有一个刚会走的小女孩，长相活似一只懒惰的猫咪，在狭窄的洗衣店里东一头西一头地乱撞，时常稀里哗啦地响一片，有时候两口子呵斥小女孩，你几句我几句，就像一公一母两只乌鸦吵架一般。洗衣店北边是一家小旅馆，估计也就是五七个房间，门面格局也小得很，给人的感觉就像鸟笼子一样，我和于小双也时而见过一个两个拉着箱子的旅行者入住这家小旅馆。我们没有问过，不知道一晚房价多少。小旅馆对面也就是路东边是一家彩票经销点，出出进进的人很多，男男女女，有老有少，也就是说，这个小小的胡同里也有很多喜欢赌博喜欢做梦发财的居民。挨着小旅馆北边的是一家饭店，最多也就是十几张桌子的规模，主要经营老北京爆肚，我吃过一次，说真的，很一般，但我不知道为何那么火，中午和晚上去晚了都得拿号排队，坐在门口一溜方凳上傻呆呆地等待着，就像医院里排队看病一个样子。

到了这儿，也就到了十字街口，东西向的这条街就是著名的护国寺步行街。护仓胡同和护国寺步行街一交叉就算是结束了，往北去还是胡同，虽然和护仓胡同是直南直北穿街而过的胡同，已经不叫护仓胡同了，名字换成了棉花胡同。我和于小双经常想不通，经常议论，本来就是直南直北的一条胡同，为什么和护国寺步行街这么一交叉，南半截就叫护仓胡同，往北就得叫棉花胡同？这个问题几乎叫人晕倒数次。当然了，我们虽然住在北京二十多年了，也是有北京户口的人，但实际上都不过是匆匆过客，所以我们弄不明白这些事，所以我们也不想弄明白这类事情。

我之所以像录像般这么详细介绍护仓胡同，是想说明，这条不足三百米的胡同也是一个小世界，如果一个人自从生下来就在这条胡同里生活三十年不出这条胡同，也是可以的，因为一个人基本的生活条件这条胡同里完全可以满足的。当然，这条胡同里没有医院和学校，没有足球场，没有足道保健，没有商场，也没有剧院。但是，有一个十分著名的影星就住在这条胡同里。论说他已经是个相当老的著名影星了，他主演的一些电影都是大家耳熟能详的经典电影，尽管那些电影可能不太合乎现在年轻人的口味了，但他依旧活跃在当前很火很热的影视剧里，虽然他不是主角了，但他演的配角比主角更让人津津乐道，很多媒体都赞美他是老戏骨。我和于小双也认为，他所演的配角在一部戏里产生的影响也是显而易见不可或缺的。我和于小双都特别喜欢这个老影星的影视作品，哪怕一百集的电视剧，我们都要追着看，这个台播完换一个台播出，我们照样追着看。不仅如此，我们还在网上把他从前演的老电影看了无数遍，甚至把他所有的台词都背得滚瓜烂熟，而且时刻应用于我们自己的现实生活中。说实话，他真是给我们带来了无限的乐趣。当然了，我们也时常在胡同里碰到他，他没有什么架子，对所有的人都很和蔼，对谁都点头微笑。有一次我居然在厕所里碰到他，我很惊讶，没料到一个这么著名的大演员会到这么个公厕里办事。他好像丝毫不介意这个，一边抖抖索索地撒尿，一边微笑着对我点点头。还有，要是在胡同里碰上谁请他签名，他也是相当爽快的。于小双就曾经特意找了一张他参演的电影海报，用了几乎一个礼拜的工夫，终于在胡同里等到他，高高兴兴请他签了名，在家里挂了很长时间。只是很遗憾，后来因为刷墙，我们就把这张电影海报收起来了，等墙刷好干透了，我们翻破天也没有再找到这张珍贵的电影海报。以至于现在我们从这个胡同里走动时，真的担心再遇上他，因为我们把他签名的电影海报丢了，心里边总觉得愧疚得慌。

走完了护仓胡同，就到了和著名的护国寺步行街交叉的十字路口。平时除了永不向西走，我和于小双都是很随意地穿过小小的十字街口向北走，或者向东拐去，路过梅兰芳纪念馆，然后过一条南北向的马路，就可以钻进数不清的胡同。这边的胡同大都是相当窄小的，也是相当精致的。一般情况下，我们过了南北向的马路也不是马上就朝胡同里钻，而是径直走，一直路过北京师范大学的前身辅仁大学旧址，然后路过著名的恭王府，这才随意走进任何一条胡同，奔向后海或者什刹海转上一圈，接着就原路返回家了。这条路线是我们喜欢的，我们经常选择这条路线。

但是，今天我和于小双没有向东拐，而是穿过小小的十字街口向北走了。

刚才我已经介绍过了，北面的这条胡同和南边的护仓胡同是直南直北的一条胡同，至于为啥过了小小的十字街口这边就叫作棉花胡同了，我们真的不知道，也真的不感兴趣。不同的是，棉花胡同要长很多，也许有一公里，也许有一公里半。与护仓胡同相比，棉花胡同两厢门面买卖离居民日常生活更近了一步。有医院，有卖肉的和卖菜的，有幼儿园，有卖水果的，还有经营塑钢门窗的，专业疏通下水道的，卖干果的，经营寿衣的，叫人容易作坏联想的是这家寿衣专卖店就在医院东门旁边，生意肯定差不了。还有好几家理发店，服装店，卖鱼的卖鸡的，主要还有银行和卖山东大饼的，卖眼镜卖手机还有卖熟猪头肉的。这家熟猪头肉很厉害，连外国人都爱吃，生意火得不得了，上午十点开始排队，一直到晚上八点都在排队，真不知道这个店一天要卖出去多少猪头肉，更不敢想他们一天要煮多少猪头肉。我也来排过好多次队，因为于小双爱吃猪嘴那一段。她长相咋样且不说，但她好歹是个女人，老来排队买猪头肉有些不雅观，有伤自尊心。我买回家先把猪嘴这一段切给于小双，其余的一股脑儿给儿子吃，不是我不想吃是我不能吃，我“三高”我怕死我还想多活些年头生活这么美好嘛，所以口福上难免要克制一些。好多事情都是这样的，这头长了那头就要短，那头长了这头就要短，所以我吃不成猪头肉了。于小双爱吃猪嘴不只是猪嘴好吃，主要是猪嘴还有美容的功能。这是于小双自己说的，我也分不清是真的能美容，还是于小双爱吃猪嘴给自己找了个很有面子的借口。反正经常吃她也没有什么变化，也许猪嘴含有美容功能的那部分物质恰恰和于小双的吸收功能相排斥。

我们走过卖猪头肉的店铺时，已经排了三辆公交车那么长的三条纵队，其间夹杂着八九个外国男人，还有三四个外国女人。这些外国人个头都明显比中国人要高一些，但他们照样和队伍里的中国人谈笑风生，看样子都是在买猪头肉时熟悉的。于小双两腮起起伏伏，双手轮番抚摸嘴唇，一个劲儿地咽口水，那个迫切的神情，但凡我要说一句话“买点吧”，她就会马上排到队尾巴上。我觉得总不能每周都要吃猪头肉吧，所以就快步走了过去。于小双满脸的失落与愤怒，因为我没说那句话，这很无情，很容易让一个想吃猪头肉的人产生愤怒。

熟猪头肉店铺在路东边，它斜对过是一家咸菜店，我买过这一家的疙瘩菜，确实与众不同，不仅齁咸，它还微甜，它还微辣，它还微麻，它有一种说不清的味道强烈地勾引着你吃了还想吃。咸菜店老板是个五十岁上下的女胖子，常年戴着一条说不上是什么颜色的围裙，好像酱油和醋腌渍过的一样，她褐黑色的脸膛，也好像酱油和醋常年腌过的。我和于小双每次从她店前路过时，离多远就能闻到那一段的空气都是齁咸的，还略微带一丝腌蒜瓣子的味道。

奇怪的是，咸菜店门旁有两块石头，好像谁家遗弃的门墩，其中一块石头上放着一只腌制酱豆的坛子，另一块石头上坐着一位老妇女，好像五十岁，好像六十岁，也可能是四十岁，也可能是七十岁，总之你看不出她的大致年龄。这个老妇女我和于小双倒是经常见的，无论春夏秋冬，她都会穿一身花衣服，而且身上还要搭缠着各种颜色的花头巾花围巾甚至花床单。她的头发很长，没一丝白发，乌黑得像是新染的，有时披头散发，有时会挽个奇怪的小髻。这个花枝招展的老妇女脸上没有任何表情，一副好像看破了红尘的神态，她坐在一块石头上，从来不东张西望，也不给人说话，专心致志地抱着一只鸭子，就像抱着一只宠物狗。那只鸭子浑身羽毛绿莹莹的，安静地卧在老妇女的膝上，一副安分守己的模样，偶尔也会啄几下老妇女的手，很明显，那几乎是亲吻的动作显然是讨好老妇女。这时，老妇女就会温柔地看着鸭子，嘴里叽咕几句什么话，还要顺手爱抚几下鸭子的脑袋。这个老妇女和她的鸭子，在这家咸菜店门旁坐了差不多有十年了。我和于小双最初几次看到这个抱鸭子的老妇女时不仅好奇，还猜测了很久。我一直猜测她是个精神病患者，而于小双猜测她的老公不要她了，或者出车祸死了。于小双的想象力相当丰富，她从这个老妇女花枝招展的打扮上推测她老公一定是个风流鬼，而且肯定是个骑摩托的，很有可能骑的是那种大型跑车类摩托，在深夜里风驰电掣，前往顺义或者大兴和二奶或者小三约会，咣当一下，撞上一辆载重一百吨的超重型卡车，当场尸首分家，惨不忍睹。这个老妇女目击了残忍的现场，心理上受到了严重挫伤，所以才成了这个样子的。于小双补充说，她抱着的那只鸭子，就是象征着她的老公。自然了，这些不过是我们私下里的猜测罢了，没有任何根据，也根本不需要考证。已经快过去十年了，这个老妇女和她的鸭子逐渐失去了吸引力，基本上再也引不起我们的关注，就像今天这样，我和于小双只是一瞥就过去了。

从咸菜店这儿再往前走，又是一个小小的十字街口，面前的这条东西向的胡同也很有意思，向西边的叫作正觉胡同，向东边的叫作菠萝仓胡同。有时候我真的弄不明白，本来就是一条直东直西的胡同，为什么在这个小小的十字街口一交叉，两边的胡同名字就不一样了呢？这里边必定有个缘故，但我从来没有去考究过是什么缘故。于小双更不关心这个，即便她有这个疑问有这个想法，那么，她的疑问和想法都会像一个行人路过一个街口一样，只是在她脑子里路过一下而已，不可能停留三秒钟。

我和于小双都知道，向西的正觉胡同有一家陕甘风味的饭店，今年中秋节时，住在南苑机场那一带的我表弟一家子到市里玩，我们就是在这家饭店吃的饭，花多少钱我不知道，因为是我表弟媳妇买的单。吃的都是什么我没能全记住，但其中一道羊血是麻辣口味的，给我留下了深刻印象。当然了，北京饭馆酒店铺天盖地，只要有一道菜能让人记住，那就说明这家饭店了不起，即便经营不善，也不会倒闭，如果经营得好，那是肯定大有前途的。

我和于小双都知道东边这个菠萝仓胡同里原来有个卖活鸡的摊子，也就是你要哪一只鸡人家立马给你现杀。是一对河北的夫妇经营的，三十多岁的样子，男的杀鸡，女的拔毛，手法极其灵巧，好像老练的杂耍艺人做表演一样。那为什么现杀的鸡叫活鸡呢——有一次我们买了一只杀好的活鸡，提溜在手上，在返回的路上于小双提出了这个问题。其实这个意思我们都懂，但要是理论起来就不好懂了。现实生活中就是这样的，有很多事情不好解释，本来并不是所有的事情都是充满矛盾的，但只要一理论起来，那就没有一件事情不是充满矛盾的。而且这些矛盾你根本就解决不了，只好忍气吞声迷迷糊糊挤眼过去就算完了。其实，很多事情糊里糊涂过去了也没有产生什么严重后果嘛。生活是这样的，历史是这样的，人生也是这样的，万事万物基本上都是这样的。就像我们正在棉花胡同行走，但是，到了面前这个小小的十字街口，北边本来和棉花胡同是一条直南直北的胡同，在这儿一交叉它就不叫棉花胡同了，它叫罗儿胡同。就像一条笔直的高速公路，本来你正在山东境地里疾跑着，不知不觉，转眼间你已经跑在河北地面上了。为什么叫罗儿胡同，这其中当然是有缘故的，也是有道理的。但在现实生活中谁有功夫专门来研究这些缘故这些道理呀，又无聊，又耽误事。

一进入罗儿胡同，明显就感到气氛不一样了。你走在这个胡同里，就感觉到好像比棉花胡同要狭窄许多。其实并没有狭窄，只是地势稍稍低洼一点点，房子也随着低了一点点，加上各种建筑整体格局要比棉花胡同拥挤一些，所以罗儿胡同就给人一种狭窄逼仄的感觉。地势的高低就像贫富差距一样，经常会让人产生很多错觉，这种错觉会影响心理，影响思维方式和决断能力，于是，又会诞生许多新矛盾和新错误。

罗儿胡同与咱们老百姓的日常生活更加密切相连。有卖鱼的卖菜的，卖大饼的，卖雪里蕻的，卖酱豆子的，还有专门卖牛羊肉的。这个胡同里还有两三家棋牌室，它不仅基本上解决了很多退休老人的业余生活，而且也解决了不少混子的日常娱乐。只是有一条，这几家棋牌室都不让抽烟，我和于小双每次路过这里都能看到几个男女牌友站在门口匆匆抽烟，那个急匆匆的劲儿，好像抽完烟就要进屋，床上有人急等着一样。当然，棋牌室一般都是没什么问题的，但我和于小双总是觉得里边进行的不是什么健康的活动。也不能说我和于小双这么大岁数了心理还这么阴暗，因为你看着他们的门关那么严实，听着隐隐的麻将声音透出来，时而还有一两声男人或女人得意的奸笑声，你心里要怎么想才好。所以，每次路过棋牌室我和于小双都是快步走过。无一例外，我们每次路过挨着棋牌室的大饼店时都会停下步子，经营者是一对山东德州的夫妇，三四十岁的样子，男的白白净净，一双杏核眼，已经有些谢顶了，女的很瘦，整天耷拉着眼皮，脸黄黄的，好像营养有问题似的。他们卖的有葱花饼，有椒盐大饼，有鸡蛋大饼，还有好吃的火烧。他们现场制作这些面食，热腾腾的一出炉子就叫人很想吃一个，所以他家生意很好，差不多供不应求。我和于小双经常买他家的大饼，和他们夫妇都熟悉了，我们称男的田大哥，称女的田大嫂。我和于小双只要路过，即使不买大饼，他们也会和我们打声招呼。当然了，我们每次路过，都会忍不住买上两张热热的大饼边走边吃。只是今天没有买，因为田大哥夫妇不在，他们关门了，门上还贴了告示，说是回老家娶弟媳妇了，一周后才能回来。

不过，我和于小双没有立即走开，因为挨着大饼店的牛羊肉铺子里发生了争吵。于小双是个好景事的人，喜欢看笑话，不喜欢管闲事，为了这个我批评她多次，但没有一点效果。她说社会上发生的任何事情，只要她看见了就与她的日常生活有着密切关联。当然，头发长见识短的人一般都会有几个谬论也是可以理解并原谅的。这家牛羊肉铺子是两姐妹经营的，我们分不清谁是姐姐谁是妹妹，因为女人到了中年以后，长相包括别的地方差不多都是一样的，比如双手。她们自称是张家口人，每天卖的牛羊肉都是凌晨时分从内蒙古刚拉回来的。我们也经常光顾这家牛羊肉铺子，一个是相信他家的牛羊肉都是从内蒙刚拉回来的，二是因为第一次买了吃着不错，觉得真是从内蒙古刚拉回来的。这么一来，心理上就逐渐成了习惯，心理上的习惯变成生活中的习惯那是水到渠成的事情。当然，有时候习惯也具有欺骗性，也是很可怕的，尤其是思维上的习惯和心理上的习惯。

眼前与两姐妹发生冲突是那个著名的老头，他坚持说刚才他买的二斤半羊肉回家一称少了三两多。于是，两姐妹接过羊肉在自己电子秤上一称还是二斤半。老头非说她们的电子秤有问题，两姐妹说她们的电子秤是市场管理委员会校正过的，可以和任何一台电子秤做比较。老头非说她们玩猫腻，两姐妹不承认自己玩猫腻。反正就是这么回事。在我们的日常生活中都是常见的鸡毛蒜皮类小事，但是，这类鸡毛蒜皮的小事在我们的日常生活中你根本无法杜绝。从哲学的意义上讲，你要是杜绝了日常生活中的这类小事情，你就可能失去了一种检验日常生活中存在真理的手段。哎呀，生活就像一团麻。

我和于小双也经常看见这个老头。在这个胡同里老头很多，但是，两只手都没有了的老头不多见，尤其是丢失了两只手而且是个瘸子的老头，至少在这个胡同里恐怕只有他一个。春天和秋天，包括冬天，这个老头并不可怕，因为他穿着长袖衣服。到了夏天一看见他我们就觉得触目惊心：他光着乌黑的脊梁，灰渍多厚的两个胳肢窝里架着双拐，两个拐杖上耷拉着两条没有手的小臂，灰乌乌的活像两条半干的乌鱼。我们没见过他是怎样移动双拐的，我们只看到他就像一台残缺不全的机器一样，磕磕绊绊地在胡同里走来走去，有时候随便往谁家门口一坐，把双拐放在膝上，两条赤裸裸光秃秃的小臂搭在双拐上，头勾得豆芽子一样，一小会儿就呼呼睡着了，一小会儿络绎不绝的口水就滴了下来。头几次见到这个老头，我和于小双还心生怜悯，疑惑不解，也有过很多猜测。在知道真相之前，我和于小双猜想了近百种他失去双手的可能性，比如战争，比如铡刀，比如滚油锅，比如大火，比如机床，比如偷盗，比如惩罚，比如报复，比如爱情所诱发的三种失去双手的必然因素，等等吧，反正不知道哪一种才是真相或者接近真相。接着，我们又讨论老头早上起床如何穿衣，又是如何穿鞋，如何吃饭，甚至我们还猜想过他的大小便怎么解决的。当然，只要能活着，这些都不是一个人日常生活中的关键因素，只是他遇到的一点点实际问题。自然了，在日常生活中谁都有很多疑惑和猜测，这个老头，基本上也是我和于小双对生活的一点点疑问而已。没有人给我们答案，我们也不是非得要一个答案。

老头和卖牛羊肉的姐妹熟练地争吵着，看样子也不是一次两次纷争了。若是第一次第二次，三两羊肉，张家口的那对姐妹早就割一块给他了。我们的猜测果然准确，在接下来的争吵中，那对姐妹果然揭发了老头的数次纠缠都是蛮不讲理的。老头还在那儿喋喋不休，发誓赌咒，说要是他说假话，就烂掉他的两只手。可是，他的两只手现在在哪儿呢？

我和于小双顿时失去了兴趣，马上继续往前走。

这条直南直北的胡同，最北头的罗儿胡同和最南头的护仓胡同长短差不多。我和于小双很快走到了罗儿胡同尽头。在胡同最北边的路口这儿，东边是一家包子铺，专门卖西葫芦馅的包子，据说是罗儿胡同北口一绝。我们从来没进去吃过，不知道经营者是谁，也不知道他的西葫芦馅的包子绝在哪儿。西边是一家专门卖鸽子蛋的，明码标价，五块一个，并扬言在医院里卖十元一个。头一次看到这块告示，一见有利可图，有便宜可占，于小双顿时犯了神经，满脸喜悦地买了四个鸽子蛋，我们煮吃了，虽然也没觉得鸽子蛋有什么了不起的，但我们绝对是严格按照家庭分配原则分配的——我和于小双每人一个，儿子两个。

罗儿胡同北口就是新街口东街，胡同口正对着积水潭医院南门。我和于小双穿过斑马线，也没去积水潭医院，因为我们是健康的，而且寿命还长着嘛。我们从医院门口向东走，过了一家小饭馆，再过了一家医疗器械专卖店，再过了一家寿衣店——这是很奇怪的现象，差不多每家医院附近都有两三家寿衣店，为什么，难道很多人都知道医院的职能不成——也就是走了大约七十米吧，就到了水车胡同，要是走九十米那就是铁炉胡同了。我们知道，铁炉胡同没有水车胡同安静，所以，我们就进了水车胡同。

水车胡同很窄，估计两辆自行车都不能并排骑。胡同西边是医院的高墙，铁灰色的墙壁又高又长，有些居高临下盛气凌人的气味。胡同东边是凹凸不齐的居民住宅，因为对面墙高，胡同僻静，所以家家户户都是紧关着门窗。两边没有一家铺面，东边居民住宅这边前后有三四个公厕。这个，叫人在胡同里走动时难免会觉得很奇怪，甚至疑惑这胡同里有很多造粪机器。居民住宅与医院高墙之间，拉扯着数不清的电线电缆，我们每次从这个胡同里走，仰望着蜘蛛网一样的电线电缆，心情复杂极了，间或有几分悲伤。至于为什么心情复杂，为什么会有悲伤的情绪，我和于小双讨论过很多次也没讨论出结果。当然，也常有一些旅游的外地人会到这个胡同里来。别看这个胡同窄小，但它有着悠久的历史，胡同南口那儿就镶嵌着一块钢牌，上面镌刻着这条胡同的历史渊源。当然，不管谁进了胡同里边，无论多么仔细观看，哪怕眼珠子累淌血，也不可能看到它的一点历史遗迹。

我和于小双在胡同里走动时，先后还碰到两对小青年挤在居民住宅墙与墙之间的凹处亲嘴。头一对我们没有留意，第二对我们留意了。因为毕竟初冬了，酷爱时尚的两个小青年都戴着线帽子，男的戴的是白色的，女的戴的是黑色的，两个人高矮差不多，脸上的胎毛未褪干净，都背着双肩包，男孩背的是黑色的，女孩背的是绿色的，一看就是外地游客。他妈的，他们的父母可能知道他们到北京旅游了，什么事情也可能都想到了，但绝对想不到他们的孩子打着旅游的旗号在北京挤在水车胡同墙与墙之间的凹处亲嘴。我们一声不响地走过去，他们照旧亲得啪啪响，还夹杂着几声哼哼唧唧。我们和他们，双方熟视无睹，好像都是机器人，我们是一对行走的机器，他们是一对亲嘴的机器，程序虽然复杂但都是设计好的，谁不遵守程序谁就会全盘崩溃。我们过去很远了，于小双还对我挤眉弄眼，好像刚才是我在两墙之间的凹处亲她亲得很别扭一样。当然，于小双的世界观里根本就没有在狭窄的胡同里亲嘴这类肮脏概念，这样想她只是我一时的意念而已。事实上于小双在胡同里行走时经常性地对我做各种表情，无缘无故，也没有任何意义，挤眉弄眼只是其中之一罢了。

好在水车胡同很短，我们很快走到尽头。前面还有西边半条斜撇子胡同，但它不叫胡同了，它叫作西海前沿，你说奇怪不奇怪？至多有五十米长短，接着就是西海南岸了。

到目前为止，我们所经过的地方都是常来逛游的地方，我们很熟悉了，闭着眼也可以摸过来。西海和后海包括什刹海都是连在一条水线上的，当然了，没有一个真的是海，只是个名字而已。就像后海一样，西海的水面也很宽阔，虽然算不上辽远，但放眼看去确实有辽远的感觉。于小双每次来到西海南岸，一站住脚步马上就会对我说西海就是积水潭，好像我不知道一样，好像就她知道的多，说的也很对。

我们在岸边临水的石阶上停下步子。

这时候，午时积攒下来的一丝暖意已经彻底消散了，从辽远的水面上扩散的水汽带有一股明显的凉意，好像北风隐隐袭来。夏天，几乎整个西海岸边都围坐着垂钓者，现在已经是初冬季节，再也看不到一个垂钓者的影子。岸边的告示牌上早就张贴了冬季严禁垂钓的告示。我和于小双无数次来过西海，但从未沿着岸边转上一圈过，几乎都是在南岸略作停留便向东边走去，然后穿过一座小石桥走到后海，再沿着后海南岸一直向东走到银淀桥那儿。天气晴好时站在小小的银淀桥上可以看到遥远的西山美景，这真是个奇迹，西山那么远，相隔着数不清的高楼大厦，银淀桥这么低小，站在桥上看西山居然就像在眼前一样。我们差不多每次到了那儿都要站在银淀桥上张望一会儿西山，遐想一会儿，然后就会拐向烟袋斜街，再从烟袋斜街钻出来，直奔什刹海东岸，接着我们就到了平安大道。到了这儿，我们算是兴致散去气力衰竭，跄踉着急忙穿过斑马线，顺着平安大道的南侧拖拖拉拉向西走，最后筋疲力尽地回到家里。十几年以来，这个行程就是我和于小双上街转一转的一贯路线，好像宿命一样，几乎从未改变过。

可是，今天我们却没有这样走一遍。

于小双张望着感觉上很辽远的西海，感受着初冬季节水面上荡漾的几分淡淡伤感，好像受到了严重感染一样，或者突然间得到了创造奇迹的灵感，她非要沿着西海岸边走上一圈，然后去积水潭桥西路南那家披萨店里吃顿披萨。不就是一顿披萨嘛，好歹也搁一块儿混了这么多年，不管是不是很了解她，我当然都是不能拒绝这点小小要求的。于是，我们顺着西海南岸临水的石阶拐向东岸，中途还和一对父子迎面而过。那个父亲戴着黄色鸭舌帽，围着粉色毛线围脖，在水边石阶上推着小黄车，一边走一边龇牙咧嘴地笑着，虽然不知道他心里想到什么好事才这般笑样，但一看就知道他有不少坏心眼，至少不是个好父亲，那副嘴脸，那副打扮。那个男孩大约十一二岁的样子，穿着校服，外罩鸭绒帽衫，所以我和于小双都没看到他是哪个学校的。这个男孩一边走一边向水里投放抓钩，然后拉着绳子继续向前走，一边走一边往回收抓钩，就像渔夫收网一样。突然他叫了一声，停住步子，弯着腰拽绳子，好像抓钩抓到了一条大鱼。他父亲也停下来，满脸的坏笑顷刻间变成了期待与兴奋。男孩终于提上来抓钩，不仅抓上来一团水草，水草里还裹着一把老虎钳子。那把老虎钳子已经锈迹斑斑，好像被蚕食过的岁月，给我留下了深刻的印象。这是我和于小双即将拐到东岸边时看到的情景。等到我们在东岸临水的石阶上走动时，那对父子已经上岸了，并且走到了很远的地方，我一直扭脸看着他们消失在某个胡同里。接着，整个南岸没有游人了，显得有些空旷寂寥。

我和于小双在东岸临水的石阶上向北走。

石阶上方是一条冬青绿化带，冬青外边是一条说宽不宽说窄不窄的柏油路，星期天的四点钟左右嘛，这里又是个僻静的去处，所以路上没有车辆也没有行人。路东边是一片民居平房，只有一处橙色的三层小楼，因为比周边平房高出不少，所以它的颜色更显得异常突出。楼前边有一块长方形的黄色匾额，被即将落入楼群的夕阳辉映得尽管灿烂但看不清上面写的什么字，好像是一家医疗单位或者是有偿服务的机构也说不清楚。要不是星期天人家大门紧闭的话，我猜想凡事好奇的于小双一定会进去装模作样地压着喉咙询问一番。于小双善于干这样的事，每次从头至尾都能保持一副煞有其事的样子。

有一对青年男女以那栋橙色小楼为背景正在拍照。

那女的穿一件深红色毛呢大衣，留着打圈剃得短短的头顶留得长长的那种半吊子发型，围着黑色的围脖，站在临水的石阶上，摆出神迷魂醉的架势，脸上也带着神迷魂醉的神态。男的留着长发，扎个马尾辫，很长很长的，如果他是一匹马，一定是一匹尾巴垂到地上的马。他那光景很像一个技术精湛的摄影家，站在临水的石阶边上，一只脚踩在石阶最边沿处，快要掉到水里了，他端着一台款式奇特的摄像机，左眼闭着，右眼紧贴着取景器观看。很明显，他想把水、身穿深红色毛呢大衣留着半吊子发型的女孩，包括岸上的冬青，路那边的橙色小楼，都纳入镜头里去——当然有这种可能性，只是很有难度的。按照摄影原理，他那个角度在镜头里也不可能看见在他们前方大约三十米远的临水石阶上还坐着一个女的。这个在镜头之外的年轻女人穿着黑色毛呢大衣，是那种很特别的黑色，十分醒目，甚至有些刺目。她坐在临水的石阶边沿上，穿着黑裤子，耷拉着双腿，她的腿很长，黑色高跟皮鞋几乎挨着水了，她一动不动，好像没有生命，好像能工巧匠故意在水边搞了一个雕塑一样，好像平静到略带忧伤的程度了。很显然，还没轮到她进入拍摄，她还有闲心眺望远处的水面上因水波涌动而跳跃着的夕阳之光。

我和于小双从石阶上走过时，那个站在石阶上穿深红色毛呢大衣的漂亮女人虽然笑着，但笑得很假，因此，她心里的厌恶与反感更显得十分鲜明。倒是那个长发摄影家抬起头友好地对我们笑了一下，等我们过去了他才再次进入拍摄状态。我和于小双缓着步子，走近那个身穿黑色毛呢大衣的女人时，她纹风不动，致使我们走到她近前了也只能看到她的侧脸。不管是当模特还是搞影视的女人嘛，都有点装腔作势的劲头儿。当时我们就是这么想的。所以，我们没有留意她那种被称为“松散丸子头”的发型，从她背后过去时我们闻到了一股好闻的香水味。于小双悄悄给我竖了一下大拇指。我和于小双议论过香水与女人香水与男人之类的话题，我们知道香水味代表着一个人的修养和风格。于小双很喜欢这种清淡的香水味，她竖起大拇指赞美自然是由衷的。不过我们没有回头，因为我们要是再回头观望的话，就辜负了这种修养很好的香水味。我们只是相互交换了一下眼神。我们这时候的眼神有着复杂的含义，既有对那个穿着深红色毛呢大衣者的鄙视，也有对这个穿着黑色毛呢大衣者的一点点赞扬，还有将两者作一比较立见高低的快慰，反正得意和唾弃交织在一起，很复杂。但有一点是明确的，我们把三个人当成是一伙的，可能是拍广告的，或者是为一般小制作电影拍宣传剧照的。我和于小双很满意自己的猜测，因为在京城做这些行当的人比比皆是。

我和于小双洋洋得意快走到东岸临水石阶尽头时，忽然听到背后有一个女人尖叫了一声。因为当时没有人车来往，这声女人的尖叫显得突兀而短促，一下子就被辽远而寂寥的水面吸收掉了。我和于小双还是及时回过头来，结果我们同时僵住了片刻——那个穿黑色毛呢大衣留着“松散丸子头”的女人下到了水里，河水看着浅没想到那么深，那个女人看着腿很长，但一到水里顿时没及腰窝。她的黑色毛呢大衣下围漂在水面上，就像阴暗的黑色影子浮在水面上。眼看着她往深处去，我和于小双更加纳闷了，我们不知道她是何用意，因为她的举止过于从容不迫了，不仅迷惑了我和于小双，连她的同伴也就是那两个拍摄者也被迷惑了，他们站在石阶上，十分不解，呆呆地看着那个女人往深处走，直到水淹到脖子他们都没有叫出来。我觉得这有些过分，一个人演戏演到走火入魔的程度本来是值得赞扬的，但是，初冬的河水还是很凉的嘛。

首先是于小双看出了情况不对劲儿，她有些惊诧，眨巴着眼直直地望着我，刚刚喃喃自语了一句“这女的别是自杀吧”，那个女的就已经不见了，她那个怪异的“松散丸子头”也消失在水里。她那件黑色毛呢大衣也沉了下去。水面上空空荡荡，只有一圈圈涟漪而已，好像有人将一片小小的瓦块远远地投进水里。那对拍摄者终于清醒过来，他们冲着我和于小双高声喊叫起来：“救人呀，你们救人啊！救人啊！”我四下一看马上明白，他们之所以冲我们高喊，并非指望我们跳下去救人，而是因为水边只有我们俩，他们有点死马当活马医的意思，稀里糊涂地把我们当成了救命稻草。可是，不是我们冷酷无情，而是我们胆小怕事，主要是我们都不会游泳，心里边也从来没有过死亡的想法。

我和于小双正不知所措之际，那两个摄影者已经报警了。也就是三五分钟，两三个警察过来了，根本就不像电影里，只要警察出动马上就响警笛，那三个警察都是骑电动车过来的，一声警笛也没响人就到了。这么快，想必都是西海附近派出所里的。自然而然，警察把我和于小双也叫过去问询了一番。我为佐证自己的回答还掏出手机看了一眼，刚刚才过四点。这时候，我们才知道这一对摄影者和溺水者不是一伙的，这一对摄影者来到西海边时那个自杀的女人就已经坐在那儿了。于小双脱口就说:“我们还以为你们都是一块的呢！”那个穿深红色毛呢大衣留着半吊子发型的女孩连连摆手:“不不不，我们和她不是一块的。”那急促，那口吻，好像他们要是一块的他俩就得负很大责任一样。

这时候又来了四五个警察，他们七八个警察一商量，马上调来了两艘快艇。都是知道的，凡是警察集中出现的地方一定有事故了，所以，西海岸边马上聚集了很多人。我和于小双和那对摄影者好像有了内在的联系一样，都站在东岸石阶上没动脚步，在人群里偶尔还相互对视几眼。

先前两艘快艇驶过来在那个女人消失的水面上盘旋时，很多人心里都充满了希望。我和于小双心里也充满了希望，我们希望赶紧把那个女的捞上来，然后救活她。快艇在水里行驶的范围越来越大，我们的期望起起浮浮。快艇一旦慢下来原地盘旋几圈，就能听到众人把心提到嗓子眼时那种急促的跳动声，快艇又忽地一下驶开了，就听到众人的心脏噗哒一下又落到原处，松弛下来的脸色一个比一个失望，一个比一个焦急。刚开始时大家还盼着能捞上来一个活人，到后来大家都希望能捞上来一具尸体。就这样，两艘快艇在西海搜寻了很长很长时间，直到暮色逐渐变成夜色，也没有任何发现，甚至连那件黑得耀眼的毛呢大衣也没有捞上来。这不仅叫人感到神秘，而且叫人产生联想，叫人觉得好像那个女人来到西海坐在那儿就是为了从水里彻底消失的。人们议论纷纷，各种猜测无奇不有，个个都说得简直就是亲眼所见一样。快艇在岸边停了下来。警察再次盘问了我们一番。我们，就是我和于小双以及那一对摄影者。询问与回答的内容几乎和开始时是一样的，就像又播放了一遍录音，根本就没有更为详细的细节，也没有新的线索。

这时候，夜色渐浓，水面暗淡下来，两艘快艇也熄了火轻轻摇晃着，只有临近岸边的水面上荡漾着远处的灯光。人们的兴趣越来越淡，正在嘀嘀咕咕着逐渐散去。我和于小双也有些累了，有些乏味了，有些饿了。于是，作为目击证人，我们征得了警察的同意之后，一言不发地随着散去的人们走到东岸北头，再向西一拐，一直走到北岸的最西头，从那儿上岸后直接穿过一条胡同，路过一家歌剧院之后，就到了积水潭桥下。很快，我们穿过马路，来到积水潭桥西南角上的这家披萨店。尽管正是灯火辉煌食客盈门的时刻，我们还是很顺利地找到了座位，并且很快要到了一份法科兰披萨和两份苏打水，然后稳稳当当地坐下来，一边吃一边喝，一边说些荒诞、时间以及冬天的咳嗽等等话题。

10 地铁

在地铁里，没有人能看出伊丽丽是干什么的。她不像有的人，一眼就可以看出是个上班族，是个打工者，是个家政服务人员，是个医务工作者，是个炸油条的，是个保险推销员，是个游客，或者是个教授，是个艺术家，或者是个伪装的乞讨者。不管从穿着上，还是从神态上，伊丽丽都没有明显的特征，你无法分辨她的身份。她像很多平凡的女人一样，随季节穿衣服，她的衣服既不时尚也不昂贵，既不花哨也不古板，都是随大流的那种；她的神态不冷不热，好像是麻木的，好像是凝固的，只有看到厌憎的人或者事物时，她才会皱着眉头翻一下白眼。伊丽丽是个单眼皮，翻起白眼来显出几分锋利与冷漠。哦，对了，自从头上的伤好了之后，伊丽丽的发型就没再变化过，永远是那种半长不长的垂肩发，不夸张，不绮丽，也没什么风味。

在地铁里，伊丽丽就像很多乘客一样，不管是站着还是坐着，她的两眼几乎离不开手机。自然了，这是个人人与手机相依为命的时代。伊丽丽偶尔也发发微信，翻翻朋友圈，或者看几条七七八八的新闻。但是，她更多的是翻看相册，一张一张地观看自己的照片。伊丽丽手机里的照片，几乎都是她本人的，也没有几张是当下自拍的，大都是从电脑里复制的从前的照片，包括从早年影集里翻拍的童年和青少年时代的照片。伊丽丽在翻看这些照片时十分专注，可以说凝神屏气，她翻动得很慢，好像每翻看一张她都要回味一下当时的情景。当地铁驶入隧道，伊丽丽偶然瞥见对面车窗上映出的她这副样子时，才有点吃惊自己竟然这样沉迷于手机里的照片。接着，她盯着对面车窗上映现的那个年龄模糊的自己，发了半天呆。

这里说的年龄模糊，是伊丽丽的自我感觉，她很喜欢这种感觉，这种感觉能给她一种漫长的安慰，这种安慰就像眼看着一只漂亮的手抚摸自己一样，感受明确。就像从外表上看不出她的身份，从面孔上也看不出伊丽丽的年龄，但是，尽管伊丽丽精于保养面孔，从她的眉眼顾盼有些迟缓呆滞之间，从她脖子上细细的皱纹里，还是能让人觉察出她身上有几分中年人的气息。

以前，伊丽丽不是这样的，你看不到她的迟滞，看不到她的皱纹，也不会在她身上闻到就像快馊了的米饭那样的中年人气息。那时候，伊丽丽只是个快嘴巴，特别喜欢和人聊天，而且口无遮拦。一群男女朋友同学聚会，她都要大谈明星八卦，大谈日本茶具，大谈一群外国诗人和他们的诗歌。现在，伊丽丽几乎不怎么参加闺蜜或者朋友聚会了，即便偶尔参加，她不像以前那样话头子稠密了，即便诗歌，她也只是和最要好的闺蜜低低地说几句一个名叫拉斯科·许勒的德国女人和她的诗歌，更多的则是聊聊簋街小龙虾，聊聊新上映的电影与最新款的鞋子和首饰，或者，聊一聊乘坐地铁时的种种见闻和种种感受。无论如何，现在她都不再愿意谈论年龄这个无聊的话题，而且，越来越不愿意，以至于她逐渐忘掉了自己的真实年龄，就像忘掉人生中的几次伤痛。

忘掉了年龄，忘掉了伤痛，理所应当，伊丽丽的生活里自然充满了快乐。她精力旺盛无比，经常在午后时分到附近游泳馆游泳，她会游很长很长时间，直到手脚都泡得活像溺死者的手脚。从游泳馆里出来，她甚至都不等头发晾干，就那么湿漉漉地去逛街，买衣服，买鞋子，买包包，买一些玻璃或陶瓷摆件。她家里每一个房间几乎都堆满了这些玩意儿。但是，过不了多久，她就厌倦了这些宝贝，接着，楼下的垃圾箱里就会经常出现这些乱七八糟的玩意儿，包括只穿过一两次的衣服，包括一次也没穿过的鞋子。当然，这些只是伊丽丽生活中的小点缀。还有，每到周末或双休日，她经常独自一人在大街小巷里找美食。而很早以前，她都是邀约上三五个男女闺蜜，说说笑笑着在窄窄的巷子里走。这几年都是她一个人。不管怎么样，反正这些年下来，可以说，北京老城区里有特色的吃处，伊丽丽基本上如数家珍。

伊丽丽的家在地安门内一个居民小区里，离景山公园和北海公园很近，去什刹海和南锣鼓巷也很方便，即使去王府井和天安门，也不必乘坐公交车或者地铁，随便溜达一会儿就到了。不管从前还是现在，伊丽丽都不喜欢到公园走动，她认为公园是老年人活动的地方。她也接受不了天安门广场的辽阔，更嫌恶南锣鼓巷越来越商业化，也越来越小家子气。因此，伊丽丽基本上都是到什刹海和王府井溜达。也就是说，伊丽丽的家处于市中心位置。那一片基本上没有高层建筑，除了沿街的个别小高层，周边基本上都是四合院和大杂院之类的平房，再就是那种八十年代建筑的楼房，又呆板又统一，普遍都是六层楼，没有电梯，老年人爬上六层，还是比较吃力的。伊丽丽家就住在六层，是她爸妈单位当年分的房子，那时候她爸妈还很年轻，即便肩上驮着伊丽丽，爬到六楼也不会喘一口粗气。

伊丽丽的爸妈都是科研工作者，他们在一个单位。在那个年代，科研工作还带有几分神秘性，因而比一般人要显得高贵些。伊丽丽小时候总认为爸妈会像居里夫妇那样，研究出震惊世界的科研成果，成为举世闻名的科学家，那么，她将作为著名科学家的女儿走遍全国，甚至周游世界，所到之处都是艳羡的目光，所到之处都能受到国王般的款待，每天都能吃到一个彩色大蛋糕。很遗憾，直到她爸妈头发白了眼花了退休了，伊丽丽也没有实现梦想。她爸妈唯一取得的成就就是退休后在郊区买了一处房子，一百五六十平米，二十八层高楼，买的是十六层，有电梯，上下都很方便。当年郊区的房子还不像现在这么贵，否则她爸妈一辈子的积蓄根本买不了这么大面积的房子。只是，伊丽丽没有搬过去，她还住在这个小区的老楼里。那时候她还在煤气公司上班，单位离家不过两站路，上下班都是溜达着去，悠游自在，很方便的。现在想一想，伊丽丽也算是过了几年好日子，又爽快又潇洒。

她有时候很怀念那些日子，想起来她就会发呆半天。

在煤气公司上班的那几年，伊丽丽就像小时候一样，经常在什刹海和王府井一带逛游。那时候，她还没有什么朋友，更没有什么闺蜜，不管男的还是女的。闺蜜这个词好像是近几年才流行起来的，就像南锣鼓巷，也是近几年才名扬四海的。那时候，伊丽丽虽然算不上是美丽的，但至少是青春活力四溢的。她总是一个人背着蓝色双肩包，因为手机还不像现在这么功能齐全，所以，她脖子上挂一架相机，双手插在口袋里，嘴里含着一支“小鸟”牌棒棒糖，在街上漫无目的地逛游，偶尔会取下相机，拍上几张风景照，偶尔也会请路人帮她拍上几张。当然，这期间难免会和一些小帅哥搭讪几句，相互看几眼，相互笑一笑。只是，没有爱情发生，什么都没有发生，一切都不过是日常生活中的一瞥，甚至连个印象都没有留下。因为那几年，爱情还不像现在这样轻似烟云，很轻易地就发生了；现在，可以很轻易地发生各种各样的关系。那几年，伊丽丽几乎没在家里做过饭，她都是在街上吃。她从不像其他女孩子那样乱吃零食，她饮食讲究，无论逛游得多么累，她也要找到中意的饭菜。几年前还不像现在这样方便，随便抄起手机就能找到美食在哪儿，然后直奔而去，当年想找到对口味儿好吃的，有可能会走到两腿酸软狼狈不堪。

现在，伊丽丽之所以精于寻找美食所在，很大程度上都是在那几年里奠定的基础。

那几年，伊丽丽虽然喜欢逛街，但绝不像现在这样没有时间观念，一逛就是半夜。她大都在九点之前回到家里，仔仔细细地泡个热水澡，然后躺在床上，一边听收音机一边看书。是的，好像那几年刚刚流行网上聊天，但伊丽丽不喜欢上网聊天，不是因为她不明白网上冲浪的乐趣，也不是因为她十分清楚那是个虚拟的世界，而是，她不热爱那个，没有兴趣，就像现在她对结婚没有兴趣一样。她那时候也不爱看电视，她唯一的爱好就是一边听收音机一边看书。那台收音机是草绿色的，只有巴掌大小，还是她爸妈恋爱时候买的，至于是谁送给谁的礼物，伊丽丽没有兴趣知道，她只是喜欢听收音机里的流行歌。所以，早些年那些有名的和不太有名的流行歌，伊丽丽都会唱，即便现在，偶尔和朋友们聚会时，酒桌上喝到兴奋处，伊丽丽总是忘掉一切，忍不住唱上几首，照样能引起一片赞美声。由于爸妈都是科研工作者，伊丽丽从小就养成了喜欢看书的好习惯，长大了也是这样。只是，她长大了就不再像小时候那样喜欢看所有的书，她只喜欢外国的诗歌，普希金啦，阿赫玛托娃啦，叶芝啦，米沃什啦，兰波啦，波德莱尔啦，佩索阿啦，等等，反正都是我们这些普通人没听说过的洋人。当然，我们这些普通人整天忙着上班下班，或者多挣点小钱改善一下周末伙食，以及多看两场电影，诸如此类的吧，没有时间也根本就不会看洋人那些莫名其妙的破书。

伊丽丽自己也承认，她也未必懂得那些诗歌，她只是觉得那些诗歌句子短，一口气能读下来，不像小说那样印得纸张满满当当，让人看得晕头晕脑，经常看串行。还有一点比较重要，她在阅读那些诗歌时，总有些句子能给她某种感觉，她说不清是兴奋的感觉还是眩晕的感觉，反正那种冷不丁的感觉就像尖细尖细的锥子猛地刺入她的胸膛，让她很享受，就像她现在和闺蜜聊天时偶尔提起一些诗句时所说的，比做爱到高潮的感觉还要别致，还要怪异，还要强烈，几乎让人不想活了，直想死。

以前，伊丽丽和朋友们聚会时，她也会大声背诵某个诗人的诗篇，还会引用很多诗句和他人辩论某个问题，或者给人家某种告诫。只是现在，好像是随着年龄的变化，逐渐的，伊丽丽很少再提从前那些外国诗人和诗歌了。现在，她只喜欢一个外国女诗人，就是拉斯科·许勒。但是，她从未在偶尔聚会的男女闺蜜们面前提到过这个德国女诗人和她的诗，只有独处时，她才会偶尔拿起这个女诗人的诗集看上一阵子，然后，带着一种喜悦与悲伤、飘渺与凝重交织在一起的复杂情绪陷入虚幻的梦境之中。第二天醒来时，昨晚读的那些诗句仍然清晰如刻，如同小蝌蚪一样在脑海里游动着，那种复杂的情绪也正在心头缓缓升起来，就像一滴墨落在洁白的宣纸上慢慢洇了一大片。

伊丽丽买第一台笔记本电脑时认识了第一个男朋友。我们不知道这个人姓什么，只是时常看到两人在小区里走动打闹，偶尔听见伊丽丽忽然间在楼道里朝他吼叫："小帆子，我要杀了你！"接着是一阵子大笑，夹杂着一阵子急促的上楼或下楼的奔跑声。这是他们的初恋时刻，就像所有人的初恋一样，有很多相互追逐嬉闹，几乎没有忧愁和烦恼。事实上，他们一开始就是快乐的，因为认识没有几天小帆子就住在伊丽丽家里了。当时，这种情况已经很普遍了，没有人觉得有什么大不了的，都是青春勃发的年龄，大家都要谅解一下嘛。他们经常在上楼或下楼时闹着玩儿，吵吵嚷嚷，纯洁而肆无忌惮。年轻人的那种欢乐劲儿是很感染人的，楼下的邻居们都能原谅他们欢乐的喧嚣。

小帆子白白净净，细长脸，细长身子，两条腿也是细细的，不管走路还是站在那儿不动，两条细腿都是笔直笔直的。看样子教养也好，见了人不笑不说话，一笑，两道细眯眼十分有魅力。当时，小帆子在中关村海龙大厦卖电脑，或者说给一个经销电脑的老板打工。那几年电脑生意正是红火的时候。小帆子很受老板的器重，因为他不仅在柜台上能说会道眼色灵便，很会做买卖，在柜台下他也刻苦钻研，自学软件设计，很有追求。老板很欣赏这个很有想法很有进取心的小青年。小帆子还特意为伊丽丽设计了一个游戏软件，名字叫“狗拿耗子”。伊丽丽对这个游戏迷恋之至，几乎废寝忘食。那一段时间，他们一块儿玩这个游戏，经常彻夜不眠，吵吵闹闹，时而一阵子长长的笑声，一次次扰破邻居们的美梦。叫人真的不能理解，他们两人在一夜之间能大笑那么多次。天明时，他们才呵欠连天地一前一后相跟着往外走，走出小区大门还要抱一抱，然后一个向东一个向西分头去上班。

自然，他们的初恋里不仅仅只有电脑游戏，还有书。小帆子业余时间也喜欢读书，这个和伊丽丽更是气味相投。只是，小帆子不读诗歌，也不读那些时髦的鸡汤励志书和杂志上那些造作的小说，他读巴尔扎克，读雨果，当然少不了托尔斯泰和陀思妥耶夫斯基，还有莎士比亚。他在伊丽丽家里经常大声朗读那些书。他读书的声音可以说是声情并茂，致使楼下的邻居们也侧耳聆听。想一想现在的年轻人，不知道还有没有人会读那些苍老的书了。反正那会儿伊丽丽和小帆子谈恋爱时刻，除了一起嬉闹着玩游戏，小帆子还时常给伊丽丽讲这些书，讲得生动形象，滔滔不绝。小帆子那种热络口吻，仿佛巴尔扎克们讲述的故事都是他亲身经历的，他们笔下的人物都是他要好的哥们儿。有一次，是个周末，小帆子讲的是陀思妥耶夫斯基的阿辽沙，阿辽沙的圣洁与纯粹一下子把伊丽丽弄哭了，哭了好大一会儿，热泪四溢。那天夜里，伊丽丽和小帆子做爱时多了几分依恋与缠绵，也多了几分毫无忌讳的猛烈，弄得我们这些楼下的邻居还以为要地震了，连忙开灯观看天花板是不是快要落下来了。

可是，就像命中注定一般，伊丽丽的初恋是热烈的，同时也是短暂的。他们是初冬开始恋爱的，到了春末就结束了，好像许多花的花期一样，从开花到绽放到枯萎，上天只给那么长时间。我们首先发现小帆子不来了，很多人都有点怀念那个细长的身影，但是，没有人再看到过那个细长的身影。不管白天黑夜，楼道里再也没有了他们追逐的嬉笑声，长夜是那么的静谧，终于可以做一场不被吵醒不被打断的长梦了。

后来，听说小帆子设计的一款游戏软件被日本的一家公司看中，他们聘请小帆子去了日本。上下楼里的几个中年主妇，人前人后提起来就要骂小帆子是汉奸。初恋失败，伊丽丽被伤得很厉害，但她从未骂过小帆子是汉奸，在心里也没有骂过。

伊丽丽失魂落魄了很长很长时间，几乎长达两三年。在这段时间里，伊丽丽没再穿过她最喜欢穿的那双休闲款红皮鞋，没再涂过使年轻人显得沉着老道的哑光口红，也没有再戴过她本人非常喜欢的大得夸张的三角形耳环。伊丽丽的这副耳环是纯银防过敏的，戴在耳朵上几乎垂肩，加上她颀长的脖子，尤显风姿翩翩。锃亮的红皮鞋，香奈儿品牌的鬼怪色口红，还有大大的三角形耳环，这些美好的物件都不见了，包括伊丽丽全无心肝的爽朗笑声。

自然了，伊丽丽没有因此穴居起来，她偶尔也会出门走动，她每天上班穿着不再讲究了，甚至穿着脏衣服去超市，就像一个弃妇一样。她从超市买一堆速冻食物藏在冰箱里，然后关上门很少再出来。她的闺蜜们再三邀约她，她即便偶尔参与，也不收拾打扮一下，就那么穿着松松垮垮邋里邋遢地去参加聚会，到了地方，也只是坐在角落里，不再谈论明星们的八卦，也不再谈论外国人的诗歌，更是不谈日本陶瓷茶具，好像她已经明白，八卦都是编造的，诗歌都是虚幻的，这些东西都像日本陶瓷茶具一样，因为精美，因为昂贵，所以都是易碎品。

伊丽丽再次快乐起来时，已经是又一年的夏季。

我们看到伊丽丽忽然间苏醒过来了，她穿上了新款的高跟红皮鞋，涂了亮光口红，依旧戴上那副大得夸张的漂亮的三角形耳环，穿着鲜艳靓丽的衣服，挎着精美的红色小包包，走起路来就像一头小鹿一样，不管是出入小区，还是在什刹海和王府井游逛，她依旧袅袅婷婷，就像从前没谈恋爱的时光里那样。

这个时候，时代发展变化很大，手机的功能也进步了很多，最显著的就是可以通过微信这个玩意儿来解决世界上的很多事物，包括人类的行为和情感。可以说，伊丽丽是最早一批使用微信的人。难以避免，伊丽丽也很喜欢微信，微信让她在日常生活和工作中省了不少事儿，也让她从中得到了不少乐趣，她可以在微信里抒发一下自己的心情，在朋友圈里晒几张照片，发几段诗句般的个人感想。而且，微信群就是一个缩小的社会，不仅从中可以看到人生百态，还可以看到万物生长的过程。伊丽丽也进了几个群里，其中有一个是她最好的闺蜜陆璇璇建的群。陆璇璇大约比伊丽丽小两三岁，她虽然在沉闷的考古研究所上班，但她性格活泼，交友广泛，自诩具有超级想象力。陆璇璇把自己建的这个群命名为海棠花。当时微信还是新鲜事物，还没有立下什么规矩，发展也很快，没几天，连群主陆璇璇也弄不清这个群里都是些什么人了，伊丽丽自然也不知道，她也不想知道都是些什么人，她只知道这个群很热闹，话题从天堂到地狱，从阿拉斯加到伊斯坦布尔，从但丁到博尔赫斯，甚至，夜里被蚊子咬了几个包，早市上买了一把被掐了芯的芹菜，都是这个群里的话题。自然了，微信用语是很难规范的，也经常出现傻逼麻痹草泥马这样的字眼。反正这个群里什么话都说，而且说人议事无奇不有，更重要的是还经常有人发红包，不知道是炫富还是神经病，一阵一阵地发红包。伊丽丽在这个群里的收获不仅仅是抢了很多红包，她还遇到了第二个男朋友。

这个人的微信名叫青海。很显然，他是青海人，或者在青海工作过。在群里，青海发言不多，但他说的话很有特色，好像很有文化很有见解，好像是在欧洲留过学的，观点很别致，价值观也很新颖。但丁和博尔赫斯就是他在群里说的。当时，伊丽丽知道但丁是谁，但不知道博尔赫斯是哪国神话里的人物，她还问了一句，惹得青海发出两三行坏笑和一支玫瑰。

接着，青海主动要求加伊丽丽微信私聊。

后来，伊丽丽想一想，她就是这样和青海认识的。

当然，从微信私聊到实际见面也不过半个月时间，但这个短暂的过程，伊丽丽一想起来既感到甜蜜又觉得有些惊悚。青海每天早上都会发来一连串的笑脸和三朵玫瑰花，每天中午都会发来咖啡和蛋糕，每天晚上发来布满繁星与月亮的夜空，祝她晚安好梦。自然，这期间他们也聊过其他的话题，比如婚恋，比如博尔赫斯。这样，伊丽丽就知道了青海是个作家，他曾经在青海工作多年，现在北京一家报社工作，业余创作小说，出版过十几本书了。据青海自己说，在文坛上他也算是小有名气的人物。伊丽丽不太在意这类事情，因为在她看来文坛不过是个外星人的小圈子，跟自己没什么关系。她只是觉得青海读了不少书，除了博尔赫斯，他还大谈卡尔维诺，大谈塞利纳和菲兹杰拉德，等等。尽管这些赫赫有名的外国作家在伊丽丽听来与品牌包品牌糕点差不多，但她还是很快被这个人迷住了。她相信这个人的眼光——青海不光谈这些乏味的作家和更乏味的名著，他还翻看过伊丽丽的朋友圈，一个劲儿大加赞美伊丽丽的感想类短文，尤其赞美她的照片，一张张地赞美，你真美，这张美呀，这张好美，我的克星，你好迷人，我愿意做一只小羊，让你的皮鞭轻轻落在我身上。尽管事实上伊丽丽并不像青海说的那样美，她只不过因为年轻而有几分好闻的青春气息而已，但她一直十分自信自己很美，因此她确信青海被她的美所击中，情不自禁，说的都是真心话。

微信里那些玫瑰笑脸咖啡蛋糕，人人都知道不过是虚拟的表情包，广泛的赞美容貌，以及让人容易产生幻想的甜言蜜语，虽然也是低俗而笨拙的，但一般女性都抵挡不住这杯含义复杂色泽艳丽的迷魂酒。对于失恋已经过去两三年了的伊丽丽来说，这些，无疑更是好几把无法躲闪的利刃。伊丽丽很爽快地答应了青海的要求——他们在微信里私聊还不到半个月，他突然提出要来看看她，他的原话是“到府上拜访一下美女”。果然，到了次日上午十点钟，青海准时敲响了门。青海的相貌并不像照片上那样清秀，看样子年龄也比他说的要大得多，好像有四十多岁了，而青海说他只是三十三岁。青海的身材中等偏矮一些，根本不像他在微信群里谈吐时给人感觉的那样高大。其次，伊丽丽以为青海会抱着一束玫瑰花上门的，在微信里他毕竟献过那么多玫瑰花，事实上，青海手里只是拎着一个塑料袋子，里边装着一把蒜薹，几个鸡蛋，一绺香菜，醒目的还有一块羊肉，至多也就是三斤重，那样子好像是刚从早市上购物回来。说老实话，伊丽丽开门后是有几分失望的，她心里暗骂着手机的美图功能，埋怨着自己的想象力和判断力竟然这样糟糕。

青海面带讨好的笑容，目光躲躲闪闪，一直不敢和伊丽丽对视，甚至说话也有点结巴，给人的感觉或者说给人的错觉好像是伊丽丽的美貌震到了他。直到后来，伊丽丽想到这一点时，从心眼里不能不赞佩青海杰出的演技。所以那天，青海虽然神色有些慌张，但举止是有条不紊的，甚至是从容的。他一边结结巴巴给伊丽丽说着话，一边自作主张地进了厨房，先是把羊肉泡在清水里，把香菜和蒜薹也泡在水盆里，再接着就开始打扫厨房卫生，刷锅，洗碗，擦拭灶台和抽油烟机，一边还要结结巴巴地讲解厨房卫生对烹制美食的重要性。伊丽丽简直不知道该说什么了，她呆立在厨房门口，眼睁睁看着青海忙碌，好歹脸上还算是带着礼貌性的笑容，表示她在认真听他说话。

也就是两个小时之后，一大盘清香扑鼻的手抓羊肉，一小盘色泽明丽的蒜薹炒鸡蛋，还有一锅热腾腾的米饭端上了饭桌。还有一份汤，是什么汤来着，伊丽丽已经忘了，但可以肯定的是，她就是这样和青海好上的，因为她虽然吃过那么多美食，但从未吃过做法这样简单竟然这样好吃的羊肉。在吃饭时，青海讲述了自己的过去现在和未来，他说话声音虽然低低的，但隐隐有着强大的穿透力。伊丽丽有几分亢奋，甚至当场就原谅了青海竟然有过短暂的婚史。即便到了现在，伊丽丽早就忘掉了当时青海都说了些什么，但对那顿饭依然印象深刻，一想到那顿饭，她口腔里就会涌上那种又嫩又鲜的羊肉味道，眼前就会出现蒜薹炒鸡蛋那青黄分明的色泽。她没有想到别的，比如美食烹制者青海。

青海是个业余作家，但他的厨艺是专业的，一流的。伊丽丽不由自主地忽略了他的长相与年龄甚至短暂的婚史，同意他搬来住，因为她脑海里直勾勾地幻想着每天青海都会给她做不同的美食。事实上，在他们同居的那段时间里，青海确实给伊丽丽做过很多美食，伊丽丽也跟他学会了很多菜肴，甚至，连他最拿手的手抓羊肉也学到家了。只是，没过多久，好像为了让伊丽丽能更好地掌握厨艺，青海很少再下厨房，他经常像个稳操胜券的老师傅那样，坐在阳台上一边抽烟一边喝茶，一边翻看杂志或报纸，偶尔回答一下伊丽丽请教的有关烹调的问题。我们经常从窗户上看到他们说话的情景。我们很熟悉青海那个样子那个做派，因为在影视剧里在现实生活中，在京城的任何一个角落，都不难看到。

我们这些喜欢庸俗生活的街坊邻居虽然没有读过青海写的书，但都见过他本人，因为傍晚时分或者双休日里，伊丽丽有时候会和青海在小区里走动几下，甚至还在那个小型花园里转上几圈。不能不实事求是地说，青海的外表实在不敢恭维，他整体看上去有些粗糙，个头也不高，五官合成在脸上之后，让人总觉得哪儿不对劲，说不上来是鼻子还是眼睛，很不搭配。可能是在报社工作，又是个业余作家，长期伏案作业，有些驼背，又老是穿着中式服装，手又爱插在裤袋里，那副样子，穿中式服装，真是显得有些猥琐有些做作。我们都觉得这个青海配不上我们的伊丽丽，虽然伊丽丽有过恋爱经历，也算不上是一朵鲜花了，但也不至于插在这泡牛粪上嘛。

果然，青海的低劣本性暴露出来了。他不再爱打扫房间卫生了，不再做美食了，也不再给伊丽丽谈论枯燥乏味的博尔赫斯了，吃了饭不洗碗，一双袜子穿一星期也不洗，让伊丽丽尤其难以忍受的是，青海十天半月都不换内裤，他做爱时变得只顾自己，并且简单粗暴，甚至十分潦草，让人尤其不能忍受的是，他经常做完爱连手都不洗就拿苹果吃——这个细节，是他们在屋里吵架时伊丽丽高喊出来的。除此之外，青海在家里抽烟喝酒还不算，还经常打着和文友聚会的旗号到外边和一群男男女女狂饮，几乎天天半夜或者凌晨三四点才回来，伊丽丽给他开门，他还要大声吵架，这个厨艺很精到的业余作家满嘴粗话脏话，操这操那的，吵得四邻不安。

伊丽丽无法容忍这些，无法容忍他的粗话，更无法容忍他瞎话连篇，尤其不能容忍他很久都没再说过“你真美”或者“你好美”了。终于有一天夜里，这个作家再次醉醺醺回来时，伊丽丽已经把他的东西装进一只纸箱里，放在门口，指着这个烂人吼了一声：“滚！”

奇怪的是，第二场爱情遭遇虽然相当糟糕，但并没有影响伊丽丽的心情，她只是暗自拿定主意，在一个时期内不再恋爱。她想回到从未恋爱的时光里，只是，回不去了。虽然她仍旧可以一个人背着双肩包去什刹海或者王府井逛游，但经历给她心灵带来了无法解释清楚的累赘，而现实生活给她的心理上也带来了不少可以解释清楚的烦恼——闺蜜们纷纷结婚成家，甚至生儿育女，在微信里纷纷晒全家福，这让伊丽丽羡慕的同时难免有一丝嫉妒，同时又有一缕绵长的失落。好在她最好的闺蜜陆璇璇还是自由的，仍像以前那样经常邀约她出去逛街，而且经常来家里找她玩。陆璇璇的生活经历更加丰富，她谈过无数场恋爱，没有一场不是失败的，她抱怨那些男人只想和她做爱，都不想和她结婚。为此，她好像有些自嘲，经常把恋爱称作养乌龟，又把乌龟称之为爹，每次失败后她都会给伊丽丽说那句话：又养死一只爹。

伊丽丽很欣赏陆璇璇的这种人生态度，这也是她和陆璇璇成为铁杆闺蜜的原由。就在伊丽丽第二场恋爱失败之后，陆璇璇也因和第 N 任男友分手而和家里闹翻了，以前遇到这种情况，她都是给伊丽丽打个电话诉说一番，因为以前伊丽丽不是在失恋中就是在恋爱中，她不便到家里来说这种扫兴事情。这一次，她直接搬到伊丽丽这儿来了，而且住了两三个星期，甚至连她那只胖得几乎走不动的花猫也带来了。两个人几乎每天傍晚都一块儿去什刹海，或者去王府井，每周末都会逛游到簋街大吃一番。她们像情侣一样出双入对，上楼下楼时，陆璇璇抱着那只肥猫，有时候伊丽丽抱着，因为那只肥猫上下楼太吃力了。她们像夫妻一样生活，买菜做饭打扫房间，配合得尤为默契。中午饭或者晚饭时她们还经常喝点啤酒，喝得半醉不醉的，一块儿说东道西之间，自然免不了你一句我一句地交流些恋爱感受，以及她们对恋爱与婚姻的种种奇想。当然。她们也谈到性。她们都是有过性经验的人，所以她们谈论性时，淫乱而幽默，虽然粗鄙之至，但是好笑而深刻。总之她们谈得十分投机，俏皮话你一句我一句，彼此之间也没有任何掩饰——尤其在深夜里的响亮欢笑更是说明了这一切。

在陆璇璇看来，不管是从物质上还是从肉体上，伊丽丽几乎是完美的。尤其伊丽丽的肉体更是让陆璇璇赞美不已——伊丽丽洗澡时，她毫不害羞地倚在卫生间门口目不转睛地观看，脸上显出艳羡的神情，眼睛里几乎要放出绿光来。伊丽丽很享受陆璇璇的这种神情和这种目光。或者坦率地说，陆璇璇的这种神情与目光让她在自豪的同时，隐隐有几丝生理快感慢慢涌上身心。只是，伊丽丽不喜欢陆璇璇的身体。陆璇璇是那种没有线条的女人。线条是女人的资本，是爱的胆量，是吸引男人的过硬凭证。女人的主要线条呈现在腰部臀部和胸部。陆璇璇的胸部很小，几乎没有屁股没有胯，所以腰部自然没有线条，或者她根本就没有腰部。更加糟糕的是，作为一个女人，陆璇璇两条腿并不拢，走路有些亮裆，她的皮肤黑乎乎的，而且过于粗糙了，从上到下甚至隐秘部位，都有一层永不消失的鸡皮疙瘩。伊丽丽猜测，也许这些才是陆璇璇一连串恋爱失败的根源，尝口鲜是所有男人的臭德性，但估计没有哪个男人会永恒地好上陆璇璇这一口，所以没有人想和她结婚。更加出乎意料的是，有一天夜里，陆璇璇把手伸到了伊丽丽身上，伊丽丽心里一动，她想适应并试着接受，但是，经过一番努力，最终她还是推开了陆璇璇伸过来的嘴唇。

伊丽丽和陆璇璇交往好多好多年了，她从来没想到陆璇璇有这种倾向。她只知道，陆璇璇喜欢价格昂贵的衣服，但是，不管多么昂贵的衣服，只要穿在陆璇璇身上，你既看不出衣服的昂贵，也看不到陆璇璇的雍容与优雅。

试验证明，不同的性取向使这对铁杆闺蜜的关系到此结束了。

尽管她们表面还保持着来往，但很明显，双方的言谈举止无不带上了矫揉造作的色彩。这对于陆璇璇来说也许是平常事甚至是儿戏，但对于伊丽丽来说，这就是一场隐秘的经历，虽然不像初恋那样刻骨铭心，但在某种程度上也可以说是刻骨铭心的。这场不见天日的经历，尽管没有给伊丽丽留下明显的伤痕，但却给她心理上留下难言的隐疾，至少是她生活中的一个耻辱意味很强的印记——这让她有些焦躁，有些着急，很想早一点找个人结了婚，好像那样一来生活就会是安全的，至少可以是平凡的。

但是，命运不会因为你着急它就会改变速度，它永远只按照它自己设定的步伐慢慢踱过来。

直到过了一两年或者三年之后，伊丽丽才终于遇到了一个人。

首先是伊丽丽的爸妈有些沉不住气了。

这对科研工作者原本是很开明的，他们自从搬到郊区后几乎没再回来过。他们觉得桀骜不驯的女儿已经长大了，需要一个属于自己的独立空间。他们相信女儿，因为女儿在很小的时候就具有很强的独立生活能力，所以他们搬走后不仅很少回来，基本上也不过问女儿的工作和生活，更是从未问过她的婚恋问题，怎么恋爱何时结婚全任她的喜好了。因此，伊丽丽的前两场恋爱故事他们几乎闻所未闻。可是，有一天早上阳光灿烂，空气格外新鲜，在草地上锻炼身体的这对科研工作者，突如其来地想起女儿三十出头了，好像三十一还是三十二了，也许是三十三了吧，还没有给他们说过自己的婚恋事情，顿时有些疑惑和担心。等到给女儿打电话问清这个情况之后，他们就像接受了新的科研任务，马上四下打电话，托一些老同学老同事老朋友，帮忙给他们女儿介绍对象，而且凭着科研工作者实事求是的精神，他们诚实地告诉人家，女儿虚岁三十二，周岁三十一。

这时候，伊丽丽才恍然大悟，爸妈科研了一辈子，之所以没有研究出成果，就是因为他们的思想太传统了，什么事情都按部就班，是不会创造科学奇迹的。伊丽丽在第一次相亲的路上，还有些幸灾乐祸地这么嘲讽爸妈。甚至，她还嘲笑自己，竟然沦落到要媒人介绍男朋友的地步了。事实上，伊丽丽既不需要嘲讽爸妈，也不必嘲笑自己，因为她当时对待相亲这件事情完全是心不在焉的。明明已经了解到那个男人是个离异者，而且快五十岁了（介绍人说，才四十九岁），她之所以赴约前往，不过是完成爸妈布置的一个任务，就像小学里老师布置的一道数学题，她虽然极其厌恶数学，但不得不捏着鼻子完成这道数学题。

可是，一见面，伊丽丽顿时改变了自己的心不在焉，甚至马上认定这个人绝对是自己可以托付终身的人。这个人相貌堂堂，完全是个老帅哥，而且谈笑举止透着稳重与成熟，外表也很年轻，根本不像是一个年近五十的人，至多像是四十出头的。帅男人四十出头，在眼下可正是炙手可热的年龄，而且，这个帅男人还是事业有成的。当时，伊丽丽就把这个人当成了四十岁，而且在以后和他相处的日子里她一直认为自己就是和一个四十岁的帅男人在一起。这个帅男人微笑着，就像英国十八世纪的贵族那样很有礼貌地对她点点头。伊丽丽顿时就觉得有一股带倒刺的电流袭过全身，她明确感到自己的五脏六腑快速升温，几乎要沸腾起来了——她有些眩晕，险些跌倒在地。后来，伊丽丽多次向这个帅男人描述初次见面时她心里的美妙感受。

这个稳重成熟的男人有一个好听的名字：欧阳璀璨。

伊丽丽从未完整地叫过这个名字，她只叫他欧阳，她每次这么称呼他就感到两个人琴瑟和鸣亲密无间。

欧阳是个公务员，是个机关干部，甚至是个处长。他们见面一周后，欧阳调整了自己的工作计划，提前休假，带着伊丽丽进行了一次漫长的旅游。又是初夏季节，气候宜人，他们去厦门，去三亚，还去了遥远的新疆与西藏。伊丽丽长这么大没有离开过北京，这一趟旅游让她看到了自己生活之外的许多华丽风景。欧阳的工作单位虽然不是政府要害部门，但全国各地都有分支，所以不管到了哪儿，都有朋友盛情接待，自然，作为欧阳的未婚妻，伊丽丽受到了她从未享受过的礼遇，让她意识到自己也是有虚荣心的，而且，她确确实实也领略到虚荣心被满足之后的快感是无可比拟的。这些还不算，在旅游中，欧阳对伊丽丽的体贴无微不至，上台阶时拉着她的手，遇到雨天路滑或者有水坑时，他会蹲下来给她挽裤腿，或者直接背着她走一阵子。每到一个景点，他都会给伊丽丽说出典故和传说，甚至与景点有关的唐诗宋词也是脱口而出。这让伊丽丽十分惊讶，她算是被欧阳的博学与多情彻底征服了。所以，当晚上回到酒店欧阳要她时，她尽管有些疲倦，但马上鼓起热情全身心地投入，她一边配合欧阳，一边暗自惊讶，旅游如此疲劳，欧阳居然每天都要，每次都要得这么凶，四十岁的男人精力就是旺盛啊呀呀呀呀。

旅游归来，伊丽丽便搬到欧阳家住了。

那一天是阴天，下着小雨，我们都看到来接伊丽丽的是一辆黑色别克，欧阳没来，是他的一个下属也可能是他的司机过来把伊丽丽接走的。那个小伙子拎下来一只很大的红色皮箱，往车上放时有点吃力，因此我们估计伊丽丽带走这么多心爱的衣物，短时间里她是不会再回来的。

欧阳住在机关家属院里，房子也比较大，离异之后，他的前妻坚决搬走了，哪怕租房住也不愿再住在这个令她反感透了的家里。伊丽丽不知其中缘由，她也不想知道，她只想一心一意和欧阳在一起。每天早晨，她早早起床做好精美的早餐，饭后两人手拉手下楼来，欧阳开车把她送到班上，再回头自己上班去，中午饭虽然在各自单位吃，但饭前饭后的几条微信那是一定少不了的，他们不打电话，他们觉得打电话没有发微信显得风情曼妙。甚至，先前的一段时间，他们连晚饭也不做，都是驾车到外边吃伊丽丽找到的美食。到了双休日，伊丽丽就会给欧阳做几顿丰盛的美餐，尤其那道手抓羊肉，更是让欧阳赞不绝口。欧阳赞美女人的言词幽默诙谐，也不落俗套。作为一个机关干部，他能用十分得体的唐诗宋词来赞美伊丽丽的厨艺，这种才华，以及这种由衷的夸赞让伊丽丽无比自豪和快慰，根本就想不起来自己的厨艺都是那个叫青海的作家手把手传授给她的。

在伊丽丽面前，老练成熟的欧阳几乎变成了孩子，他恨不得时刻猴在伊丽丽身上，即便伊丽丽在洗菜时他也要从后边抱住她抚摸她的乳房，甚至伊丽丽切菜时他也要从后边抱住她抚摸她的乳房。让伊丽丽感到火辣的是，不管她正在干什么，欧阳都会慢悠悠踱到她面前，然后光着屁股在她身边走来走去。那会儿，伊丽丽压根都没有想到世界上还有下贱的“露阴癖”这三个字，甚至都没有意识到这个有点变态，她认为这是两个人甜美的私密，眼前这个四十岁的帅男人就像个孩子一样淘气，他在自己面前过于兴奋了。伊丽丽不仅容忍这个，而且把他的实际年龄也彻底忘记了。她沉浸在幸福之中，爱情的狂热淹没了理智，在上班时间里和闺蜜聊微信，经常显摆欧阳身材高大挺拔，身上像是流淌着英国十八世纪贵族的血液，讲文明有教养，言谈举止绅士派头十足，有一次说溜了嘴，甚至连“器大活好”这样的私密事也说了出来。

伊丽丽就这样甜蜜地过了快一年时间，竟然没有想起来要办个结婚证什么的。也许她提出过，也许她根本就不在乎那一张纸，因为在她看来他们相爱如此之深。比如，他们逛街或者参加朋友聚会，她要是和其他男性多说几句话，欧阳就大吃其醋，纠缠不休，甚至还会偷偷翻看她的手机——伊丽丽认为这些都是欧阳深爱她的种种明证。她深深陶醉了。

问题是由欧阳的女儿引起的。

伊丽丽当然知道欧阳的这个女儿，但除了照片并没有见过她本人，只是听欧阳说过几句，在北大读书，他离异时她选择了妈妈，如此而已。这些，基本上没给伊丽丽留下什么印象，她觉得那一切都结束了，欧阳的生活要从自己这儿算起才是新开端。可是，初冬时节，这个女儿不知为什么突然回到这个家里。当她一言不发绷着脸突然出现在面前时，伊丽丽居然还有些手忙脚乱。现在，伊丽丽记不得是自己主动躲到另一间房里，还是欧阳把女儿拽到了另一间房里。她只模糊地记得，自己躲在卧室里悄悄侧耳，听见他们父女先是低声说话，慢慢声音变高了，接着就是争吵，再就是大声争吵。后来，伊丽丽一想起欧阳那令人恐怖的吼声，就会寒毛倒竖，就会产生生理上的呕吐感。事情过去了很长时间，伊丽丽依然不敢相信英国绅士一样的欧阳吼叫起来简直比杀猪还难听，还令人恐惧。当时，伊丽丽意识到情况不妙了，她正不知所措，忽然间传出激烈的扭打声。她几乎奋不顾身，夺门闯了进去，但她立刻呆住了。欧阳抓住女儿的头发，正在捶打她的脊背，他自己的脸上也被女儿挠出了几道血痕。伊丽丽根本想不到，她的文质彬彬的欧阳在打自己的亲生女儿时会露出这样的嘴脸，满脸无情的样子，双眼充满凶狠，甚至仇恨，让人看了顿时身心冰凉绝望之至。后来，伊丽丽想了又想，但她还是想不起来她是怎样拉开那对父女的，她只记得，自己两个手腕被愤怒的欧阳紧紧抓住，接着自己被身材高大的欧阳抡了起来，然后，身子飞到半空，落在电视柜旁边，她没有听到任何声音，半天她才感到脑袋一阵阵巨疼，疼得她眼前乱冒金星，除了觉得自己尿裤子了，还感到自己哪儿流血了，她当时真的听到了汩汩的流血声。

伊丽丽只好重新回到自己家里。

她回来那天好像正好是腊月初一，我们看到她头上包着厚厚的一大块纱布，几乎快把整个头颅包住了，外边还戴着网套。医生在手术时几乎剪光了她的头发，因此我们推测她头上至少缝了二十针。我们以为那天会看到传说中的欧阳，因为我们从来没有看到过这个帅气逼人的好人。但是，我们那天也没有看到。一直等到快过年了，我们才看到当初来接伊丽丽的那个小伙子，还是开着那辆黑色别克，他停好车，下来打开后备箱，提出那只伊丽丽心爱的红色皮箱，吃力地给伊丽丽送到六楼去。哦，对了，那天是个阴天，还下雪了，地面上积了半拃厚的一层雪。我们没有听到开门声，也没有听到伊丽丽的说话声。片刻间，我们看到那个小伙子从楼里走出来，一步一步地向黑色别克走过去。我们眨眼间，他已经掉转了车头，缓缓驶向小区门口。

接下来很长时间里，我们被新年的欢乐气氛包围着。

这些，应该是好几年前的事情了，也可能就是去年的冬天才发生的。因为时间是流动不居的，有时候并不真实，就像记忆有时候也会骗人，会给你留下一连串虚假的印象。所以，没有人敢肯定，在伊丽丽身上是否真的发生过这些事情。

后来，我们听说伊丽丽把工作辞了——只是，这时候已经没有人再关心这个事情了。在我们印象里，伊丽丽辞了工作后，随心所欲地过了很长一段好像有些放荡的日子。隔三差五，总有一些人到她家里走动，尤其是双休日里，或者大男人或者大女人，或者小男人和小女人，三五成群，基本上都是驾车而来，甚至驾着豪车在小区里呼啸。这些人在小区里奔走，就像伊丽丽坐在地铁里一样，很难看出他们都是干什么的。不过，还是有人认出了一个小有名气的影视演员，胳膊上挂着一个穿红衫戴黑帽子脚上穿着白色网球鞋的女人，好像也是个演员，这个女人手里托着一只老鼠大小的黄毛狗，那个小玩意儿站在她手掌上狺狺狂吠。当时我们都特别惊讶这个世界上居然还有这么小的宠物狗。在这些来来往往的陌生人当中，还有人认出了一个知名歌星，不过，他是在什刹海和后海一带酒吧里唱歌唱了十多年才崭露头角的。有人认出了某个社会名流，就像在电视上一样，在我们小区里也是不管见了谁都要冲你双手合十。每次，这些人来到伊丽丽家不久，就会有很多外卖员陆陆续续往伊丽丽家送大量烧烤和各种吃食。接着，就会听到伊丽丽家里高声喧哗，猜酒划拳，其间夹杂着酒瓶子掉在地上的俏皮声音。漫长的喧嚣之后，世界安静下来。第二天早上，楼下垃圾箱里就会堆满各种颜色的塑料袋，各种形状的饭盒，一团又一团用脏的纸巾，长短不一的竹签子或者铁钎子，无数个啤酒易拉罐，而且，几乎每个易拉罐里都有几粒或者几十粒烟蒂。自然，几个或者十几个白酒瓶子也是少不了的。甚至，还有几条用过的卫生巾，几个用过的保险套，简直令人作呕。这种日日喧哗与彻夜叫嚣，引起我们小区居民严重不满，白天和晚上加起来警车至少来过十多次。好像一直到了秋天，哦，是的，是秋末时候，伊丽丽家的聚会好像出了严重故障，他们那些人之间好像出现了难以弥合的裂痕，小区里一下子安静下来，尤其是晚上，甚至显得过于静谧，有些尴尬。

接着冬天来临，很快下雪了。

我们发现伊丽丽经常冒着雪在小区里漫步。她穿着深灰色的毛呢大衣，戴着一顶深灰色线帽子，围着一条深灰色的围脖，叼着一支细细的女士烟，怀里抱着一只深灰色的猫。那只深灰色的猫肥胖得有些吓人，几乎比她曾经的闺蜜陆璇璇带来的那只花猫还要肥胖几倍。不管在雪中漫步多久，无论是在那个小型的花园里，还是在花园旁边那个小型的器械健身场上，伊丽丽一直抱着那只肥猫，好像那只肥猫胖得一步路也走不动了，或者成了她的灵魂，让她得时刻抱在怀里。没有人打听，伊丽丽从哪儿弄来的这只肥猫，她那么爱它，就像手机一样须臾不离手。或许，伊丽丽认为猫要比手机好得多，因为猫有感情，知道痛苦和欢乐，并能理解人的感情，理解人的烦恼和喜悦。而手机不过是冷冰冰的一块机械，仅仅具有某种提示和唤醒记忆的功能而已。

也有几个在花园里赏雪的闲人，或者冒雪健身的老者，尽管都是老邻居了，但是，看见伊丽丽之后都不敢随便和她说话，因为他们几乎都不敢相信自己的眼睛——这才是一眨眼的工夫，当初那个背着蓝色双肩包走起路来像小鹿一样的女孩子，怎么变成这个样子。

真的这么快吗?

老年人的记忆往往是不牢靠的，把漫长的时间压缩为一瞬间是他们惯犯的错误之一，伊丽丽背着蓝色双肩包就像小鹿一样在街上游逛，至少是十五年以前的事情了，那时候，伊丽丽还在煤气公司上班。

现在，在小区里，伊丽丽基本上也不和人说话，因为她从眼光和神色里已经知道人家在想什么了，她已经知道人家会和她说些什么了。其实，伊丽丽比任何人都清楚自己的变化。只是，她已经不怎么在意这种变化了。镜子早就告诉了她一切。有那么一段时间，她经常在镜子里观看自己。镜子自从被人类发明以来，它就具备了固执的个性，就像永远摆脱不了奴性般忠实地反映着生活的真面目：你是干净的，它就是干净的；你是肮脏的，它就是肮脏的。伊丽丽坐在镜子前面，她从来没有想到过这儿，她只是觉得镜子里永远都有着一股鬼魅气息。她时常望着镜子里的那个人，慢慢陷入漫无头绪也漫无目的的思虑之中，常常不知不觉间一坐就是两三个小时，直到那只肥猫迟缓艰难地爬到她的膝头上，她这才隐隐意识到，自己作为一个女人，已经到了有点儿心惊肉跳的年龄了。一想到这儿，她就会手忙脚乱地点燃一支烟，对着镜子里的自己抽起来。

伊丽丽大概就是由此依赖上香烟的，我们看到她差不多烟不离口，不管是每天把垃圾送到垃圾箱里，还是到小区门口发快递或者取外卖，她嘴角上都会叼着烟。甚至，她还有点酗酒。白天和黑夜，晴天丽日或阴雨连绵，我们经常看到她坐在阳台上抽烟，对着瓶子喝啤酒，有时候她会放下啤酒瓶，夹着香烟，十分专注地观看一阵子雨点滴落在树叶上，滴落在自行车的车棚上。没有人知道伊丽丽在夜晚观看什么，但是，时常夜归的人基本上天天都能看到伊丽丽家的阳台上有一粒烟火忽明忽暗地闪烁着。

如今，告别了爱情，辞去了工作，伊丽丽算是彻底自由了，她比以前更喜欢到处逛游了。只是，不管是什刹海还是王府井，在她很早以前喜欢逛游的这些地方，没有人再看到过她的身影了。自然，也没有人注意到，伊丽丽现在都是乘坐地铁到处逛游的。她简直爱上了地铁，乘坐地铁几乎就是她新的工作，是她目前的唯一爱好。每天天明时分，她就会急匆匆起床，洗漱，做早饭，草草吃完饭，拎着包匆匆出门，就像上班的人那样快步奔向地铁。每天都是这样。也许乘坐地铁不仅成了她唯一的爱好，还成了她的某种寄托，或者某种安慰。好像只有在地铁里，她才能忘掉时间，忘掉曾经的往事，这样，她就可以在不见天日的另一个世界里快乐地生活。在地铁里，几乎没有人认识她，没有人能看出她是干什么的，也没有人知道她曾经有过什么样子的经历。自然了，根本就没有人关心这些。谁也说不准她要到哪儿下车，谁也不知道哪儿是她的终点站。自然了，根本就没有人留意这些。我们小区的居民，偶尔会在地铁上看到她，也没有人给她打招呼，因为她从来看不见我们。她就像很多乘坐地铁的人一样，不管坐着还是站着，她的眼睛时刻盯着手机，好像手机成了她的一个重要器官，好像手机里藏着命运的奥妙，藏着她的梦，藏着她的历史和明天。只有一点把她与众人区别开来——她嘴里永远咀嚼着一块口香糖，有时候是薄荷味的，有时候是菠萝味的，有时候是柠檬味儿的，有时候是一种连她自己也不知道是什么味儿的。尽管她以前从未吃过口香糖，但现在她咀嚼口香糖的样子，以及散发的那种好闻的味道，使她看起来特别像个小姑娘。

图书在版编目（CIP）数据

初冬/李亚著.-上海：上海文艺出版社.2021

ISBN 978-7-5321-8043-1

Ⅰ.①初… Ⅱ.①李… Ⅲ.①中篇小说－小说集－中国－当代

②短篇小说－小说集－中国－当代 Ⅳ.①I247.7

中国版本图书馆CIP数据核字(2021)第145800号

发 行 人：毕　胜

策　　划：李伟长

责任编辑：于　晨

书名题字：莫　言

特约编辑：吴　玫

封面设计：未　氓

版式设计：兰伟琴

书　　名：初　冬

作　　者：李　亚

出　　版：上海世纪出版集团　上海文艺出版社

地　　址：上海市绍兴路7号　200020

发　　行：上海文艺出版社发行中心

上海市绍兴路50号　200020　www.ewen.co

印　　刷：崇明裕安印刷厂

开　　本：1240×890　1/32

印　　张：11.125

插　　页：2

字　　数：183,000

印　　次：2021年10月第1版　2021年10月第1次印刷

I S B N：978-7-5321-8043-1/I · 6369

定　　价：49.00元